suhrkamp taschenbuch 1601

Juan Carlos Onetti, Uruguays literarischer grand old man, wurde 1909 in Montevideo geboren. In Buenos Aires war er Leiter der Nachrichtenagentur Reuter, Herausgeber von Zeitschriften, und dort schrieb er die erste Hälfte seines Prosawerks. 1954 kehrte er nach Montevideo zurück, schrieb weitere vier Romane, darunter die »Larsen-Trilogie«, und Erzählungen von im ganzen Subkontinent kaum je erreichter Qualität. 1975 mußte Onetti nach dreimonatiger Inhaftierung nach Spanien emigrieren; inoffizieller Grund war wohl die Tatsache, daß vor allem der Abschlußband seiner Trilogie *El Astillero*, 1961 (*Die Werft*, BS 457), als politische Parabel gewiß nicht mißverstanden wurde. Wichtige Werke: *Die Werft*, Roman, 1976; *Das kurze Leben*, Roman, 1978; *Lassen wir den Wind sprechen*, Roman, 1986.

Der vorliegende Band mit Erzählungen führt den Leser in das von Eros, Tod und Zerstörung beherrschte poetische Universum Onettis. *So traurig wie sie* ist die Geschichte einer gescheiterten Ehe: ebenso traurig wie die Zweiunddreißigjährige, die ein Kind von einem anderen hat, ist ihr Mann, der trinkt und viele Nächte außer Haus verbringt, Zerstreuung und käufliche Zärtlichkeit suchend. Auch in den anderen Erzählungen des Bandes sehnen sich die Erwachsenen zurück in eine unwiederbringlich vergangene Jugend voller Hoffnungen und Illusionen, doch gibt es aus der selbstgeschaffenen Hölle von gegenseitiger Abhängigkeit, Tyrannei und Haß keinen Ausweg mehr. Onetti, einer der Väter der lateinamerikanischen Erzählkunst der Gegenwart, erhielt im April 1981 den Cervantes-Preis, die höchste Ehrung, die einem Schriftsteller in Spanien zuteil werden kann.

Juan Carlos Onetti
So traurig wie sie

Erzählungen

Aus dem Spanischen
von Wilhelm Muster

Suhrkamp

Titel der Originalausgabe der hier in Auswahl
vorgelegten Erzählungen: *Tan triste como ella y otros cuentos.*
Editorial Lumen, Barcelona 1976.
Umschlagbild: Maria Izquierdo, Autoretrato. 1943

suhrkamp taschenbuch 1601
Erste Auflage 1989
© Juan Carlos Onetti 1976
© der deutschen Ausgabe Suhrkamp Verlag Frankfurt am Main 1981
Suhrkamp Taschenbuch Verlag
Alle Rechte vorbehalten, insbesondere das
des öffentlichen Vortrags, der Übertragung
durch Rundfunk und Fernsehen
sowie der Übersetzung, auch einzelner Teile.
Druck: Nomos Verlagsgesellschaft, Baden-Baden
Printed in Germany
Umschlag nach Entwürfen von
Willy Fleckhaus und Rolf Staudt

1 2 3 4 5 6 – 94 93 92 91 90 89

So traurig wie sie

Es ist gewiß, daß er jeden Tag älter sein wird, weiter entfernt von der Zeit, da er sich Bob nannte, das blonde Haar in die Stirn hängend, das Lächeln, die funkelnden Augen, wenn er schweigend in den Saal trat, einen Gruß murmelte oder mit der Hand ein wenig in der Nähe des Ohres herumfuhr, und sich unter die Lampe setzte, beim Klavier, mit einem Buch, oder einfach still, abseits, abwesend, und uns eine Stunde lang betrachtete, ohne die Miene zu verziehen, und er bewegte dann nur manchmal die Finger, spielte mit der Zigarre und klopfte sich die Asche vom Samtkragen seines hellen Rockes. Gleich weit entfernt – jetzt, da er sich Roberto nennt und sich mit irgendwelchem Zeug betrinkt, die schmutzige Hand vor den Mund haltend, wenn er hustet – entfernt von Bob, der Bier trank, nur zwei Glas, auch in der längsten Nacht, auf dem Tisch in der Messe des Klubs einen Stoß von Zehnern, die er in den Schallplattenautomaten steckte. Fast immer allein, so hörte er Jazz, mit verträumter Miene, glücklich und bleich; kaum nickte er, mich zu begrüßen, wenn ich vorbeiging, folgte mir aber mit den Blicken, solange ich blieb, solange es mir möglich war, seinen blauen Blick auszuhalten, der unaufhörlich auf mir ruhte, wobei er mühelos seine harte Verachtung und den sanften Spott unausgesetzt zeigte. Und manchmal samstags der eine oder andere Bursche, der so wütend jung war wie er, und mit dem Bob von Soli redete und von Hörnern und Chören und von der unendlich großen Stadt, die er an der Küste erbauen wollte, sobald er Architekt war. Er unterbrach sich, wenn er mich vorübergehen sah, um mich kurz zu begrüßen, und dann ruhten seine Augen starr auf meinem Gesicht, und gedämpfte Worte, ein Lächeln glitten über den Mundwinkel, für den Gefährten bestimmt, der mich dann immer betrachtete, und schweigend wurden Verachtung und Spott stärker.

Manchmal fühlte ich mich stark und versuchte ihn anzusehen;

ich stützte den Kopf in die Hand und rauchte über meinem Glas, ohne zu blinzeln, ohne von ihm wegzusehen, und mein Gesicht mußte kalt, ein wenig melancholisch bleiben. Zu jener Zeit glich Bob sehr seiner Schwester Inés; ich konnte etwas von ihr in seinem Gesicht sehen, quer durch den Salon des Klubs, und vielleicht habe ich ihn den einen oder anderen Abend so angesehen, wie ich sie ansah. Aber fast immer zog ich es vor, die Augen Bobs zu vergessen, und ich setzte mich mit dem Rücken zu ihm hin und sah auf die Münder jener, die an meinem Tisch redeten, und war manchmal schweigsam und traurig, denn er sollte wissen, daß in mir noch mehr war als nur das, wodurch er mich verurteilt hatte, etwas, was mich ihm näherbrachte; manchmal half ich mir auch mit einigen Gläschen und dachte: »Lieber Bob, erzähl das jetzt deinem Schwesterchen«, während ich die Hände der Mädchen streichelte, die an meinem Tisch saßen, oder mich zynisch über irgendetwas verbreitete, damit sie lachten und Bob es hören konnte.

Aber weder Bobs Haltung noch sein Blick änderten sich irgendwie zu jener Zeit, ich konnte tun, was ich wollte. Ich hole das jetzt nur heraus, zum Beweis, daß er meine Komödie durchschaute. Eines Abends wartete ich in seinem Haus, neben dem Klavier, auf Inés, als er hereinkam. Er trug einen bis zum Kragen geschlossenen Regenmantel, die Hände in den Taschen. Er begrüßte mich mit einem Kopfnicken, blickte sofort um sich, als habe er mich durch die rasche Kopfbewegung ausgelöscht; ich sah, wie er neben dem Tisch auf dem Teppich, auf den er mit seinen gelben Gummischuhen trat, auf und ab ging. Er berührte mit einem Finger eine Blume, setzte sich auf den Rand des Tisches, fing zu rauchen an und betrachtete den Blumentopf, gelassen das Gesicht mir zugewandt, weich, nachdenklich. Unvorsichtigerweise – ich stand und lehnte am Klavier – berührte ich mit der linken Hand eine tiefe Taste und war damit gezwungen, den Ton alle drei Sekunden anzuschlagen, wobei ich Bob ansah.

Ich hatte für ihn nichts als Haß und einen beschämenden Respekt übrig, und drückte die Taste nieder, so mit feiger

Wildheit den Ton in die Stille des Hauses nagelnd, bis ich mich plötzlich von außen sah und die Szene betrachtete, als sähe ich sie von oben, von der Treppe oder von der Tür her, und ich sah und spürte ihn, Bob, schweigend, abwesend, und den Rauchfaden seiner Zigarette, der zitternd nach oben stieg, ich sah mich, groß und steif, ein wenig pathetisch, ein wenig lächerlich im Halbdämmer, wie ich exakt alle drei Sekunden auf die tiefe Taste mit meinem Zeigefinger hämmerte. Ich dachte, daß ich die Saite nicht irgendeiner unbegreiflichen Prahlerei wegen zum Tönen brachte, sondern daß ich nach ihm rief, daß der tiefe Ton, den mein Finger hartnäckig nach der letzten Schwingung wieder hervorrief, zuletzt das gefundene, das einzige Wort sei, womit ich seiner unversöhnlichen Jugend Toleranz und Verständnis abbetteln konnte. Er blieb unbeweglich, bis Inés oben die Schlafzimmertür zuschloß, bevor sie herunterging, um zu mir zu kommen. Da richtete Bob sich auf, ging langsam ans andere Ende des Klaviers, stützte einen Ellbogen auf, sah mich einen Augenblick lang an und sagte dann mit schönem Lächeln: »Dieser Abend – gehört er der Milch oder dem Whisky? Kopfloser Versuch, sich zu retten – oder Sprung in den Abgrund?«

Ich konnte nichts erwidern, konnte ihm nicht mit einem Faustschlag das Gesicht entstellen; ich berührte die Taste nicht mehr und zog die Hand langsam vom Klavier weg. Inés war mitten auf der Treppe, als er wegging und zu mir sagte: »Schön, mag sein, daß Sie improvisieren!«

Das Duell dauerte drei oder vier Monate, und ich konnte es nicht lassen, ich mußte am Abend in den Klub – ich erinnere mich flüchtig, daß damals Tennismeisterschaften stattfanden –, denn wenn ich einige Zeit dort nicht erschien, begrüßte es Bob dann, daß ich wiederkam: in seinen Augen wurden Verachtung und Ironie stärker, und dann machte er es sich mit einem glücklichen Lächeln im Sessel bequem.

Als der Augenblick kam, da ich mir keine andere Lösung wünschen konnte, als Inés sobald wie möglich zu heiraten, da änderte Bob seine Taktik. Ich weiß nicht, wie er merkte, wie sehr es mir not tat, daß ich seine Schwester heiratete, und daß

9

ich diese Notwendigkeit mit allen Kräften, die mir noch geblieben waren, bejahte. Meine Liebe zu dieser Notwendigkeit hatte die Vergangenheit ausgelöscht und jede Bindung zur Gegenwart. Ich achtete damals nicht auf Bob, aber kurze Zeit darauf mußte ich einsehen, wie sehr er sich in dieser Zeitspanne verändert hatte; manchmal stand ich aufrecht, unbeweglich in einer Ecke, beschimpfte ihn halblaut, begriff dann, daß in seinem Gesicht kein Spott mehr war; er trat mir ernst, mit genauer Berechnung gegenüber, wie man eine Gefahr, eine verwickelte Aufgabe betrachtet, als handle es sich darum, ein Hindernis abzuschätzen und es mit den Kräften eines Mannes zu messen. Aber ich achtete nicht mehr auf ihn, ich dachte sogar daran, daß in seinem unbeweglich starren Gesicht Verständnis für das lag, was ich eigentlich war: Verständnis für einen nicht mehr sauberen Alten, dem die angebetete Notwendigkeit, sich mit Inés zu verheiraten, Jahre und Geschehnisse abnahm, so daß ich mich ihm annähern konnte.

Dann sah ich, wie er den Abend erwartete; aber ich sah es plötzlich, als Bob am Abend kam, sich an den Tisch setzte, wo ich allein war, und den Kellner mit einem Wink verabschiedete. Ich wartete einen Augenblick, und sah ihn an, und er war ihr so ähnlich, wenn er die Brauen hob; und die Nasenspitze wurde, wenn er sprach, ein wenig flacher, wie bei Inés. »Sie werden Inés nicht heiraten«, sagte er dann. Ich sah ihn an, lächelte, sah weg. »Nein, Sie werden sie nicht heiraten, denn so etwas läßt sich vermeiden, wenn da nur einer fest entschlossen ist, daß es nicht dazu kommt.« Ich lachte wieder. »Vor einigen Jahren«, sagte ich zu ihm, »hätte mir das große Lust darauf gemacht, mich mit Inés zu verheiraten. Jetzt bleibt sich das gleich. Aber ich kann Sie anhören, wenn Sie mir erklären wollen . . .« Er hob den Kopf und betrachtete mich weiterhin schweigend; vielleicht hatte er die Antwort schon bereit und wartete darauf, daß ich den Satz zu Ende sprechen würde. »Wenn Sie mir erklären wollen, weshalb es Ihnen nicht paßt, daß ich sie heirate«, fragte ich langsam und stützte mich gegen die Wand. Ich sah sofort, daß ich nie geahnt hatte, wie sehr, mit welcher Entschlossenheit er mich haßte; sein Gesicht war bleich, Lippen und Zähne hielten ein Lächeln nieder. »Das müßte man kapitelweise erledigen«, sagte er, »wir würden damit den Abend nicht fertig werden ... Aber man kann es mit zwei oder drei Worten sagen. Sie werden sich nicht mit ihr verheiraten, denn Sie sind alt und sie ist jung. Ich weiß nicht, ob Sie dreißig oder vierzig sind, es ist auch gleichgültig. Aber Sie sind ein gemachter Mann, das heißt, ein erledigter wie alle Männer Ihres Alters, falls Sie nichts Außergewöhnliches sind.« Er sog an der erloschenen Zigarette, blickte in Richtung Straße und sah mich wieder an; mein Kopf lag an der Wand, ich wartete. »Natürlich haben Sie Gründe zu glauben, Sie seien etwas Außerordentliches. Zu glauben, Sie hätten vieles aus dem Schiffbruch gerettet. Aber das ist nicht so sicher.« Ich begann, von ihm abgewandt, zu rauchen; er war mir lästig, aber ich glaubte ihm nicht; ein schwacher Haß reizte mich, aber ich war mir gewiß, daß nichts mich dazu bringen könne, an mir zu zweifeln, nachdem ich erkannt hatte, daß es notwendig war, Inés zu heiraten. Nein: wir waren an einem Tisch, und ich war so rein und so jung wie er. »Sie könnten irren«, sagte ich zu ihm. »Wenn Sie mir etwas nennen könnten, was da in mir ›erledigt‹ sein soll ...« »Neinnein«, sagte er rasch, »ich bin nicht so kindisch. Dieses Spiel spiele ich nicht mit. Sie sind egoistisch, sind sinnlich auf eine schmutzige Weise. Sie sind an elende Dinge gekettet, und die Dinge sind's, von denen Sie mitgeschleift werden. Das geht nirgendwohin, und Sie wollen es auch nicht wirklich. Das ist es, nichts anderes; Sie sind alt und sie ist jung. Ich darf nicht einmal an sie denken, wenn Sie mir gegenüberstehen. Und Sie möchten ...« Auch damals konnte ich ihm nicht das Gesicht zerschlagen; so beschloß ich, von ihm abzusehen, ging zum Musikautomaten, warf eine Münze hinein und drückte irgendeine Taste. Langsam kehrte ich zum Sitz zurück und hörte zu. Die Musik war nicht sehr laut; irgendwer sang da sehr schön, mit großen Pausen. Neben mir sagte Bob, daß nicht einmal er, irgendeiner wie er, würdig sei, Inés in die Augen zu sehen. Armer Junge, dachte ich voller Bewunderung. Dann sagte er, das, was er »Alter« nenne, das Ekelhafteste, das den Verfall bestimme, oder vielleicht Symbol des Verfalls sei, das sei: in Begriffen denken, die Frauen im Wort »Frau« begreifen, sie unbesorgt zurechtstoßen, damit sie sich dem Begriff fügten, der durch eine armselige Erfahrung erworben worden war. Aber, auch das sagte er, das Wort »Erfahrung« sei ebenso ungenau. Es gebe keine Erfahrungen, sondern nur Althergebrachtes, immer Wiederholtes, welke Namen, womit man die Dinge belegen und sie auch ein wenig erschaffen könne. Das sagte er, mehr oder weniger. Und ich dachte daran, wenn er tot umfiele oder doch die Methode finden könnte, mich umzubringen, jetzt gleich, auf der Stelle, und wenn ich ihm die Bilder erzählte, die ich in mir hatte, als er sagte, nicht einmal er sei würdig, Inés auch nur mit einer Fingerspitze zu berühren, dieser arme Junge, oder den Saum ihres Kleides zu küssen, die Spur ihrer Schritte oder ähnliches... Nach einer Pause – die Musik war zu Ende, am Apparat erloschen die Lichter, das Schweigen wurde immer größer – sagte Bob: »Das ist alles...«, und ging, wie er immer ging, nicht rasch, nicht langsam.

Wenn mir auch an jenem Abend das Gesicht von Inés in den Zügen Bobs erschien, wenn die Ähnlichkeit von Geschwistern diese Täuschung hervorbringen konnte, und ich Inés auf dem Umweg über Bob bekam – es war damals das letzte Mal, daß ich das Mädchen sah. Zwar war ich mit ihr nachher noch an zwei Abenden zusammen, es war unser gewohntes Treffen, und eines Mittags, bei einer Begegnung, die von meiner Verzweiflung erzwungen wurde, die unnütz war, aber ich wußte ja von vornherein, daß jedes Wort und meine Anwesenheit nutzlos waren, daß alle meine inständigen Bitten auf erschreckende Weise absterben würden, als wären sie nie gewesen, aufgelöst im riesigen blauen Himmel über dem Platz, unter dem grünen, friedlichen Laubwerk, mitten in der schönen Jahreszeit.

Die kleinen, raschen Züge im Gesicht von Inés, das mir Bob an jenem Abend gezeigt hatte – sie hatten etwas von dem Enthusiasmus, der Reinheit des Mädchens, auch wenn sie gegen mich gerichtet waren, einig in der Aggression. Aber wie mit Inés reden, wie sie berühren, überzeugen: diese plötzlich apathisch gewordene Frau der beiden letzten Begegnungen? Wie sie wiedererkennen oder sie sich nur ins Gedächtnis rufen, beim Anblick dieser Frau mit dem großen, starren Körper, im Sessel ihres Hauses und auf der Bank des Platzes, beidesmal und an beiden Orten dieselbe entschlossene Starre, diese Frau mit dem straffen Hals, die Augen nach vorne gerichtet, tot der Mund, die Hände in den Schoß gelegt. Ich betrachtete sie, es war ein Nein, ich wußte, daß die ganze Luft, die sie umgab, ein Nein war.

Ich erfuhr nie, welchen Klatsch Bob dafür gewählt hatte; jedenfalls bin ich sicher, daß er nicht log, und daß damals nichts – auch nicht Inés – ihn zur Lüge verführen konnte. Ich sah Inés nicht mehr, nicht mehr ihre leere, harte Gestalt; ich erfuhr, daß sie heiratete und daß sie nicht mehr in Buenos Aires lebt. Damals, mitten in Haß und Leiden stellte ich mir gern Bob vor, wie er sich meine Handlungen vorstellte und genau die richtige (oder auch die Gesamtheit der Dinge) auswählte, die geeignet waren, mich bei Inés auszulöschen und sie für mich auszulöschen.

Jetzt ist es ungefähr ein Jahr her, daß ich Bob fast täglich im selben Café, von denselben Leuten umringt, sehe. Als wir einander vorgestellt wurden – heute nennt er sich Roberto –, da begriff ich, daß die Vergangenheit zeitlos ist und das Gestern sich an den Tag vor zehn Jahren anschließt. Noch war in seinem Gesicht der eine oder der andere herabgekommene Zug von Inés, und Bob erreichte durch eine einzige Bewegung des Mundes, daß ich wieder den länglichen Körper des Mädchens sah, ihre ruhigen, lockeren Schritte, und daß die gleichen unveränderlichen Augen mich wieder unter einer lockeren Frisur ansahen, die von einem roten Band über dem Haar gehalten wurde. Abwesend, verloren für immer konnte sie sich lebendig, unberührt, endgültig unverwechselbar bewahren, identisch mit ihrem Wesen. Aber es war mühselig, am Gesicht, den Worten und den Gesten Bobs zu kratzen, um Bob wiederzufinden und ihn hassen zu können. Am Abend, als wir uns zum erstenmal wiederbegegneten, wartete ich stundenlang, daß er allein bliebe oder hinausginge, damit ich mit ihm reden und ihn verprügeln konnte. Ruhig, schweigend, manchmal sein Gesicht ausforschend oder in den spiegelnden Fenstern des Cafés Inés heraufbeschwörend, setzte ich geschickt die Sätze, womit ich ihn beschimpfen wollte, zusammen, und ich fand den ruhigen Ton, in dem ich sie ihm sagen wollte, wählte die Körperstelle für den ersten Hieb. Aber er ging mit drei Freunden weg, als es dunkel wurde, und ich entschloß mich, den günstigen Abend abzuwarten (so wie er vor Jahren gewartet hatte), da er allein sein würde.

Als ich ihn wiedersah, als wir diese zweite Freundschaft begannen, die, wie ich hoffe, nie enden wird, hörte ich auf, an irgendeinen Angriff zu denken. Es blieb ausgemacht, daß ich nie mit ihm über Inés oder die Vergangenheit reden würde und daß ich, im Schweigen, all dies in mir lebendig halten würde. Und ich tue nun nichts als das, fast jeden Abend, wenn ich Roberto und die vertrauten Gesichter im Café sehe. Mein Haß bleibt stark und frisch, während ich Roberto weiterhin sehen, ihm zuhören kann; niemand weiß von meiner Rache, Tag für Tag. Ich spreche mit ihm, lächle, rauche, trinke Kaffee. Die ganze Zeit über denke ich an Bob, an seine Reinheit, seinen Glauben, die Kühnheit seiner vergangenen Träume. Ich denke an jenen Bob, der die Musik liebte, an jenen Bob, der den Plan gefaßt hatte, das Leben der Menschen schöner zu machen, der eine Stadt von blendender Schönheit bauen wollte, für fünf Millionen Einwohner, längs des Küstenufers an der Flußmündung; an Bob, der nie lügen konnte; an Bob, der zum Kampf der Jungen gegen die Alten aufrief; an Bob, den Herrn der Zukunft und der Welt. Und ich dachte an dies alles, minuziös und wohlgefällig, angesichts des Mannes, dessen Finger vom Tabak gelb sind und der Roberto heißt, der ein groteskes Leben führt, der in irgendeinem stinkenden Büro arbeitet, der mit einer dicken Frau verheiratet ist, die er »meine Gattin« nennt; an den Mann, der diese langen Sonntage in einem Sessel des Cafés versunken verbringt, Zeitungen liest und per Telefon bei Rennen wettet.

Nie liebte einer eine Frau mit der Kraft, mit der ich sein

Verkommensein liebe, die Endgültigkeit, mit der er in das schmutzige Leben der Menschen untergetaucht war. Niemand entbrennt stärker als ich in Liebe angesichts seiner flüchtigen Sprünge, der Pläne ohne Überzeugungskraft, die ein vernichteter und weit entfernter Bob ihm zuweilen diktiert und die nur dazu dienen, daß er genau abschätzen kann, in welchen Schmutz er für immer versunken ist.

Ich weiß nicht, ob ich jemals Inés in der Vergangenheit so freudig, so voller Liebe willkommen geheißen habe, wie ich jetzt Bob in der schrecklichen, stinkenden Welt der Erwachsenen willkommen heiße. Er ist eben angekommen, manchmal macht er eine Krise durch und wird melancholisch. Ich habe ihn weinerlich und betrunken gesehen; er beschimpfte sich, und schwor, er wolle sofort zu den Tagen Bobs zurückkehren. Ich kann versichern, daß dann mein Herz von Liebe übergeht, weich und zärtlich wird wie das Herz einer Mutter. Im Grunde weiß ich, daß er nie weggehen wird, denn er hat keinen Ort, wohin er gehen könnte; aber dann werde ich sanft und geduldig und versuche ihn zu bewegen, daß er sich darein schickt. Wie die Handvoll Heimaterde, oder diese Fotografien von Straßen und Gebäuden, oder die Lieder, die Einwanderer mitbringen – so mache ich für ihn Pläne, und Glaubensbekenntnisse und verschiedne Morgen, die das Licht und den Geschmack des Reiches der Jugend haben, aus dem er vor einiger Zeit gekommen ist. Und er nimmt das an; er erhebt immer Einspruch, damit ich meine Versprechen verdopple, aber er sagt zum Schluß immer Ja, schneidet zum Schluß ein Grimassen-Lächeln und glaubt, eines Tages werde er sicher in die Welt und zu den Stunden Bobs zurückkehren; er macht Frieden mit sich, inmitten seiner dreißig Jahre, und er bewegt sich ohne Ekel oder Schaudern zwischen den schrecklichen Kadavern der alten Sehnsüchte, den ekelhaften Formen der Träume, die unter dem achtlosen, ständigen Druck so vieler tausend Füße verschlissen wurden.

Als Díaz Grey es gleichmütig akzeptierte, daß er allein geblieben war, begann er das Spiel: sich in der einzigen Erinnerung wiederzuerkennen, die ihm bleiben wollte, wechselnd, schon ohne Datum. Er sah die Bilder der Erinnerung, und sah sich selbst, wie er sie transponierte und korrigierte, um zu vermeiden, daß sie sterbe; wie er bei jedem Erwachen das Abgenützte reparierte, es mit raschen Erfindungen erhielt, während er den Kopf am Fenster der Ordination abstützte, während er den weißen Kittel bei Einbruch der Nacht auszog, während er sich in der Nacht in der Hotelbar langweilte. Sein Leben und er selber waren schon nicht mehr als jene Erinnerung, die einzige, die es verdiente, heraufbeschworen und korrigiert zu werden, die einzige, wert, daß sie beschönigt wurde.

Der Arzt ahnte, daß er mit den Jahren schließlich glauben würde, daß der erste erinnerungswerte Teil der Geschichte bereits alles ankündete, was, mit verschiedenen Varianten, dann eintraf; er würde schließlich zugeben, daß das Parfüm der Frau – er hatte es während der ganzen Fahrt vom Vordersitz her gerochen – alle nachfolgenden Vorfälle enthüllte und entschlüsselte, alles, woran er sich jetzt erinnerte und für falsch erklärte, was aber vielleicht Vollkommenheit erlangen würde, im Alter. Er würde dann entdecken, daß der Colorado, die Jagdflinte, die wilde Sonne, die Legende vom vergrabenen Ring, die vorsätzlich verfehlten Treffen im wurmstichigen Chalet, und auch der Brand am Ende schon im Parfüm einer unbekannten Marke enthalten war, das er jetzt in bestimmten Nächten auf der Oberfläche süßlicher Getränke riechen konnte.

Nach der Fahrt längs der Küste, zu Beginn der Erinnerung, fuhr das Auto von der Straße weg und kletterte, langsam und unsicher, hoch, bis Quinteros anhielt und die Scheinwerfer erloschen. Díaz Grey wollte sich nicht um die Landschaft kümmern; er wußte, daß das Haus von Bäumen umgeben war, sehr hoch über dem Fluß, allein stehend in den Dünen. Die Frau blieb sitzen; sie gingen ein Stück weg. Quinteros übergab ihm die Schlüssel und die zusammengefalteten Geldscheine. Vielleicht berührte das Licht des Feuerzeuges, das sie an die Zigarette hielt, flüchtig ihre Umrisse.

»Rühr dich nicht und werde nicht ungeduldig. Den Strand entlang, nach rechts hin, kommt man zum Dorf«, sagte Quinteros. »Wir werden schon sehen, daß das wieder in Ordnung kommt. Versuche nicht, mich aufzusuchen oder mich anzurufen. Einverstanden?«

Díaz Grey stieg zum Haus hinauf und tat, als wolle er sein weißes Gewand verbergen, während er im Zickzack zwischen den Bäumen ging. Der Wagen kam auf den Weg und fuhr immer schneller, bis das Geräusch des Motors sich mit dem des Meeres mischte, bis er nur mehr das Meer hörte, mit geschlossenen Augen, und sich hartnäckig vorsagte, daß er in einem Oktobermonat lebte, und sich daran erinnerte, daß er die letzten Wochen fast ausschließlich dafür verwendet hatte, Rezepte für Morphium in der nagelneuen Ordination von Quinteros auszufertigen, und verstohlen die englische Geliebte von ihm anzusehen – Dolly oder Molly –, daß sie sie in ihrer Handtasche bewahrte und Zehnpeso-Scheine auf eine Tischdecke legte, ohne sie direkt zu übergeben, ohne je mit ihm zu reden – sie zeigte nicht einmal, daß sie ihn sah, und folgte aufmerksam der raschen und gelenkigen Bewegung der Hand von Díaz Grey über dem Arzneimittelbuch.

Die sonnigen Tage, die sich am Strand wiederholten, bevor der Colorado kam, verwandelten sich in der Erinnerung in einen einzigen Tag, so lang wie ein normaler Tag, aber in ihm hatten alle Vorgänge Platz: ein Herbsttag, fast heiß, in dem auch seine eigene Kindheit Platz gehabt hätte, und eine Fülle von Wünschen, die nie in Erfüllung gegangen waren. Er brauchte nicht eine einzige Minute hinzuzufügen, um sich mit den Fischern ganz außen links am Strand reden zu sehen, wie er Krebse zerstückelte, als Köder; um zu sehen, wie er den Strand entlang in Richtung Dorf lief, zum Krämer, wo er das

Essen kaufte und sich etwas betrank, wobei er einsilbig auf jede Behauptung des Besitzers antwortete. Er badete, an demselben fast heißen Tag, völlig allein am Strand, und er fand unter vielen anderen Dingen ein wurmzerfressenes Holzstück, das auf den Wogen schaukelte, und drei Möwen, die darüber kreischten. Er kletterte die Dünen hoch und rutschte aus, er verfolgte Insekten zwischen den Wurzelfasern der Büsche, und fühlte den Platz voraus, an dem der Ring vergraben werden würde.

Und während das geschah, gähnte Díaz Grey auf dem Korridor des Chalets, in einem Liegestuhl ausgestreckt, eine Flasche an der Seite, eine alte Illustrierte über den Beinen; die Flinte, im Schuppen entdeckt, rostig, nutzlos, senkrecht gegen den Stamm der Schlingpflanze gelehnt.

Díaz Grey hatte die Flasche, die Illustrierte und die Flinte bei sich, er war ernüchtert, als der Colorado zwischen den Bäumen hervorkam und zum Haus hinaufstieg, den Sakko von einer Schulter hängend, den breiten Rücken gekrümmt. Díaz Grey wartete, bis der Schatten des anderen seine Beine berührte; dann hob er den Kopf und sah das wirre Haar, die hohlen Wangen voller Sommersprossen; ihn erfüllte eine Mischung aus Erbarmen und Ekel, die sich in der Erinnerung unverändert erhalten sollte, stärker als aller Wille des Gedächtnisses oder der Phantasie.

»Mich schickt der Doktor Quinteros. Ich bin der Colorado«, kündigte er mit einem Lächeln an; mit einem auf das Knie gestützten Arm wartete er auf die verblüffenden Änderungen, die sein Name der Landschaft, dem zu Ende gehenden Morgen, Díaz Grey und seiner Vergangenheit aufzwingen würde. Er war viel beleibter als der Arzt, auch so, gebückt, wodurch er einen frühzeitigen Buckel bekam. Sie sprachen kaum; der Colorado zeigte die Reihe seiner kleinen Zähne, die wie die eines Kindes waren; er stammelte und schielte nach dem Fluß.

Díaz Grey konnte unbeweglich verharren, als wäre der andere nicht gekommen, als strecke er nicht den Arm aus, um den Sakko fallen zu lassen, als kauere er nicht nieder, bis er auf der

Veranda saß, mit hängenden Beinen, den Oberkörper allzu gekrümmt in Richtung Strand. Der Arzt erinnerte sich an die Krankengeschichte des Colorado, die schwülstige Beschreibung seiner Pyromanie, die Quinteros verfaßt hatte, in der dieser rothaarige Halbidiot, der in den Nordprovinzen mit Zündhölzern und Petroleumkannen handelte, auftauchte: wie er sich mit der Sonne zu identifizieren suchte, wie er sich der Opferung in der mütterlichen Dunkelheit widersetzte. Vielleicht rief er sich jetzt, da er den Widerschein im Wasser und am Sand sah, poetisch verklärt und mächtig die Brände in Erinnerung, die er Quinteros gestanden hatte.

»Wird nicht gegessen?« fragte der Colorado, als es Abend wurde. Da erinnerte sich Díaz Grey daran, daß der andere hier war, gebeugt, den runden Kopf zum Strand hin gestreckt, wo die Windwirbel aufzusteigen begannen. Er hieß ihn ins Haus kommen, und sie aßen; er versuchte, ihn betrunken zu machen, um etwas zu erfahren, was ihn nicht interessierte: ob er gekommen sei, um sich zu verstecken, oder um ihn zu überwachen. Aber der Colorado redete kaum, während er aß; er trank alle Gläser leer, die ihm angeboten wurden, und streckte sich dann barfuß an einer Seite des Hauses aus.

Dann begannen die Regentage, eine Periode der Nebel, die sich ineinander verzweigten und die, rasch welk, von den Bäumen hingen, wobei sie manchmal andere verwischten, andere aufleben ließen, die Farben der im Sand zertretenen Blätter.

»Er ist nicht da«, dachte Díaz Grey, während er den zusammengekrümmten und stummen Körper des Colorado betrachtete, und er sah, wie er barfuß ging und die Feuchtigkeit mit den Schultern vor sich her schob und sich wie ein durchnäßter Hund schüttelte.

Mit einem halbausgestreckten Arm, einem Lächeln, welches das lange Warten auf ein unmögliches Wunder enthüllte, bemächtigte sich der Colorado der Flinte. Er begann sich in den Nächten über sie zu beugen, neben der Lampe, er arbeitete daran herum, fettete, grübelnd und ungeschickt, Schrauben und Springfedern ein; am Morgen ging er hinaus in den Nebel, die Waffe um die Schulter, oder sie hing ihm gegen ein Bein.

Der Arzt suchte Reste von Kisten, Papier, Lumpen, ein paar fast dürre Zweige zusammen, und zündete eines Nachts das Feuer im Kamin an. Die Flammen beleuchteten die Hände, die sich über der offenen Flinte krümmten; der Colorado hob schließlich den Kopf und blickte starr ins Feuer, ohne einen anderen Ausdruck als den der Zerstreutheit, wie einer, der mit dem flackernden Licht ins Träumen kommt. Dann stand er auf, um die Trümmer besser zu ordnen, er griff sie sorglos an, dann setzte er sich wieder auf den kleinen Küchenstuhl, den er sich ausgesucht hatte, und zog die Flinte wieder an sich. Lang bevor das Feuer erlosch, ging er hinaus, um die Nacht zu kontrollieren, eben verwandelte sich der Nebel in Nieselregen; man konnte es schon auf dem Dach hören. Er kehrte zurück und schüttelte die Kälte ab, und der Arzt konnte sehen, wie er gleichmütig neben der Glut vorbeiging, die sein nasses Gesicht rötete; er sah, wie er sich ins Bett warf, das Gesicht der Wand zugekehrt, und die Flinte im Arm hielt. Díaz Grey warf ihm ein Tuch über die dreckigen Füße, streichelte ihn, tätschelte seinen Kopf, und ließ ihn schlafen, in einen Hund verwandelt. Er fühlte sich wieder allein, durch Tage und Nächte, bis eines Morgens die Sonne manchmal durchbrach. Da stiegen sie zum Strand hinunter – der Colorado sah ihn weggehen und folgte ihm; er blieb manchmal stehen und zielte mit der Flinte auf die wenigen Vögel, die er imstande war sich vorzustellen, und lief dann, bis er ihn fast eingeholt hatte – und sie gingen den Strand entlang ins Dorf. Mit einer Badetasche voller Nahrungsmittel und Flaschen kehrten sie unter einem bereits düster gewordenen Himmel zurück; der Arzt konnte die breiten nackten Füße des Colorado sehen, welche die verschiedenen Plätze betraten, wo der Ring vergraben sein würde.

Es regnete den ganzen Tag, und Díaz Grey stand auf, eine Minute, bevor er das Motorengeräusch auf dem Weg hörte. Hier beginnen die Augenblicke, die den Rest der Erinnerung nähren und ihr einen veränderlichen Sinn verleihen; und wie die Tage und Nächte vor der Ankunft des Colorado sich in einen einzigen Sonnentag verwandelten, breitete sich dieses Stück Erinnerung aus und wurde zu einem regnerischen, im Inneren des Hauses verbrachten Abend.

Er hörte sie miteinander reden, während sie zum Chalet hinaufstiegen; er erkannte die Stimme von Quinteros, erriet, daß die Frau, die stehenblieb und lachte, dieselbe war; er sah den Colorado, unbeweglich und stumm, die Arme um die Knie auf dem Sesselchen geschlungen; er stellte die Lampe auf den Tisch; sie brannte zwischen denen, die gleich eintreten würden, und ihm.

»Hallo, hallo!« sagte Quinteros. Er lächelte, er übertrieb seine Zufriedenheit; er berührte die nasse Schulter der Frau, als wolle er sie dazu bringen, zu grüßen. »Ich glaube, ihr kennt euch, nicht?«

Sie gab ihm die Hand und erwähnte in einer Frage die Langeweile und Einsamkeit. Díaz Grey erkannte das Parfüm wieder; er erfuhr, daß sie Molly hieß.

»Die Geschichte ist fast in Ordnung«, sagte Quinteros. »Du kannst bald wieder zu Watte und Jod zurück, samt einem makellosen Diplom. Ich hatte keine andere Möglichkeit, als dir dieses Vieh zu schicken; ich hoffe, er stört dich nicht, und du kannst ihn ertragen. Ich konnte es nicht auf andere Weise regeln. Vorsicht mit den Zündhölzern!«

Molly ging in den Winkel, wo der Colorado auf dem Sessel schaukelte, daß er ächzte. Sie berührte seinen Kopf und kauerte nieder, um ihm unnütze Fragen zu stellen, auf die sie selber einleuchtende Antworten gab. Díaz Grey begriff bewegt, daß sie mit einem einzigen Blick, vielleicht durch den Geruch, entdeckt hatte, daß der Colorado in einen Hund verwandelt worden war. Er beugte sich vor, drehte am Lampendocht, um das Gesicht vor Quinteros zu verbergen.

»Mir geht's recht gut. Die schönsten Ferien meines Lebens. Und der Colorado stört mich nicht; er spricht nicht, er ist in die Flinte verliebt. Ich könnte es so beliebig lang aushalten. Wenn Sie etwas essen wollen . . .«

»Danke«, sagte Quinteros. »Nur noch ein paar Tage, dann ist

alles in Ordnung.« Sie kauerte weiter neben dem Lächeln des
Colorado; der Regenmantel schleifte auf dem Boden. »Aber
ich glaube, ich werde dir die Ferien vergällen. Ist etwas
dagegen einzuwenden, daß Molly ein paar Tage hier bleibt? Es
ist gut, wenn man sie aus dem Verkehr zieht.«
»Nicht von meiner Seite«, erwiderte Díaz; er nahm rasch
seine zitternde Hand von der Lampe. »Aber sie, hier
leben . . .«
Er entfernte sich vom Tisch, wies mit den Armen auf die
Wände des Zimmers, trat in die Zone des Parfüms ein, kam
wieder heraus.
»Es wird sich finden«, sagte Quinteros. »Nicht wahr, du wirst
dich dreinfinden? Zwei oder drei Tage.«
Sie hob den Kopf und sah Quinteros an.
»Ich habe den Colorado, er kann mir etwas vorsingen.«
»Sie wird es dir erklären, wenn sie will«, sagte Quinteros. Er
verabschiedete sich fast sofort darauf, und die beiden gingen,
einander umarmend, langsam hinunter, obwohl der Regen das
Haar der Frau durchnäßte und verfilzte.
Jetzt verschwindet Quinteros bis ans Ende der Erinnerung;
im unbeweglichen, einzigen regnerischen Abend wählt sie den
Winkel, wo sie das Bett aufstellen wird; sie leitet den
Colorado bei der Aufgabe, das kleine Zimmer, das nach
Westen geht, zu leeren. Als das Schlafzimmer hergerichtet ist,
zieht sich die Frau den Regenmantel aus; sie zieht ein Paar
Strandschuhe an; sie stellt die Lampe anders auf dem Tisch;
sie bringt einen neuen Lebensstil herein, serviert Wein in drei
Gläsern, teilt Karten aus und versucht, alles ohne ein anderes
Mittel als durch Lächeln zu erklären, während sie das nasse
Haar glättet. Sie spielen eine Partie, noch eine; der Arzt
beginnt das Gesicht Mollys zu begreifen, die blauen, unruhigen Augen, das, was an Härte im breiten Kiefer ist, in der
Leichtigkeit, womit ihr Mund fröhlich werden kann und
gleich darauf wieder ausdruckslos. Sie essen etwas und trinken
wieder; sie verabschieden sich, um sich niederzulegen; der
Colorado schleppt sein Bett in die Nähe der Tür, hinter der
die Frau schläft, und streckt sich aus, die Flinte auf der Brust –

ein Absatz berührt den Boden, damit Díaz Grey wisse, er schlafe nicht.

Sie spielen wieder Karten bis zu jenem Augenblick, da sie zuviel trinkt und die Karten fallen läßt, die sie gerade dem Colorado geben will: sie öffnet die Finger, in einer endgültigen Weise, als ob sie sie heftig auf den Tisch würfe, und so bestimmt sie, daß sie nicht wieder spielen werden.

Der Colorado steht auf, sammelt die Karten ein und wirft sie ins Kaminfeuer. Jetzt bleibt nur mehr eines, denkt der Arzt: Molly zu liebkosen oder mit ihr zu reden; ihn zu finden und auszusprechen, den einen Satz, der sauber ist, aber auf Liebe anspielt. Er streckt den Arm aus und berührt ihr Haar, hebt es vom Ohr ab, läßt es fallen, hebt es wieder. Der Colorado legt den Schatten der Flinte, die er am Lauf gefaßt hat, über den Tisch. Díaz Grey hebt die Haare hoch, läßt sie fallen, und denkt jedesmal an die sanfte Berührung, die sie am Ohr fühlen muß.

Der Colorado redet jetzt über ihren Köpfen; er bewegt die Flinte und ihren Schatten; er wiederholt den Namen »Quinteros«, beendet und beginnt wieder denselben Satz, gibt ihm einen durchsichtigen oder verworrenen Sinn, je nachdem ob ihn Molly ansieht oder die Augen senkt. Die Flinte drischt auf das Handgelenk und stößt es gegen den Tisch.

»Das kann man nicht machen«, schreit der Colorado.

Díaz Grey hebt wieder die Haare vom Ohr ab, mit Fingern, die er kaum ausstrecken kann; Molly hebt die Hände und schließt sie über ihrem Gähnen. Dann spürt Díaz Grey den Schmerz im Handgelenk und denkt, und hat keine Kompensation dafür, daß es gebrochen sein kann. Sie legt eine Hand auf die Brust eines jeden. Der Colorado setzt sich wieder ins Sesselchen, neben dem erloschenen Kamin, und Díaz Grey streichelt seinen Schmerz, der den Arm hochsteigt, stößt die schmerzende Hand gegen den Mund Mollys, der zurückweicht, widersteht und sich öffnet. Dann kommt der Augenblick, in dem der Arzt den Colorado zu töten beschließt, und er erniedrigt sich so, daß er das Fischmesser zwischen Hemd und Bauch versteckt und am anderen vorbeigeht, bis die kalte

Klinge lau geworden ist, bis Molly von der Tür her, von verschiedenen Winkeln des Zimmers aus vorwärtsgeht, die Arme ausstreckt, sich selbst beschuldigt, und auf ein unbestimmtes, persönliches Verhängnis anspielt.

Der Arzt, vom Messer befreit, liegt im Bett und raucht; er hört das Trommeln des Regens auf dem Dach, auf der Oberfläche des unbeweglichen Abends. Der Colorado geht vor der Tür Mollys auf und ab, die unbrauchbare Flinte auf der Schulter, vier Schritte, Wendung, vier Schritte.

Das Geräusch des Wassers auf Dach und Laubwerk wird wütend, schwächt sich ab; jetzt gehen sie im erwartungsvollen Schweigen, durchforschen die graue Landschaft von Türen und Fenstern aus, ahmen die Haltungen von Statuen auf der Veranda nach, einen Arm ausgestreckt, alle Sinne vereint im Handrücken. Wenigstens sie und Díaz Grey. Der Colorado spürt das Unglück voraus und geht im Zimmer im Kreis; er schleift ein Ächzen hin, den Schaft der Waffe auf dem Boden. Der Arzt wartet darauf, daß die Geschwindigkeit seiner Schritte zunimmt, wütend wird, nachläßt.

Als Díaz Grey seine Gänge zwischen der Hütte und dem Kamin aufnimmt und alles herbeiträgt, was brennbar ist, geht der andere weiter, keuchend; er probiert ein Lied, das sie nicht hören will, das sie aber mit einer Kopfbewegung zu begleiten vorgibt. An den Türrahmen gelehnt, scheint sie größer und zugleich schwächer, in den Strandhosen und dem Marineleibchen. Der Colorado schleift die Füße nach und singt; sie wiegt schlau und hoffnungsvoll den Kopf, während Díaz Grey ein Streichholz entzündet; während die Flamme sich erhebt und in der Luft tönt. Ohne zurückzusehen, ohne den Versuch zu machen, zu erfahren, was geschieht, geht Díaz Grey in das Zimmer Mollys. Auf dem Bett ausgestreckt, wiederholt er halblaut das Lied, das der Colorado gesungen hat; er sieht die Finger Mollys an der Gürtelschnalle, er schweigt, als er ahnt, daß die Gelegenheit dem Schweigen entspricht. Der Regen ertönt wieder und die Wolken reißen auf; sie bewahren das traurige Licht des ewigen Schlechtwetterabends. Wange an Wange am Fenster, sehen sie, wie sich der Colorado entfernt, wie er quer über den Strand geht, bis zu dem Streifen Sand und Wasser, der durch eine hartnäckige Linie von Schaum begrenzt wird.

»Molly«, sagt Díaz Grey. Er weiß, daß es not tut, die Worte zu unterdrücken, damit jeder sich selbst betrügen, an die Wichtigkeit dessen glauben kann, was sie tun, und das schon widerspenstige Gefühl des Dauernden an sich locken kann. Aber Díaz Grey kann es nicht vermeiden, ihren Namen zu nennen.

»Molly«, wiederholt er, über ihren letzten Duft gebeugt. »Molly.«

Jetzt ist der Colorado aufgerichtet, steif neben dem erkalteten Kamin, die Flinte auf die Zehen eines Fußes gestützt. Sie setzt sich an den Tisch und trinkt; Díaz Grey bewacht den Colorado, ohne den Blick von den Zähnen Mollys zu wenden, die der Wein befleckt hat und die in einer wiederholten Grimasse gezeigt werden, die nie ein Lächeln zu sein versucht. Sie läßt das Glas stehen, erschaudert, spricht englisch: zu niemandem. Der Colorado bewacht weiterhin das erloschene Feuer; da verlangt sie nach einem Bleistift und schreibt Verse, zwingt Díaz Grey, sie anzusehen und sie für immer aufzuheben, möge geschehen, was wolle. Im Gesicht der Frau ist so viel Verzweiflung, daß er sich aufrafft und die Verse ansieht; und Díaz Grey bewegt die Lippen, als lese er Verse, und er bewahrt vorsichtig das Papier auf, während sie zwischen Liebesglut und Weinen schwankt.

»Das habe ich geschrieben, es gehört mir«, lügt sie. »Es gehört mir und dir. Ich will dir erklären, was es bedeutet, ich will, daß du es auswendig lernst.«

Geduldig und bewegt zwingt sie ihn, zu wiederholen, verbessert ihn, ermutigt ihn:

> Here is that sleeping place,
> Long resting place
> No stretching place,
> That never-get-up-no-more
>   Place
>   Is here.

Sie gehen hinaus, um den Colorado zu suchen. Arm in Arm gehen sie über den Weg, den sie ihn vorher gehen sahen, in einem anderen Augenblick des unfreundlichen Abends; sie gehen Schritt für Schritt und fühlen sich betroffen; sie gehen quer über den Strand bis zum Ufer und dort entlang bis zum Dorf, bis zum Kaufladen. Díaz Grey verlangt ein Glas Wein und stützt sich auf die Theke; sie verschwindet im Geschäft, ruft und murmelt im Winkel, wo das Telefon ist. Sie hat, als sie zurückkehrt, ein neues Lächeln, ein Lächeln, das dem Arzt Furcht einflößen würde, wenn er entdecken würde, daß es einem anderen Mann gilt.

Sie gehen den Weg in dem dichten Nieselregen zurück, der wieder vom Himmel fällt. Sie bleibt stehen.

»Wir finden den Colorado nicht«, sagt sie, ohne ihn anzusehen. Sie hebt den Mund, damit Díaz Grey ihn küsse, und läßt ihm einen Ring in der Hand, als sie sich voneinander lösen. »Damit können wir Monate leben, überall. Holen wir meine Sachen!«

Während sie schneller den Strand entlanggehen, sucht Díaz Grey vergeblich nach dem richtigen Satz und Blick für den Colorado. Jetzt, allerdings, schwimmt nahe dem Ufer ein wurmstichiges Holz, das die Wellen heben und senken; und darüber drei Möwen, und ihr Kreischen hallt durch die Luft.

Sie sieht das Automobil früher als Díaz Grey und beginnt zu laufen, und rutscht auf dem Sand aus. Der Arzt sieht, wie sie auf eine Düne steigt, die Arme geöffnet, den Halt verliert und verschwindet; er bleibt allein in der kleinen Wüste des Strandes, die Augen brennen vom Wind. Er dreht sich um, sie zu schützen, und setzt sich schließlich. Dann – manchmal am Ende des Nachmittags, manchmal mitten drinnen – gräbt er ein Loch in den Sand, wirft den Ring hinein, deckt ihn zu; er macht das achtmal, an den Stellen, die der Colorado betreten hat, die er selbst mit einem einzigen Blick bezeichnet hat. Achtmal gräbt er den Ring unter dem Regen ein, und entfernt sich; er geht auf das Wasser zu, versucht, anderswohin zu sehen; er betrachtet die Dünen, die rachitischen Bäume, das

Dach des Hauses, das Automobil auf dem Hang. Aber er kehrt immer geradewegs, ohne zu zögern, genau auf den Platz zurück, wo der Ring vergraben liegt; er steckt die Finger in den Sand und berührt ihn. Auf dem Rücken liegend ruht er aus, läßt sich vom Regen durchnässen und wird ruhiger; langsam geht er auf das Haus zu.

Der Colorado liegt neben dem erloschenen Kamin, er kaut langsam; er hat ein Glas voll Wein in der Hand. Sie und Quinteros murmeln rasch, einander zugewandt, bis Díaz Grey vortritt, bis es unmöglich ist, seine Schritte nicht zu hören.

»Hallo!« sagt Quinteros, und lächelt ihm zu, streckt ihm eine Hand hin, noch immer mit dem Hut auf dem Kopf – er hat sich's noch nicht bequem gemacht.

Díaz Grey zieht einen Stuhl heran und setzt sich neben den Colorado; er streichelt seinen Kopf und tätschelt ihn, jedes Mal stärker, in der Hoffnung, er möge wütend werden und ihm einen Kinnhaken verpassen. Aber der andere kaut weiter; kaum wendet er sich, um zu schauen; da läßt Díaz Grey seine Hand auf dem rötlichen Haar liegen und blickt auf sie und Quinteros.

»Alles ist in Ordnung«, sagt Quinteros. »Im Zweifelsfall zugunsten . . .‹, um die Worte des Richters zu wiederholen. Wenn du besorgt warst, so hoffe ich, daß du jetzt . . . Obwohl ihr natürlich hier bleiben könnt, solange ihr wollt.«

Er nähert sich, bückt sich, um ihm wieder zusammengefaltete Geldscheine zu geben. Als Molly sich geschminkt und den Regenmantel bis zum Hals zugeknöpft hat, richtet Díaz Grey sich auf und öffnet im Licht vor der Frau die Hand, den Ring auf der Handfläche. Wortlos – und jetzt muß man annehmen, daß die Szene am Ende des Nachmittags stattfindet – nimmt sie seine Finger und biegt sie um, einen nach dem anderen, bis der Ring verdeckt ist.

»Solang du willst«, sagt Quinteros von der Tür her. Díaz Grey und der Colorado hören das Motorengeräusch, das sich entfernt, das verstummt, das Murmeln des Meeres.

Hier endet in der Erinnerung der lange regnerische Nachmittag, der begann, als Molly in das Haus in den Dünen kam; wieder kann die Zeit zum Messen benützt werden.

So dramatisch, als wolle er sich überzeugen, er habe alles früher als Díaz Grey begriffen, richtet sich der Colorado auf und dreht sich der Tür zu, dem Regen entgegen, der nachläßt, ein Gesicht, menschlich geworden durch Überraschung und Angst. Er berührt den Arzt zum erstenmal, packt ihn an einem Arm und scheint ihn durch die Berührung zu stärken; dann erhebt er sich und läuft aus dem Haus.

Díaz Grey öffnet die Hand, nähert sich dem Licht, um den Ring anzusehen und die Sandkörner wegzublasen, die an ihm kleben; er läßt ihn auf dem Tisch, trinkt langsam ein Glas Wein, als ob der Wein gut wäre, als ob ihm noch etwas bliebe, woran er denken könnte. Zeit genug, denkt er; er ist sicher, daß der Colorado keine Hilfe braucht. Als er sich entschließt hinauszugehen, findet und prüft er gleichzeitig den letzten Augenblick, der in den dunstigen Nachmittag hineinpaßt: ein Streifen rötlichen Lichtes zieht sich hoch über dem Fluß hin. Er zündet sich eine Zigarette an und geht auf die Seite des Hauses, wo der Schuppen steht; er denkt sorglos, daß er zuletzt den Ring eingesteckt hat, daß er das Papier mit den Versen auf dem Tisch gelassen hat; daß vielleicht bewußter Zynismus genügen könne, ihn davor zu bewahren, Leidenschaft nachzuäffen und lächerlich zu werden.

Als Díaz Grey in der Ordination, an einem Platz der Provinzhauptstadt, sich dem Spiel hingibt, sich selbst durch diese Erinnerung, die einzige, zu erkennen, ist er gezwungen, das Gefühl seiner leeren Vergangenheit mit dem Gefühl, womit er seine Schultern spürt, zu vermengen; das Gefühl eines spärlich behaarten rotblonden Kopfes, der sich gegen die Fensterscheibe lehnt, mit dem Gefühl der Einsamkeit, die rasch angenommen wird, als sie bereits unüberwindlich geworden ist. Auch muß er annehmen, daß sein ängstliches Leben, sein eigener Körper, der Wollust beraubt, Symbole sind: für eine närrische Erinnerung, um die er seit Jahren kämpft.

Am Ende der Erinnerung, die er vorzieht, läßt sich Díaz Grey neben das Haus fallen, auf nassen Sand. Die verzückte Wut des Colorado, der Zweige, Papier, Bretter, Möbelstücke gegen die Holzwand des Chalets häuft, läßt ihn schallend lachen; er hustet und wälzt sich; als er den Geruch von Kerosin bemerkt, bewirkt er durch einen gebieterischen Pfiff, daß der andere innehält, und nähert sich, auf der Feuchtigkeit und den Blättern ausrutschend, holt aus der Tasche die Streichholzschachtel und hält sie schüttelnd an sein Ohr, während er vorwärtsgeht und ausrutscht.

Der erste Brief, die erste Fotografie, wurde ihm in die Zeitung geschickt, zwischen Mitternacht und Redaktionsschluß. Er klopfte gerade auf der Maschine, ein wenig hungrig, ein wenig krank von Kaffee und Tabak, vertraut, selig dem Werden des Satzes, dem gehorsamen Erscheinen der Worte hingegeben. Er schrieb: »Es wäre noch zu betonen, daß die Herren Kommissare nichts Verdächtiges, ja nicht einmal etwas Ungewöhnliches im großartigen Triumph von ›Play Boy‹ sahen, der auf der Winterrennbahn im Vorteil war und in der entscheidenden Phase wie ein Pfeil dominierte«, als er die rote, tintenbekleckste Hand von »Politik« sah, zwischen seinem Gesicht und der Maschine; sie hielt ihm den Umschlag hin.

»Das ist für dich. Immer hauen sie die Korrespondenz durcheinander. Nicht ein einziger gottverdammter Termin für einen Klub, und dann kommen sie und heulen, und wenn sich die Wahlen nähern, dann scheint ihnen kein Platz groß genug. Und jetzt ist Mitternacht, und sag du mir, wie soll ich denn die Spalte füllen!?«

Auf dem Umschlag stand sein Name, »Abteilung Rennen, El Liberal«. Das einzig Merkwürdige: ein paar grüne Marken und der Briefstempel »Bahía«. Er schrieb den Artikel zu Ende; da kamen sie auch schon aus der Setzerei, ihn anzufordern. Er war matt und zufrieden, fast allein im riesigen Redaktionsraum, und er dachte an den letzten Satz: »Wir möchten das nochmals bestätigen, mit aller Objektivität, die wir seit Jahren allen unseren Behauptungen angedeihen lassen. Wir sind das einem sportliebenden Publikum schuldig.« Der Neger sah Kuverts im Archiv durch, die reife Frau von »Gesellschaft« zog langsam die Handschuhe in ihrer Glaskabine aus, als Risso, unvorsichtigerweise, den Umschlag öffnete.

Drinnen war ein Foto, Postkartengröße, ein braunes, unterbelichtetes Foto, an dessen düsteren Rändern Haß und Unflätigkeit anwuchsen, unbestimmte dicke Streifen bildend, wie ein Relief, wie Schweißtropfen, die ein angstverzerrtes Gesicht umgeben. Er sah es überrascht, verstand nicht ganz, wußte, daß er alles gegeben hätte, wenn er das Gesehene vergessen könnte.

Er steckte die Fotografie in eine Tasche und zog sich den Mantel an, während »Gesellschaft« rauchend aus ihrer Glaskabine kam, einen Fächer von Papieren in der Hand.

»Hallo!« sagte sie, »da bin ich nun; der Ball ist gerade erst zu Ende.«

Risso betrachtete sie von oben. Das helle gefärbte Haar, die Falten am Hals, das Doppelkinn, das rund und spitz wie ein kleiner Bauch herabfiel, die winzigen, exzessiv fröhlichen Kleinigkeiten, die ihre Kleider schmückten. »Es ist eine Frau, auch sie. Jetzt sehe ich an ihr das rote Halstuch, die violetten Nägel der alten, tabakgelben Finger, die Ringe und Armbänder, das Kleid, das ihr ein Schneider an Zahlungs Statt gab, nicht ein Liebhaber; die unendlich hohen, vielleicht schiefen Absätze, der fast wütende Enthusiasmus, den sie in ihr Lächeln legt. Alles ist leichter, wenn ich überzeugt bin, daß auch sie eine Frau ist.«

»Es ist spaßig, wie geplant: wenn ich komme, gehen Sie, als ob Sie immer die Flucht vor mir ergreifen wollten. Draußen herrscht eisige Kälte. Man läßt mir, wie versprochen, das Material hier, aber nicht einmal einen Namen, eine Überschrift: ›Erraten Sie's, irren Sie sich, publizieren Sie einen phantastischen Blödsinn!‹ Ich kenne nur die Namen des Brautpaars, und das dank Gott. Überfluß und schlechten Geschmack, das gab's. Die Freunde wurden durch einen glänzenden Empfang im Haus der Brauteltern geehrt. An einem Samstag ist nicht gut heiraten. Richten Sie sich jedenfalls darauf ein: von der Rambla her kommt Eiseskälte.«

Als Risso sich mit Gracia César verheiratete, schwiegen wir alle dazu und ließen die pessimistischen Prophezeiungen ungesagt. Zu jener Zeit blickte sie die Einwohner von Santa María von den Plakaten des »Kellers«, der Theatergemeinschaft, an, von Wänden, die zu Herbstende sehr alt aussahen. Manchmal intakt, oder mit Bleistiftbart, oder von wütenden Fingernägeln zerfetzt, andere vom Regen – so wandte sie halb den Kopf, und blickte wach, ein wenig mißtrauisch auf die Straße, ein wenig auch von der Hoffnung geblendet, sie könnte überzeugen, könnte verstanden werden. Durch den Glanz in den feuchtschimmernden Augen, der durch die fotografische Vergrößerung des »Ateliers Orloff« hineinprojiziert worden war, konnte man auf ihrem Gesicht auch die Komödie der Liebe für das ganze Leben sehen, und die entschlossene und ausschließliche Suche nach dem Glück war damit ausgedrückt.

Das war gut, so mußte er wohl gedacht haben, so war es wünschenswert, war notwendig, stimmte mit dem Ergebnis der Multiplikation der Witwermonate Rissos mal der Summe unzähliger gleicher Samstagmorgen überein, in denen er, im Bordell an der Küste, geschickt höfliche Posen eingenommen hatte, Posen des Wartens, der Vertrautheit. Ein Glanz, jener der Plakataugen, verknüpfte sich mit der frustrierten Geschicklichkeit, womit er wieder den Knoten der immer nagelneuen, schwarzen Trauerkrawatte band, vor dem ovalen, drehbaren Spiegel im Schlafzimmer des Bordells.

Sie heirateten, und Risso glaubte, es genüge, wie immer weiterzuleben, aber nun legte er, ohne daß er daran dachte, die Wut seines Körpers in sie hinein, die wahnsinnige Notwendigkeit, etwas Absolutes zu haben, die ihn in den langen Nächten besessen hatte.

Sie dachte an Risso wie an eine Brücke, einen Ausweg, einen Anfang. Sie hatte unberührt zwei Verlobungen hinter sich gebracht – mit einem Direktor, einem Schauspieler –, vielleicht weil Theater für sie nicht nur Spiel, sondern auch Beruf war, und weil sie dachte, daß Liebe abseits entstehen und behütet werden müsse, nicht befleckt durch das, was man tut, um sich Geld und Vergessen zu sichern. Mit dem einen und dem anderen Mann war sie verdammt, bei Verabredungen auf den Plätzen, der Rambla oder im Café zu spüren, wie mühsam diese Versuche waren, wie anstrengend die Anpassung, wie sehr sie auf Stimme und Hände achtgeben mußte. Sie spürte ihr eigenes Gesicht immer eine Sekunde, bevor ein Ausdruck darauf trat – als könne sie ihn betrachten oder berühren. Sie handelte mutig und ungläubig, erkannte ausweglos ihr Spiel und das des anderen – Schweiß und Theaterstaub, der sie untrennbar bedeckte, Zeichen der Zeit.

Als die zweite Fotografie kam (von Asunción, mit einem offensichtlich anderen Mann), fürchtete Risso vor allem, ein unbekanntes Gefühl nicht ertragen zu können, das weder Haß noch Schmerz war, das mit ihm namenlos sterben würde, das verwandt war mit Ungerechtigkeit und Verhängnis, mit der ersten Angst des ersten Menschen auf der Erde, mit dem Gefühl des Nichts und dem Beginn des Glaubens.

Die zweite Fotografie wurde ihm von »Gerichtssaal« übergeben, eines Mittwochnachts. Am Donnerstag konnte er über seine Tochter von zehn Uhr morgens bis zehn Uhr abends verfügen. Er entschloß sich zuerst, den Umschlag zu zerreißen, ohne ihn zu öffnen; er steckte ihn ein, und erst am Donnerstagmorgen, während seine Tochter ihn im Saal der Pension erwartete, erlaubte er sich einen raschen Blick auf das Foto, bevor er es über der Klosettmuschel zerriß: auch hier war der Mann von hinten zu sehen.

Aber er hatte das Foto aus Brasilien oft angesehen. Er bewahrte es einen ganzen Tag auf, und im Morgengrauen dachte er an einen Scherz, einen Irrtum, an eine vorübergehende, absurde Geschichte. Das hatte er schon erlebt; er war oft aus einem Alptraum aufgewacht, hatte dienstfertig und dankbar den Blumen an der Schlafzimmerwand zugelächelt.

Er lag auf dem Bett, als er den Umschlag aus dem Sakko zog, und das Foto aus dem Umschlag.

»Gut«, sagte er laut, »es ist gut, es ist sicher, so ist es. Es hat keine Bedeutung; auch wenn ich es nicht sähe, würde ich wissen, daß es geschieht.«

(Als die Fotografie mit dem Selbstauslöser gemacht und in der Dunkelkammer im roten, ermutigenden Schein der Lampe entwickelt wurde, da hatte die Frau diese Reaktion Rissos

33

wahrscheinlich vorhergesehen: diesen Trotz, diese Weigerung, sich in der Wut Luft zu schaffen. Sie hatte auch vorhergesehen, oder es vielleicht gewünscht, mit einer kleinen, schlecht erkennbaren Hoffnung, daß er aus der offenen Beleidigung, der entsetzlichen Würdelosigkeit eine Liebesbotschaft ausgraben möge.)

Er schützte sich wieder, bevor er das Foto ansah: »Ich bin allein, ich sterbe vor Kälte in einer Pension in der Calle Piedras, in Santa María, an irgendeinem Morgen, allein, meine Einsamkeit bereuend, als ob ich sie gesucht hätte, stolz, als ob ich sie verdient hätte.«

Auf der Fotografie stemmte die Frau ohne Kopf ihre Fersen aufreizend auf den Rand eines Diwans, wartete so auf die Ungeduld des obskuren Mannes, der, unvermeidlich, im Vordergrund riesenhaft erschien – und sie war sicher, sie brauchte ihr Gesicht nicht zu zeigen, um erkannt zu werden. Auf der Rückseite stand, in ihrer ruhigen Schrift: »Grüße aus Bahía.«

In der Nacht, die der zweiten Fotografie entsprach, dachte er, er könne die ganze Infamie begreifen, könne sie akzeptieren. Aber er wußte, daß Überlegung, Beharrlichkeit, organisierte Raserei, womit Rache geübt wurde, ihm nicht zu Gebote standen. Er prüfte: er war dem nicht gewachsen; er fühlte sich unwürdig so vielen Hasses, so vieler Liebe, so starken Wollens, Leid zuzufügen.

Als Gracia Risso kennenlernte, konnte sie viele gegenwärtige und zukünftige Dinge mutmaßen. Sie ahnte seine Einsamkeit, wenn sie sein Kinn und einen Westenknopf ansah, sie ahnte, daß er verbittert und nicht besiegt war, daß er Revanche brauchte, und es sich nicht klarmachen wollte. Viele Sonntage sah sie ihn auf dem Platz, vor der Vorstellung, vorsichtig rechnend, das mürrische, leidenschaftliche Gesicht, den schmierigen Hut vergessen auf dem Kopf, den großen trägen Körper, den er langsam verfetten ließ. Sie dachte das erste Mal an Liebe, als sie allein waren, an Begierde, oder an die Begierde, mit ihrer Hand die Trauer der Backenknochen und Wangen des Mannes zu lindern. Sie dachte auch an die Stadt,

34

in der die einzig mögliche Weisheit hieß: zur rechten Zeit resignieren. Sie war zwanzig Jahre alt, Risso vierzig. Sie begann an ihn zu glauben, sie entdeckte, wie intensiv Neugier sein kann, und sagte sich, daß man nur dann wirklich lebt, wenn jeder Tag seine Überraschung bietet.

Während der ersten Wochen schloß sie sich ein, um allein zu lachen, sie auferlegte sich götzenhafte Anbetung, lernte, Seelenzustände durch Gerüche zu unterscheiden. Sie orientierte sich, entdeckte, was hinter Stimme, Schweigen, den Launen und Körperhaltungen des Mannes steckte. Sie liebte die Tochter Rissos, veränderte ihr Aussehen, strich die Ähnlichkeit mit dem Vater besonders heraus. Sie ging nicht vom Theater weg, denn die Stadtgemeinde subventionierte es endlich, und jetzt hatte sie im »Keller« einen sicheren Verdienst, eine Welt, von ihrem Haus, dem Schlafzimmer, dem rasenden, unzerstörbaren Mann getrennt. Sie wollte nicht auf Wollust verzichten; sie wollte ausruhen und sie vergessen, wollte, daß die Wollust ruhe und vergesse. Sie machte Pläne und verwirklichte sie; sie war sicher, daß das Universum der Liebe unendlich groß war, sicher, daß jede Nacht für sie immer anders, erstaunlich sein würde, neu.

»Alles«, sagte Risso immer wieder, »absolut alles kann uns geschehen und wir werden immer glücklich sein und uns lieben. Alles, ob das nun Gott, oder ob wir es erfinden.«

In Wirklichkeit hatte er früher nie eine Frau gehabt, und glaubte jetzt das zu erzeugen, was ihm auferlegt wurde. Aber nicht sie zwang ihm das auf, Gracia César, das Geschöpf Rissos, abgetrennt von ihm, um ihn ergänzen zu können, wie die Luft die Lunge, wie der Winter das Getreide.

Das dritte Foto ließ drei Wochen auf sich warten. Es kam auch aus Paraguay, nicht in die Zeitungsredaktion, sondern in die Pension, und das Dienstmädchen brachte es ihm am Ende eines Nachmittags, als er aus einem Traum erwachte, worin man ihm geraten hatte, sich gegen Furcht und Irrsinn zu verteidigen: er solle jede Fotografie, die noch kam, in der Brieftasche aufbewahren, sie anekdotisch, unpersönlich, unschädlich machen; er brauche sie dazu nur hundertmal täglich zerstreut ansehen.

Das Dienstmädchen klopfte an die Tür, und er sah den Umschlag in den Brettchen der Jalousie hängen, und spürte, wie er in der schmutzigen Luft seine schädliche Natur und zuckende Drohung ausschwitzte. Er sah ihn vom Bett aus an wie ein Insekt, wie ein giftiges Tier, das man zertreten kann, wenn man auf seine Sorglosigkeit, den günstigen Irrtum wartet.

Auf der dritten Fotografie war sie allein, und stieß mit ihrer Weiße die Schatten aus einem schlecht beleuchteten Zimmer, sie hatte den Kopf schmerzhaft nach hinten geworfen, der Kamera entgegen, war robust, auf allen vieren. So unverwechselbar jetzt, als hätte sie sich in einem Atelier fotografieren lassen und hätte mit dem zartesten, am meisten charakteristischen und ausweichenden Lächeln posiert.

Nur hatte jetzt Risso ein unabänderliches Erbarmen mit ihr, mit sich, mit allen Liebenden, die auf der Welt geliebt haben, Mitleid mit Wahrheit und Irrtum ihres Glaubens, mit der einfachen Absurdität der Liebe, und der komplexen Absurdität der von Menschen geschaffenen Liebe.

Aber er zerriß auch diese Fotografie und wußte, daß es ihm unmöglich sein würde, noch eine zu sehen und weiterzuleben. Aber nach dem magischen Plan, wonach sie sich zu verständigen und miteinander zu sprechen begonnen hatten, war Gracia gezwungen, sich bewußt zu werden, daß er diese Fotos, kaum daß sie angekommen waren, zerriß, jedesmal weniger neugierig, mit weniger Gewissensbissen.

Nach diesem magischen Plan waren alle diese groben oder schüchternen, dringend benötigten Männer nichts als Hindernisse, Mißachtungen des rituellen Aktes: auf der Straße oder im Café den Naivsten und Unerfahrensten auszusuchen, der sich ohne Mißtrauen dazu hergeben konnte, mit einem komischen Stolz vor Kamera und Auslöser zu posieren; den am wenigsten Unangenehmen unter allen, die der auswendig hergesagten Rede Glauben schenken mochten, welche die eines Handelsvertreters hätte sein können:

»Ich hatte noch nie einen solchen Mann: so einzigartig, so anders. Und ich weiß bei diesem Theaterleben nie, wo ich morgen sein und ob ich dich wiedersehen werde. Ich will dich wenigstens auf einer Fotografie haben, wenn wir weit voneinander entfernt sind und ich dich vermisse.«

Es war fast immer leicht, Männer zu überreden (sie dachte dabei an Risso oder sparte es sich für morgen auf), und dann tat sie ihre Pflicht, die sie sich auferlegt hatte: sie postierte die Lichter, machte die Kamera schußfertig, setzte den Mann in Glut. Wenn sie an Risso dachte, rief sie sich einen alten Vorfall ins Gedächtnis: sie gab ihm wieder die Schuld, daß er sie damals nicht geschlagen, sie für immer mit einem bläßlichen Schimpfwort hinausgeworfen hatte, mit einem intelligenten Lächeln, einer Bemerkung, die sie mit allen übrigen Frauen vermengte. Und daß er sie nie verstand, daß er gezeigt hatte, trotz der Nächte und der schönen Phrasen, daß er sie nie verstanden hatte.

Ohne allzu große Hoffnung ging sie schwitzend durch das ewig dumpfe und warme Hotelzimmer, maß die Entfernung, stellte die Blende ein, korrigierte die Position des steifen Männerkörpers. Sie zwang den Mann, der gerade an der Reihe war, mit irgendeinem Hilfs-, einem Reizmittel, einer liederlichen Lüge, ihr das zynische, mißtrauische Gesicht zuzuwenden. Sie versuchte zu lächeln, zu verlocken; sie ahmte das zärtliche Zungenschnalzen nach, wie man das bei Neugeborenen macht; sie berechnete den Ablauf der Sekunden und berechnete gleichzeitig, wie intensiv das Foto auf ihre Liebe zu Risso anspielen würde.

Aber da sie das nie erfahren konnte, da sie nicht einmal wußte, ob die Fotografien in die Hände Rissos gelangten oder nicht, wurden die Fotos immer drastischer; sie verwandelte sie in Dokumente, die mit ihnen, Risso und Gracia, sehr wenig zu tun hatten.

Sie ging so weit, zu erlauben und zu erzwingen, daß die von der Gier schmal gewordenen Gesichter, durch den alten männlichen Traum von Besitzergreifung verblödet, der Kamera mit hartem Lächeln, einer verschämten Frechheit ins Auge sahen. Sie fand es nötig, sich zurückgleiten zu lassen, so ins Blickfeld zu kommen, daß die kurze Nase, die großen dreisten Augen aus dem Nichts, das ein Foto nicht fassen kann, herabkamen, um die schmutzige Welt, die tölpelhafte, falsche fotografische Vision wiederzugeben, Satiren auf die Liebe, die sie regelmäßig nach Santa María zu schicken geschworen hatte. Aber ihr wirklicher Fehler war: an wechselnde Anschriften zu schreiben.

Die erste Trennung, sechs Monate nach der Heirat, war willkommen und übertrieben angsterfüllt. »Der Keller« – jetzt das Stadttheater von Santa María – fuhr nach El Rosario. Sie wiederholte dort das gleiche blendende Spiel, eine Schauspielerin unter Schauspielern zu sein und an das zu glauben, was auf der Bühne geschah. Das Publikum war bewegt, applaudierte oder ließ sich nicht mitreißen. Pünktlich erschienen Programme und Kritiken; und die Leute akzeptierten das Spiel und spielten es bis zum Ende des Abends mit; sie sprachen davon, was sie gesehen und gehört hatten, sie hatten bezahlt, um sehen und hören zu können, und sprachen mit einer gewissen Verzweiflung, einem gewissen hitzigen Enthusiasmus über Handlungen, Bühnenbilder, Dialoge und Verwicklungen.

So also wurde das Spiel, das abwechselnd melancholische und berauschende Heilmittel, das sie begann, wenn sie sich langsam dem Fenster näherte, das auf den Fjord hinausging, erschauderte und für den ganzen Saal murmelte: »Vielleicht . . . aber auch mein Leben ist voller Erinnerungen, von denen die anderen nichts wissen«, auch in El Rosario akzeptiert. Immer fielen Spielkarten, wenn sie ausspielte; das Spiel kam in endgültige Form und es war unmöglich, sich nur zu unterhalten, es von außen zu betrachten.

Diese erste Trennung dauerte genau zweiundfünfzig Tage, und Risso versuchte in dieser Zeit das Leben nachzuahmen, das er mit Gracia César während der sechs Monate Ehe geführt hatte. Zur gleichen Stunde ins selbe Café, ins selbe Restaurant, um dort die Freunde wiederzusehen; auf der Rambla wieder zu schweigen, einsam zu sein, auf dem Rückweg zur Pension verblendet die Vorwegnahme der Zusammenkunft zu ertragen, von Stirn und Mund exzessive Bilder zu verdrängen, die aus immer vollendeter werdender Erinnerung und unmöglich zu verwirklichendem Ehrgeiz aufstiegen.

Es waren zehn oder zwölf Cuadras, er nun allein, langsamer, durch Nächte, von lauen und eisigen Winden belästigt, auf der unruhigen Schnittlinie, die den Frühling vom Winter trennt. Sie dienten ihm dazu, seine Not, seine Schutzlosigkeit zu ermessen und zu erfahren, daß der Wahnsinn, den sie miteinander teilten, wenigstens die Größe hatte, ohne Zukunft, nicht Mittel zu sein für ein anderes.

Was sie betraf, so hatte sie geglaubt, daß Risso der gemeinsamen Liebe einen Wahlspruch gegeben hatte, als er, hingestreckt, mit frischem Erstaunen, betäubt flüsterte:

»Alles kann geschehen, und wir werden immer glücklich sein und werden uns lieben.«

Der Satz war schon kein Urteil mehr, keine Meinung, er drückte keinen Wunsch aus. Er war ihnen diktiert und auferlegt worden, war die Bestätigung einer alten Wahrheit. Nichts, was sie tun oder denken mochten, konnte die rasende Liebe schwächen, die ausweglose, die unveränderliche Liebe. Alle menschlichen Möglichkeiten konnten genutzt werden, und alles war dazu verdammt, sie zu nähren.

Sie glaubte, daß sich draußen, jenseits des Zimmers, eine Welt erstreckte, die sinnlos war, von Wesen bewohnt, die nicht wichtig waren, von wertlosen Tatsachen wimmelnd.

So dachte sie nur an Risso, an sie beide, als ein Mann sie an der Bühnentür zu erwarten begann, als er sie einlud, und mit sich nahm, als sie sich selbst auszog.

Es war die letzte Woche in El Rosario, und sie hielt es für sinnlos, in Briefen an Risso davon zu berichten; denn der Vorfall war nicht von ihnen getrennt und hatte gleichzeitig nichts mit ihnen zu tun, denn sie hatte wie ein neugieriges, prachtvolles Tier gehandelt, mit einem gewissen Mitleid mit diesem Mann, einer gewissen Verachtung für die Armseligkeit dessen, was ihrer Liebe zu Risso hinzugefügt wurde. Und als sie nach Santa María zurückkam, zog sie es vor, bis zum Vorabend eines Donnerstags zu warten – denn donnerstags ging Risso nicht in die Zeitung – bis zu einer zeitlosen Nacht, bis zu einem Morgengrauen, das mit den fünfundzwanzig erlebten identisch war.

Sie begann es ihm zu erzählen, bevor sie sich entkleidete, mit dem Stolz und der Zärtlichkeit, einfach eine neue Liebkosung erfunden zu haben. Er stützte sich in Hemdsärmeln auf den Tisch, hatte die Augen geschlossen und lächelte. Dann ließ er sie sich ganz entkleiden, und bat sie, die Geschichte zu wiederholen, nun stehend, wobei sie sich barfuß auf dem Teppich bewegte, fast ohne die Stellung zu wechseln, ihm den Rücken zuwendend und den Körper im Gleichgewicht haltend, indem sie das Gewicht von einem Bein auf das andere verlagerte. Manchmal sah sie auch das lange, schwitzende Gesicht Rissos, den schweren Körper, der sich auf den Tisch stützte, mit den Schultern das Glas Wein beschützend, und manchmal stellte sie sich das flüchtig vor, im Eifer, ja genau zu berichten, in der Freude, diese merkwürdig intensive Liebe, die sie in El Rosario zu Risso gespürt hatte, nochmals zu erleben, neben einem Mann mit vergessenem Gesicht, neben niemandem, neben Risso.

»Gut, und jetzt ziehst du dich wieder an«, sagte er mit derselben erstaunten und rauhen Stimme, die immer wieder gesagt hatte, daß alles möglich sei, daß alles für sie sein würde.

Sie prüfte sein Lächeln und zog sich wieder an. Eine Zeitlang betrachteten beide die Muster der Tischdecke, die Flecken, den Aschenbecher, worauf ein Vogel mit abgebrochenem Schnabel stand. Dann kleidete er sich ganz an und ging weg; er gab den Donnerstag, seinen freien Tag, dazu her, mit dem Doktor Guiñazú zu reden, und ihn zu überzeugen, wie dringend die Scheidung sei, und er spottete von vornherein über Versöhnungsversuche.

Dann kam eine lange, schlimme Zeit, in der Risso Gracia wieder haben wollte und er gleichzeitig Pein und Ekel einer vorstellbaren Wiederbegegnung haßte. Dann entschied er: er brauchte Gracia, und jetzt ein wenig mehr als früher. Die Versöhnung war notwendig, und er bereit, jeden Preis dafür zu zahlen, vorausgesetzt, der Wille würde nicht eingreifen, vorausgesetzt, es wäre möglich, sie in den Nächten wieder zu haben, ohne zuzustimmen, auch nicht durch sein Schweigen.

Er verbrachte die Donnerstage wieder mit Spaziergängen, mit der Tochter, und hörte sich die Liste erfüllter Weissagungen an, die die Großmutter nach Tisch wiederholte. Er hatte heimlich unbestimmte Nachrichten von Gracia; er begann sie sich als eine unbekannte Frau vorzustellen, deren Gebärden und Reaktionen erraten oder abgeleitet werden mußten, als eine behütete einsame Frau unter anderen Menschen, an verschiedenen Orten; eine Frau, die ihm vorherbestimmt war und die er würde lieben müssen – vielleicht seit der ersten Begegnung.

Fast einen Monat nach Beginn der Trennung teilte Gracia einander widersprechende Anschriften aus und verschwand aus Santa María.

»Seien Sie unbesorgt«, sagte Guiñazú. »Ich kenne die Frauen gut und habe etwas Ähnliches erwartet. Das ist böswilliges Verlassen, und es vereinfacht die Sache sehr, die jetzt auch nicht mehr durch Verzögerungstaktiken betroffen werden kann – das macht nur das Unrecht der beklagten Partei deutlicher.«

Es war ein feuchter Frühlingsbeginn, und manche Nacht kam Risso aus der Zeitung, dem Café gegangen, und gab dem Regen Namen, erneuerte seine Qual, als bliese er in eine Glut, schob sie von sich, um sie besser sehen zu können, unglaublich, und er dachte an nie erlebte Liebesnächte, um sich gleich darauf an sie mit verzweifelter Gier zu erinnern.

Risso hatte, ohne sie anzusehen, die drei letzten Botschaften zerstört. Er hockte nun, und für immer, in der Zeitung und in der Pension, wie ein kleines Raubtier in seinem Bau, wie ein Tier, das die Schüsse der Jäger vor dem Eingang seines Unterschlupfs hallen hört. Er konnte sich nur vor dem Tode retten und vor dem Gedanken an den Tod, wenn er sich zur Ruhe zwang, als wisse er nichts. Geduckt bewegte er Schnurrbart und Schnauze wie Beine; er konnte nur darauf hoffen, daß sich die ihm fremde Wut erschöpfte. Er erlaubte sich weder Worte noch Gedanken, sah sich aber doch gezwungen, langsam zu begreifen: die Gracia, die Männer und Stellungen für die Fotos aussuchte und wählte, verschmolz mit dem Mädchen, das viele Monate vorher Kleider, Gespräche, Schminke, Zärtlichkeiten für seine Tochter sich ausgedacht hatte, um einen trostlosen Witwer zu erobern, diesen Mann, der einen mageren Lohn verdiente und der den Frauen nur ein erstauntes, treues Unverständnis bieten konnte.

Er hatte endlich angefangen zu glauben, daß das Mädchen, das ihm lange, übersteigerte Briefe während der kurzen sommerlichen Trennung in der Brautzeit geschrieben hatte, dieselbe Frau war, die seine Verzweiflung und Vernichtung wollte, wenn sie ihm die Fotografien schickte. Und endlich dachte er, daß der Liebende, der obstinat und trostlos im Bett den unheilvollen Geruch des Todes eingeatmet hat, dazu verdammt ist, für sich und für sie nach Vernichtung, nach dem endgültigen Frieden im Nichts zu verlangen.

Er dachte an das Mädchen, das am Arm zweier Freundinnen an den Nachmittagen auf der Rambla spazierengegangen war, in weiten bunten Kleidern aus steifem Stoff, die die Erinnerung erfand und aufzwang; an das Mädchen, das durch die Ouvertüre des »Barbiers« ging, die das sonntägliche Konzert der Musikkapelle abschloß, und das ihn eine Sekunde lang ansah. Er dachte an den Blitz: ein wilder Ausdruck, womit sie um sich sah, Anerbieten und Herausforderung; womit sie ihm gerade die fast männliche Schönheit eines nachdenklichen, großflächigen Gesichtes zeigte; womit sie ihn, den durch sein Witwertum einfältig Gewordenen, auswählte. Und nach und nach gab er zu, daß dies dieselbe nackte Frau war, etwas dicker nun, mit dem Anschein einer gewissen Gelassenheit und Vernunft, die ihm aus Lima, Santiago und Buenos Aires Fotografien schickte.

Die nächste Fotografie kam aus Montevideo, aber weder in die Zeitung noch in die Pension. Und er bekam sie nicht zu

Gesicht. Er ging eines Nachts aus dem »Liberal«, als er den lahmen Schritt des alten Lanza hörte, der ihn auf der Treppe verfolgte, und er hörte hinter sich den schütternden Husten, die unschuldige, heuchelnde Phrase der Einleitung. Sie gingen ins »Baviera« essen; und Risso hätte nachher schwören können, daß der verkommene, kranke Mann, der nach Tisch eine feuchte Zigarette in den eingefallenen Mund steckte und wieder herausnahm, der ihm nicht in die Augen schauen wollte, der einleuchtende Kommentare über die Nachrichten rezitierte, die die UP der Zeitung während des Tages übermittelt hatte, von Gracia voll war, oder vom verrückten, absurden Aroma, das Liebe ausströmt.

»Von Mann zu Mann«, sagte Lanza resigniert. »Oder von einem Alten, der im Leben nicht mehr Glück hat als das zweifelhafte Glück weiterzuleben. Von einem Alten zu Ihnen; und ich weiß nicht, wer Sie sind, denn das kann man nie wissen. Ich weiß ein paar Tatsachen und habe Kommentare darüber gehört. Aber ich habe kein Interesse mehr, meine Zeit mit Glauben oder Zweifeln zu verlieren. Es bleibt sich gleich. Jeden Morgen stelle ich fest, daß ich noch lebe, ohne Bitterkeit, ohne mich zu bedanken. Ich schleife durch Santa María und durch die Redaktion ein krankes Bein nach, und die Arteriosklerose; ich erinnere mich an Spanien, korrigiere die Abzüge, schreibe, und manchmal rede ich zuviel. Wie heute abend. Ich erhielt eine dreckige Fotografie; der Absender steht außer Zweifel. Auch kann ich nicht erraten, weshalb man gerade mich aussuchte. Auf der Rückseite steht: ›Für die Sammlung Risso‹, oder etwas Ähnliches. Ich glaubte schließlich, es sei das beste, es Ihnen zu sagen, denn mir so etwas zu schicken, ist Wahnsinn ohne mildernde Umstände, und vielleicht tut es Ihnen gut zu wissen, daß sie wahnsinnig ist. Jetzt wissen Sie es; ich ersuche Sie nur um die Erlaubnis, das Foto zu zerreißen, ohne daß ich es Ihnen zeige.«

Risso sagte Ja und begriff in der Nacht, als er bis zum Morgen das Licht der Straßenlampe an der Zimmerdecke sah, daß das zweite Unglück, die Rache, dem Wesen nach weniger schwer war als das erste, der Verrat, aber auch viel unerträglicher. Er fühlte seinen langen Körper wie einen freiliegenden Nerv, ausgesetzt, ohne Erleichterung finden zu können.

Die vierte, nicht an ihn gerichtete Fotografie warf ihm die Großmutter seiner Tochter am folgenden Donnerstag auf den Tisch. Das Mädchen hatte sich schlafen gelegt, und das Foto war wieder im Umschlag. Er fiel zwischen Siphonflasche und die Schüssel mit dem Obstmus, lang, schräg, vom Widerschein einer Flasche verfärbt, und zeigte enthusiastische Buchstaben in blauer Tinte.

»Du wirst begreifen, daß nach dem da . . .« stammelte die Großmutter. Sie rührte im Kaffee und betrachtete das Gesicht Rissos, suchte in seinem Profil das Geheimnis, weshalb die Welt so schmutzig war, weshalb ihre Tochter gestorben war, sie suchte nach Erklärung für so vieles, das sie geahnt hatte, ohne den Mut zu haben, daran zu glauben. »Du wirst begreifen . . .« wiederholte sie wütend, mit der komischen gealterten Stimme.

Aber sie wußte nicht, was zu begreifen war, und Risso begriff es auch nicht, auch wenn er sich anstrengte, und er sah den Umschlag an, der vor ihm lag, mit einer Ecke am Tellerrand.

Draußen war die Nacht schwer und die offenen Fenster der Stadt mischten das milchige Geheimnis des Himmels mit den Geheimnissen der Menschenleben, ihrer Begierden, ihrer Gewohnheiten. Risso wälzte sich auf dem Bett und glaubte, er beginne zu begreifen, und das Begreifen ging in ihm wie eine Krankheit vor sich, wie ein Wohlergehen, frei von Willen und Intelligenz. Es geschah einfach: von der Berührung der Füße mit den Schuhen bis zu den Tränen, die ihm auf Wangen und Hals fielen. Das Begreifen geschah in ihm, und es lag ihm nichts daran zu wissen, was es war, das er da begriff, während er sich erinnerte oder sein Weinen sah und seine Ruhe, den langen, passiven Körper auf dem Bett, die Krümmung der Wolken im Fenster, alte und zukünftige Szenen. Er sah den Tod und die Freundschaft mit dem Tod, die stolze Verachtung von Regeln, die alle Menschen einhellig beachteten; er war verblüfft über seine Freiheit. Er zerriß die Fotografie über der Brust, ohne die Augen vom weißen Schein der Fenster

44

abzuwenden, langsam und geschickt; er fürchtete, Lärm zu machen. Er fühlte dann die Bewegung eines neuen Lufthauchs, der das Zimmer erfüllte und sich mit unerfahrener Trägheit durch Straßen und überraschte Gebäude zog, um ihn zu erwarten und ihn morgen und die folgenden Tage zu beschützen.

Er lernte bis zum Morgengrauen (wie Städte, die ihm unerreichbar erschienen waren) die Selbstlosigkeit kennen, das Glück ohne Grund, die Annahme der Einsamkeit. Und als er zu Mittag erwachte, als er sich die Krawatte lockerte und die Armbanduhr, während er schwitzend gegen den fauligen Gewittergeruch im Fenster anging, überkam ihn zum erstenmal väterliche Zärtlichkeit für die Menschen und das, was Menschen getan und erbaut hatten. Er war entschlossen, die Adresse Gracias herauszufinden, sie anzurufen oder zu ihr zu fahren, um mit ihr zu leben.

Diese Nacht war er in der Zeitung ein langsamer, glücklicher Mann; er handelte ungeschickt wie ein Neugeborenes, erfüllte sein Seitenpensum mit der Zerstreutheit und den Irrtümern, die man im allgemeinen einem Fremden verzeiht. Die große Nachricht: Ribereña konnte in San Isidro unmöglich das Rennen bestreiten, denn wir sind in der Lage, unsere Leser darüber zu informieren, daß die Hoffnung des Rennstalls El Gorrión heute früh Schmerzen in einer Vorhand zeigte, und sich eine Sehnenscheidenentzündung herausstellte; es zeigt sich klar, daß das Pferd sehr darunter leidet . . .

»Wenn ich denke, daß er die Sparte ›Pferderennen‹ machte«, sagte Lanza, »dann versucht man sich diese Verwirrung zu erklären und kann sie mit der eines Mannes vergleichen, der sein Gehalt auf eine Angabe hin verspielt, die ihm Trainer, Jockey, der Besitzer und das Pferd selber geben und bestätigen. Denn wenn er auch, soweit man weiß, die besten Motive dafür hatte, zu leiden und ohne weiteres alle Schlafmittel aller Apotheken von Santa María zu schlucken – was er mir eine halbe Stunde, bevor er es tat, zeigte, es war nichts als das Räsonnement und die Haltung eines betrogenen Mannes. Ein

Mann, der sicher gewesen war und gerettet, und der es plötzlich nicht mehr ist, und der sich nicht erklären kann, wie das sein konnte, welcher Rechenfehler den Zusammenbruch herbeigeführt hat. Denn in keinem Augenblick nannte er die Stute ›Stute‹, die diese niederträchtigen Fotografien in der ganzen Stadt verteilte, und er wollte nicht einmal über die Brücke gehen, die ich ihm baute. Ich suggerierte ihm, ohne daran zu glauben, die Möglichkeit, daß die Stute – nackt und sich aufbäumend, wie sie sich gern in der Öffentlichkeit präsentierte, oder auf der Bühne Eierstockprobleme anderer Stuten, die durch das Welttheater berühmt geworden sind, zärtlich besprechend – daß sie völlig verrückt sei. Er habe sich geirrt, nicht als er sie heiratete, sondern in einem anderen Augenblick, den er nicht nennen wollte. Er sei schuld – unsere Unterredung war unglaublich und erschreckend! Denn er hatte mir bereits gesagt, er werde sich umbringen, und hatte mich überzeugt, es sei unnütz und auch grotesk und noch einmal unnütz, zu argumentieren, um ihn zu retten. Und er redete kalt mit mir, und akzeptierte mein Flehen nicht, er möge sich betrinken. Er habe sich geirrt, darauf bestand er, und nicht die verdammte Hure, die die Fotografie dem jungen Mädchen schickte, zu den Schulschwestern. Vielleicht dachte sie, die Schwester Oberin würde den Umschlag öffnen, vielleicht wünschte sie, daß der Umschlag unberührt in die Hände der Tochter Rissos käme, und war diesmal sicher, Risso an der Stelle zu treffen, wo er wirklich verwundbar war.«

DAS GESICHT DES UNGLÜCKS

Für Dorotea Muhr – Unbekannter Hund des Glücks

I

Als es Abend wurde, stand ich, trotz des lästigen Windes, in Hemdsärmeln da, und stützte mich auf das Geländer des Hotels, allein. Das Licht ließ den Schatten meines Kopfes bis zum Rand des sandigen Weges zwischen den Büschen kommen, der die Straße und den Strand mit der Häusergruppe verbindet.

Das Mädchen tauchte in die Pedale tretend auf dem Weg auf und verschwand gleich darauf hinter dem Chalet mit dem Schweizer Dach, wo, über dem Briefkasten, noch immer die Aufschrift mit den schwarzen Lettern hing. Es war mir unmöglich, sie nicht wenigstens einmal täglich anzusehen; trotz der durch Regen, Hitze und Meereswind gezeichneten Oberfläche zeigte sie dauerhaften Glanz; man konnte lesen: »Meine Ruh«.

Einen Augenblick später kam das Mädchen wieder auf dem von Gesträuch gesäumten sandigen Streifen zum Vorschein. Sie saß aufrecht im Sattel, bewegte langsam und leicht mit gelassener Arroganz ihre Beine, die in grauen, dicken Wollstrümpfen, voll von Piniennadeln, steckten. Die Knie waren erstaunlich rund, erwachsen, wenn man das Alter bedachte, das der Körper zeigte.

Sie bremste das Fahrrad neben dem Schatten meines Kopfes ab und ihr rechter Fuß streckte sich vom Fahrrad weg und stützte sich auf das kurze, verbrannte, schon braune Gras – das jetzt im Schatten meines Körpers lag –, um das Gleichgewicht zu bewahren. Gleich darauf strich sie sich das Haar aus der Stirn und sah mich an. Sie hatte ein dunkles Leibchen und einen rosafarbenen Rock an. Sie betrachtete mich ruhig und aufmerksam, als genüge die sonnengebräunte Hand, die Haar und Brauen trennte, um zu verhehlen, daß sie mich prüfend ansah.

Ich schätzte, daß uns zwanzig Meter und weniger als dreißig Jahre voneinander trennten. Auf die Ellbogen gestützt, hielt ich ihren Blick aus, schob die Pfeife zwischen den Zähnen herum, sah sie und ihr schweres Fahrrad weiter an, und die Form des schlanken Körpers gegen den Hintergrund aus Bäumen und Schafen, der am Abend immer ruhiger wurde.

Ich sah, plötzlich traurig und verrückt geworden, das Lächeln, das das Mädchen der Ermattung bot; das harte, zerwühlte Haar, die schmale Nase, ein Bogen, der durch den Atem bewegt wurde, den kindlichen Winkel, wie die Augen ins Gesicht gesetzt waren – und was schon nichts mehr mit dem Alter zu tun hatte, was ein für allemal und bis zum Tod gesetzt worden war –, den übermäßig großen Raum, den die weiße Hornhaut des Auges einnahm. Ich sah das Licht des Schweißes und der Ermüdung, das den letzten oder ersten Glanz des Abends auffing, und wie eine phosphoreszierende Maske in der kurz bevorstehenden Dunkelheit sich barg und abhob.

Das Mädchen ließ das Fahrrad sanft auf ein Gebüsch gleiten und sah mich wieder an, während die Hände die Taille berührten; die Daumen steckten im Rockgürtel. Ich weiß nicht, ob sie einen Gürtel trug, aber in diesem Sommer trugen alle Mädchen breite Gürtel. Dann blickte sie sich um. Jetzt stand sie im Profil da, die Hände im Rücken, immer ohne Brüste, und atmete merkwürdig mühsam, das Gesicht nun dorthin gerichtet, wo die Sonne untergehen würde.

Plötzlich setzte sie sich ins Gras, zog die Sandalen aus, und schüttelte sie aus; sie hatte die nackten Füße, einen nach dem anderen, in der Hand, rieb sich die kurzen Finger und bewegte sie in der Luft. Über ihre schmalen Schultern hinweg sah ich, wie sie die schmutzigen, rot gewordenen Füße bewegte. Ich sah, wie sie die Beine ausstreckte, einen Kamm und einen Spiegel aus der großen Tasche mit dem Monogramm zog, die sie in den Rockschoß gelegt hatte. Sie kämmte sich unbekümmert, fast ohne mich anzusehen.

Sie zog die Schuhe an, stand auf und trat rasch eine Zeitlang das Pedal. Wieder drehte sie sich mit einer harten und eiligen

Bewegung nach mir um – ich stand noch immer allein am Geländer, und betrachtete sie. Der Duft nach Geißblatt begann emporzusteigen, das Licht der Hotelbar warf bleiche Flecken auf den Rasen, den Sandweg und die Autoauffahrt, die zur Terrasse führte.

Es war, als hätten wir uns schon früher gesehen, als würden wir uns kennen, als hätten wir angenehme Erinnerungen bewahrt. Sie blickte mich herausfordernd an, während ihr Gesicht im spärlichen Licht verschwamm; sie blickte mich an, alles forderte mich heraus: der Körper voller Verachtung, das nickelglänzende Fahrrad, die Landschaft, das Chalet mit dem Schweizer Dach und den Ligustern und jungen Eukalyptusbäumen mit den milchigen Stämmen. Das dauerte eine Sekunde; alles, was sie umgab, wurde durch sie und ihre absurde Haltung abgesondert. Sie stieg wieder auf und fuhr hinter die Hortensien, hinter die leeren, blau gestrichenen Bänke, und schneller zwischen den Autoreihen vor dem Hotel.

2

Ich klopfte die Pfeife aus und sah, wie die Sonne zwischen den Bäumen unterging. Ich wußte bereits, und vielleicht zu genau, daß sie es war. Aber ich wollte sie nicht mit dem Namen nennen. Ich dachte daran, was mich im Zimmer des Hotels erwartete, bis zum Abendessen. Ich versuchte, meine Vergangenheit und meine Schuld mit dem Maß zu messen, das ich eben entdeckt hatte: das schlanke Mädchen, im Profil, gegen den Horizont, das jugendliche, unmögliche Alter, die rosigen Füße, die eine Hand abgeklopft und gedrückt hatte.

Neben der Tür des Schlafzimmers fand ich einen Umschlag der Hotelleitung mit der Rechnung über die letzten vierzehn Tage. Als ich ihn aufhob, überraschte ich mich selber: ich kauerte, roch den Duft des Geißblattes, der schon ins Zimmer tastete, fühlte mich traurig und erwartungsvoll, ohne neuen Grund, auf den ich mit dem Finger hätte weisen können. Ich half mir mit einem Zündholz aus, um das »Avis aux passagers«, das an der Tür hing, wieder lesen zu können, und zündete wieder meine Pfeife an. Ich wusch mir viele Minuten lang die Hände und spielte dabei mit der Seife, und sah mich im Spiegel des Waschraums an, fast im Finstern, bis ich das schmale, weiße, schlecht rasierte Gesicht unterscheiden konnte – vielleicht das einzig weiße von allen Hotelgästen. Es war mein Gesicht; die Wechsel der letzten Monate hatten nicht wirklich Gewicht. Irgendwer ging durch den Garten und sang dabei halblaut. Die Gewohnheit, mit der Seife zu spielen, war beim Tod Juliáns entstanden, vielleicht in der Nacht, als die Totenwache war.

Ich ging ins Schlafzimmer zurück, schob mit einem Fuß den Koffer unter dem Bett hervor und öffnete ihn. Es war ein blödsinniger Ritus, es war ein Ritus: aber vielleicht war es für alle besser, wenn ich mich treu an diese Art des Wahnsinns hielt, bis er oder ich verbraucht war. Ich suchte, ohne zu schauen, schob Wäsche und zwei kleine Bücher zur Seite, dann hatte ich endlich die zusammengefaltete Zeitung. Ich kannte den Bericht auswendig; er war der am meisten gerechte, irrige, respektvolle aller veröffentlichten Berichte. Ich schob den Sessel ins Licht und sah die schwarze, über die ganze Seite gehende, bereits vergilbende Schlagzeile an, ohne sie zu lesen: »Flüchtiger Kassier begeht Selbstmord.« Darunter das Foto, graue Flecken, die das Gesicht eines Mannes bildeten, der die Welt voller Erstaunen betrachtete: der Mund begann fast unter dem herabfallenden Schnurrbart zu lächeln. Ich dachte daran, wie steril es sei, an das Mädchen vor ein paar Minuten gedacht zu haben, wie an den möglichen Anfangsbuchstaben irgendeines Satzes, der in einer anderen Umgebung widerhallen könne. Meine Umgebung war eine besondere, enge, nicht zu ersetzende Welt. Hier hatte keine andere Freundschaft, keine Gegenwart, kein anderer Dialog Platz als das, was von diesem Gespenst mit dem schmachtenden Schnurrbart abgesondert werden konnte. Manchmal erlaubte er mir selber, zwischen Julián und dem »Flüchtigen Kassier« zu wählen.

Jeder wird zugeben, daß er auf einen jüngeren Bruder Einfluß ausüben kann oder ausgeübt hat. Aber Julián war – bis vor einem Monat und ein paar Tagen – etwas mehr als fünf Jahre älter. Trotzdem, ich muß schreiben: trotzdem! Ich war vielleicht geboren worden, um seine Stellung als einziger Sohn zu erschüttern; ich hatte ihn vielleicht durch meine Phantasien, durch meine so geringe Verantwortlichkeit gezwungen, sich in den Mann zu verwandeln, der er dann wurde: zuerst in den armen Teufel, der auf eine Beförderung stolz war, und dann in den Dieb. Natürlich auch in den anderen, den relativ jung Verstorbenen, den wir alle sehen, den aber nur ich als Bruder erkennen kann.

Was bleibt mir von ihm? Eine Reihe Kriminalromane, die ein oder andere Kindheitserinnerung, Wäsche, die ich nicht tragen kann, denn sie ist mir zu knapp und zu kurz. Und das Foto in der Zeitung unter der langen Schlagzeile. Ich verachtete es, wie er das Leben annahm; ich wußte, daß er Junggeselle war, weil er keinen Mut hatte; ich ging so oft, und fast immer bummelnd, am Friseurladen vorbei, wo er sich täglich rasieren ließ. Mich ärgerte seine Ergebenheit; es fiel mir schwer, daran zu glauben. Ich wußte, daß er pünktlich jeden Freitag den Besuch einer Frau empfing. Er war liebenswürdig, unfähig, jemandem zur Last zu fallen, und nachdem er dreißig geworden war, entströmte seiner Weste ein Geruch: nach Alter. Ein Geruch, den man nicht definieren kann, von dem man nicht weiß, woher er kommt. Wenn er zweifelte, machte sein Mund dieselbe Grimasse wie der Mund unserer Mutter. Wäre ich frei von ihm gewesen, er wäre nie mein Freund geworden; ihn hätte ich mir nie ausgesucht, ihn nie akzeptiert. Worte sind schön oder wollen es sein, solange sie etwas erklären sollen. Alle diese Worte aber stimmen schon ihrer Herkunft nach nicht miteinander überein. Er war mein Bruder.

Arturo pfiff im Garten, kletterte das Geländer hoch, war gleich darauf im Zimmer, mit einem Bademantel bekleidet, und schüttelte Sand aus dem Haar, während er ins Badezimmer ging. Ich sah, wie er sich duschte, und versteckte die

Zeitung zwischen Bein und Sessellehne. Aber ich hörte, wie er schrie:

»Immer das Gespenst!«

Ich antwortete nicht und zündete wieder die Pfeife an. Arturo kam pfeifend aus dem Bad und schloß die Tür, die in die Nacht hinausging. Er warf sich auf das Bett, zog sich die Unterwäsche an und kleidete sich weiter an.

»Und der Bauch wächst«, sagte er. »Kaum hatte ich gegessen, schwamm ich bis zum Damm. Und das Resultat? Der Bauch wächst weiter. Ich hätte irgendetwas wetten können, daß unter allen Menschen, die ich kenne, dir das nicht passieren kann. Und es passiert dir, es passiert dir allen Ernstes. So ungefähr vor einem Monat, was?«

»Ja. Achtundzwanzig Tage.«

»Und du hast sie sogar gezählt«, sagte Arturo. »Du kennst mich gut. Ich sage das ohne Verachtung. Achtundzwanzig Tage, daß dieser Unglückselige sich erschoß und du, kein Geringerer als du, mimst Gewissensbisse. Wie eine hysterische alte Jungfer. Denn es gibt verschiedene Arten davon. Es ist unglaublich.«

Er setzte sich an den Bettrand, trocknete die Füße ab und zog sich die Socken an.

»Ja«, sagte ich. »Wenn er sich erschossen hat, dann war er offensichtlich nicht sehr glücklich. Nicht so glücklich, zumindest, wie du in diesem Augenblick.«

»Und da mußt du dir selber schaden«, sagte Arturo. »Als ob du ihn umgebracht hättest! Und frag mich nicht mehr . . .« Er hielt inne und betrachtete sich im Spiegel, »frag mich nicht mehr, ob du irgendwie schuld sein könntest, daß dein Bruder sich erschossen hat.«

Er zündete sich eine Zigarette an und streckte sich auf dem Bett aus. Ich stand auf, legte ein Kissen auf das so rasch vergilbende Zeitungsblatt und begann durch das heiße Zimmer zu gehen.

»Wie schon gesagt, ich verschwinde heute nacht«, sagte Arturo. »Was willst du tun?«

»Ich weiß es nicht«, antwortete ich sanft und gleichgültig.

»Fürs erste bleibe ich. Der Sommer dauert noch seine Zeit.«
Ich hörte Arturo seufzen und hörte, wie das Seufzen zu einem ungeduldigen Pfeifen wurde. Er stand auf und warf die Zigarette ins Bad.

»Meine moralische Pflicht wäre es, dir ein paar Fußtritte zu geben und dich mitzunehmen. Du weißt, daß es drüben anders ist. Wenn du richtig betrunken bist, am Morgen, und an etwas anderes denkst, ist das vorbei.«

Ich zuckte mit der Schulter, nur mit der linken, und erkannte, daß Julián und ich diese Bewegung geerbt hatten, ohne daß wir es uns hätten aussuchen können.

»Ich sag dir's noch einmal«, sagte Arturo und steckte sich ein Tüchlein in die Brusttasche. »Ich sage es dir, ich wiederhole es, mit ein wenig Grimm und dem Respekt, auf den ich mich vorhin bezogen habe. Hast du deinem unglückseligen Bruder geraten, sich zu erschießen, um aus der Falle zu entkommen? Hast du ihm gesagt, er solle chilenische Pesos kaufen, sie in Lire umtauschen, die Lire in Franken, die Franken in Schwedenkronen, die Kronen in Dollars, die Dollars in Pfunde und die Pfunde in gelbseidene Frauenunterröcke? Nein, schüttle nicht den Kopf! Kain hinten in der Höhle! Ich will ein Ja oder ein Nein! Obwohl ich keine Antwort brauche. Hast du es ihm geraten, und das ist das einzige, was zählt: daß er stehlen soll? Nie! Du bist dazu nicht fähig. Ich sagte es dir schon oft. Und du wirst nicht herausfinden, ob das ein Lob oder ein Vorwurf ist. Du hast ihm nicht gesagt: stiehl! Also?«

Ich setzte mich wieder in den großen Sessel.

»Wir haben von all dem gesprochen, jedesmal. Fährst du noch heute nacht?«

»Ja, mit dem Personenzug um neun Uhr soundsoviel. Ich habe noch fünf Tage frei, und denke nicht daran, mich mit Gesundheit vollzupumpen und dann das alles dem Büro zu schenken.«

Arturo wählte eine Krawatte und begann den Knoten zu binden.

»Das hat keinen Sinn«, sagte er wieder vor dem Spiegel. »Ich gebe zu, ich habe mich auch das eine oder andere Mal mit einem Gespenst eingeschlossen. Der Versuch ging immer schlecht aus. Aber das mit deinem Bruder, wie du es jetzt treibst ... Ein Gespenst mit einem Schnurrbart aus Draht. Nie! Das Gespenst kommt natürlich nicht aus dem Nichts. In diesem Fall kommt es aus dem Unglück her. Es war dein Bruder, wir wissen es. Aber jetzt ist es das Gespenst der Landwirtschaftlichen Genossenschaft mit dem Schnurrbart eines russischen Generals ...«

»Der letzte ernste Augenblick?« fragte ich leise; ich ersuchte um nichts, ich wollte nur meine Pflicht erfüllen, wußte ich auch nicht, wem oder was gegenüber.

»Der letzte Augenblick«, sagte Arturo.

»Ich sehe die Ursache wohl. Ich habe auch nicht den Schatten einer Andeutung gemacht, er solle das Geld der Genossenschaft für seine Geldtauscherei brauchen. Aber als ich ihm eines Abends erklärte, nur um ihm Mut zu machen, oder damit sein Leben weniger langweilig wäre; um zu zeigen, daß es Dinge gebe, die in der Welt gemacht werden könnten, damit man Geld verdienen und es ausgeben könne, abgesehen vom Gehalt, das man am Monatsende bekommt ...«

»Ich weiß schon«, sagte Arturo und setzte sich gähnend auf das Bett. »Ich bin zu lang geschwommen, ich bin für Heldenstücke zu alt. Aber es war der letzte Tag. Ich kenne die ganze Geschichte. Erklär mir jetzt – und ich mache dich darauf aufmerksam: der Sommer geht zu Ende –, was du damit gutmachst, wenn du dich hier einschließt? Erklär mir, welche Schuld dich trifft, wenn der andere einen Unsinn macht?«

»Ich habe eine Schuld«, murmelte ich mit halbgeschlossenen Augen, den Kopf gegen den Stuhl gestützt; ich sprach die Worte langsam und einzeln aus. »Es ist die Schuld meiner Begeisterung, vielleicht auch meiner Lüge. Ich bin schuldig, mit Julián zum erstenmal von einer Sache geredet zu haben, die sich nicht genau bezeichnen läßt und die man ›die Welt‹ nennt. Ich bin schuldig, daß ich ihn spüren ließ – ich sage nicht glauben –, daß alles, was ich ›die Welt‹ nannte, für ihn da sein würde, wenn er das Risiko auf sich nähme.«

»Na und?« sagte Arturo und betrachtete seine Frisur von fern im Spiegel. »Bruder! Das alles ist ein komplizierter Blödsinn. Schön, auch das Leben ist ein komplizierter Blödsinn. Eines Tages geht diese Periode vorbei, such mich dann auf. Zieh dich jetzt an, wir wollen einige Gläschen vor dem Essen trinken. Ich muß frühzeitig weg. Aber, bevor ich es vergesse, will ich dir noch ein letztes Argument mitteilen. Vielleicht nützt es etwas.«

Er berührte meine Schulter und suchte meine Augen.

»Hör mir zu«, sagte er, »bei all diesem komplizierten und glücklichen Blödsinn – ist dein Bruder Julián richtig mit dem Geld umgegangen? Hat er es akzeptiert, daß der Unsinn, den du ihm da gesagt hast, präzise war, und hat er danach das Geld verwendet?«

»Er?« und ich stand erstaunt auf. »Ich bitte dich! Als er mich aufsuchte, da war nichts mehr zu machen. Anfangs, da bin ich fast sicher, hat er gut eingekauft. Aber gleich darauf erschrak er und machte unglaubliche Sachen. Ich kenne die Details nur ungenau. Es war so etwas wie eine Kombination von Wertpapieren und Devisen, von Rot und Schwarz und Rennpferden.«

»Siehst du?!« und Arturo nickte. »Ein Beweis seiner Unverantwortlichkeit. Ich gebe dir fünf Minuten zum Anziehen und Nachdenken. Ich erwarte dich an der Theke.«

3

Wir tranken ein paar Gläschen, während Arturo in der Brieftasche nach der Fotografie einer Frau suchte.

»Ich hab sie nicht«, sagte er endlich. »Ich hab sie verloren. Die Fotografie, nicht die Frau. Ich wollte sie dir zeigen, denn sie hat etwas Unverwechselbares, das wenige an ihr entdecken. Und bevor du verrückt geworden bist, hast du davon etwas verstanden.«

Und da waren jetzt, dachte ich, die Kindheitserinnerungen, und sie würden kommen und während der nächsten Tage,

Wochen oder Monate immer klarer werden. Und da war auch die trügerische, vielleicht wohlüberlegte Deformation der Erinnerungen. Im besten Fall würde es die von mir nicht getroffene Wahl sein. Ich würde uns sehen müssen, flüchtig oder in Alpträumen, in lächerliches Gewand gekleidet, wie wir in einem feuchten Garten spielten oder uns in einem Schlafzimmer prügelten. Er war der ältere, aber schwach. Er war tolerant und gut gewesen; er nahm meine Schuld auf sich; er log sanft, wenn man ihn nach den Spuren fragte, die meine Schläge in seinem Gesicht hinterlassen hatten; oder eine Tasse war zerbrochen, oder ich kam zu spät. Es war merkwürdig, daß das alles noch nicht begonnen hatte, während der Ferienmonate im Herbst, am Strand; vielleicht hielt ich, ohne es zu wollen, den Strom mit den Zeitungsberichten und den Erinnerungen an die zwei letzten Nächte auf. In einer war Julián am Leben, in der darauffolgenden tot. Die zweite Nacht war unwichtig, und versuchte ich sie zu interpretieren, schlug es immer fehl.

Es war die Totenwache; der Unterkiefer begann ihm langsam herunterzuhängen; die Kopfbinde ließ nach; er wurde lange vor dem Morgengrauen gelb. Ich war sehr beschäftigt; ich bot Getränke an, und dachte, wie gleichförmig doch alle Klagen waren. Julián war fünf Jahre älter als ich, hatte aber schon vor einiger Zeit die Vierzig überschritten. Er hatte nie etwas Besonderes vom Leben verlangt; vielleicht nur, daß man ihn in Frieden lasse. Er ging und kam, wie von Kind auf, als ersuche er um Erlaubnis. Dieses Erdendasein, nicht erstaunlich, aber lang, von mir verlängert, hatte ihm nicht einmal dazu gedient, sich zu erkennen zu geben. Alle diese wispernden, schlaffen Kaffee- oder Whiskytrinker waren einer Meinung: sie beurteilten und bejammerten den Selbstmord als Fehler. Denn mit einem guten Verteidiger, und ein paar Jahren Gefängnis . . . Außerdem erschien allen dieses Ende unangemessen und grotesk, das sie da rochen, in Relation zum Vergehen. Ich dankte und nickte; dann ging ich zwischen Vestibül und Küche hin und her und trug Getränke oder leere Gläser. Ich versuchte mir, ohne einen Anhaltspunkt zu haben, vorzustellen, was das billige Frauenzimmer dachte, das Julián jeden Freitag oder Montag aufgesucht hatte, an Tagen, wo die »Kunden« seltener waren. Ich fragte mich, wie die unsichtbare, niemals zur Schau gestellte Wahrheit ihrer Beziehung sein mochte. Ich fragte mich, wie sie das beurteilen mochte, wobei ich ihr eine unmögliche Intelligenz zuschrieb. Was konnte sie von Julián denken, sie, die den Umstand, jeden Tag eine Prostituierte zu sein, ertrug; von Julián, der es nur ein paar Wochen ertrug, ein Dieb zu sein, der es aber dann, nicht wie sie, nicht ertragen konnte, daß die Dummköpfe, die die Welt bevölkern und ausmachen, erkannten, daß er gescheitert war. Aber sie kam die ganze Nacht nicht, zumindest bemerkte ich kein Gesicht, keine Frechheit, kein Parfüm, keine Demut, die man ihr hätte zuschreiben können.

Arturo hatte, ohne sich vom Barsessel der Theke wegzurühren, Fahr- und Platzkarte für den Personenzug erhalten. Neun Uhr fünfundvierzig.

»Es ist noch genug Zeit. Ich kann das Foto nicht finden. Heute mit dir zu reden ist zwecklos. Ein anderes Mal, mein Junge!«

Ich sagte schon, daß die Nacht der Totenwache nicht wichtig war. Die vorhergehende ist viel kürzer, schwieriger. Julián hatte mich vermutlich auf dem Gang vor der Wohnung erwartet. Aber er dachte schon an die Polizei, und war im Regen herumgegangen, bis er Licht in meinem Fenster sehen konnte. Er war durchnäßt – er war ein Mann, dazu geboren, Regenschirme zu benützen, und hatte ihn vergessen. Er nieste mehrmals, entschuldigte sich, witzelte darüber, bevor er sich in die Nähe des Elektroofens setzte, bevor er mein Haus »benutzte«. Ganz Montevideo kannte die Geschichte der Genossenschaft, oder wenigstens die Hälfte der Zeitungsleser wünschte zerstreut, daß man nichts mehr vom flüchtigen Kassier erfahren möge.

Aber Julián hatte nicht eineinhalb Stunden im Regen gewartet, um mich aufzusuchen, sich zu verabschieden und den Selbstmord anzukündigen. Wir tranken ein paar Gläser. Er nahm den Alkohol hin, ohne nachzusehen, was es war:

»Jetzt also . . .« murmelte er fast lachend und zuckte dabei mit der Schulter.

Trotzdem war er gekommen, um mir auf seine Weise Adieu zu sagen. Die Erinnerung war unvermeidlich: an unsere Eltern zu denken, an die Villa unserer Kindheit, die inzwischen abgerissen war. Er strich über den langen Schnurrbart und sagte besorgt:

»Es ist merkwürdig: immer dachte ich, du weißt es, ich nicht. Von Kind auf. Und ich glaube nicht, daß das ein Problem des Charakters oder der Intelligenz ist. Es gibt Menschen, die passen sich instinktiv an die Welt an. Du etwa – und ich nicht. Mir fehlte immer der nötige Glauben«, und er strich sich über das schlecht rasierte Kinn. »Auch geht es nicht darum, daß ich mich auf Deformationen oder Laster hätte einstellen müssen. Es gab da kein Handicap; zumindest habe ich nie eines gekannt.«

Er hielt inne und leerte das Glas. Er hob den Kopf, den ich mir jetzt täglich seit einem Monat auf der ersten Seite einer Zeitung ansehe, und zeigte die gesunden, vom Tabak gelblichen Zähne.

»Aber«, fuhr er fort und stand auf, »deine Kombination war sehr gut. Du hättest sie einem anderen schenken sollen. Du kannst nichts für den Bankrott.«

»Manchmal klappt es, dann wieder nicht«, sagte ich. »Du wirst bei diesem Regen nicht weggehen. Du kannst hier für immer bleiben, so lang du willst.«

Er stützte sich auf die Lehne eines Sessels und spottete, ohne mich anzusehen:

»Bei diesem Regen . . . Für immer . . . So lang . . .« und er näherte sich mir und berührte einen Arm. »Entschuldige! Es wird Ärger geben. Immer gibt es Ärger.«

Und schon war er fort. Er sagte mir mit seiner stets zusammengeduckten Gegenwart Adieu, mit dem gepflegten, gutmütigen Schnurrbart, mit der Anspielung auf all das Tote und Aufgelöste, das das Blut trotz allem in ein paar Minuten zu schaffen fähig war und ist.

Arturo sprach von Betrügereien bei den Pferderennen. Er sah

auf die Uhr und ersuchte den Barmann um das letzte Glas. »Aber mit mehr Gin, bitte«, sagte er.

Und da ertappte ich mich, ohne zuzuhören, wie ich meinen toten Bruder mit dem Mädchen auf dem Fahrrad verband. Ich wollte mich nicht an die Kindheit und an seine passive Güte erinnern, sondern nur an das armselige Lächeln, die demütige Körperhaltung während unserer letzten Zusammenkunft. Wenn man diese Bezeichnung dem geben kann, was ich zuließ, daß es zwischen uns geschehe, als er durchnäßt in meine Wohnung kam, um mir Adieu zu sagen, zeremoniell wie immer.

Ich wußte nichts von dem Mädchen mit dem Fahrrad. Aber da spürte ich, plötzlich, während Arturo von Ever Perdomo oder der schlechten Situation im Fremdenverkehr redete, wie mir, bis in die Kehle hinein eine Welle des alten, ungerechten, fast immer falschen Mitleides kam. Es stand außer Zweifel: Ich liebte sie und wollte sie beschützen. Ich konnte nicht erraten, wogegen oder gegen wen. Ich versuchte wütend, sie vor sich selber, vor jeder Gefahr zu schützen. Ich hatte gesehen, wie unsicher sie war, wie sie prahlte, wie sie ein hochmütiges Gesicht des Unglücks hob. Das kann dauern, aber immer zahlt man im voraus unangemessen. Mein Bruder hatte seine übertriebene Naivität bezahlt. Im Fall des Mädchens – vielleicht würde ich sie nicht wiedersehen – war die Schuld eine andere. Aber beide stimmten, auf so verschiedene Weise, in einem überein: in einer erwünschten Annäherung an den Tod, die endgültige Erfahrung. Julián, der nicht mehr war; das Mädchen, das alles sein wollte, und das rasch.

»Aber«, sagte Arturo, »auch wenn man dir nachweist, daß alle Rennen geschoben werden, würdest du doch weiter spielen. Schau: mir scheint, daß es gleich regnen wird.«

»Sicher«, antwortete ich, und wir gingen in den Speisesaal. Ich sah sie sofort.

Sie saß neben einem Fenster, atmete die stürmische Nachtluft, hatte reiches, dunkles, starkes Haar, das der Wind über Stirn und Augen wehte; schwache Sommersprossen – jetzt, im unerträglichen Lichtkegel des Speisesaals – auf den Wangen und der Nase, während die kindlichen und wäßrig hellen Augen zerstreut auf den Schatten des Himmels oder die Münder ihrer Tischgenossen sahen; magere, starke nackte Arme vor einer Art von gelbem Abendkleid, die Schultern von den Händen geschützt.

Ein alter Mann saß neben ihr und sprach mit der Frau, die ihm gegenüber saß: jung, ein weißer, fleischiger Rücken uns zugewandt, mit einer wilden Rose über dem Ohr in der Frisur. Wenn sie sich bewegte, erschien und verschwand das kleine weiße Rund der Blume im zerstreuten Profil des Mädchens. Wenn die Frau lachte und den Kopf nach hinten warf, und die Haut an der Schulter aufglänzte, war das Gesicht des Mädchens gegen die Nacht allein.

Ich redete mit Arturo, sah den Tisch an, versuchte zu erraten, woher ihr Geheimnis kam, das Gefühl, sie sei etwas Außergewöhnliches. Ich wollte für immer in Frieden an der Seite des Mädchens bleiben und ihr Leben behüten. Ich sah, wie sie beim Kaffee rauchte; jetzt hingen ihre Blicke am langsamen Mund des alten Mannes. Plötzlich blickte sie mich an, wie früher auf dem Weg, mit denselben ruhigen und trotzigen Augen, die es gewohnt waren, zu betrachten, oder die Verachtung voraussetzten. Mit unerklärlicher Verzweiflung ertrug ich die Blicke des Mädchens, und ich sah den jugendlichen, langen, noblen Kopf; ich wollte vor dem unfaßbaren Geheimnis fliehen, wollte den nächtlichen Sturm schüren, wollte die Intensität des Himmels erobern und sie niederreißen, wollte sie in dieses kindliche Gesicht legen, das mich unbeweglich und ausdruckslos ansah. Das Gesicht, das ohne Absicht, ohne es zu wissen, gegen mein ernstes, verbrauchtes Männergesicht die Süße und jugendliche Demut violetter, sommersprossiger Wangen strömen ließ.

Arturo lächelte und rauchte.

»Auch du, Brutus?« fragte er.

»Auch ich – was?«

»Das Mädchen mit dem Fahrrad, das Mädchen am Fenster. Wenn ich nicht jetzt gleich fort müßte . . .«

»Ich verstehe dich nicht.«

»Die dort, im gelben Kleid. Hast du sie vorher nicht gesehen?«

»Einmal. Heute abend, von der Veranda aus. Bevor du vom Strand zurückgekommen bist.«

»Liebe auf den ersten Blick«, nickte Arturo. »Die reine Jugend und die von Narben bedeckte Erfahrung! Eine hübsche Geschichte! Aber, ich gestehe es, es gibt jemanden, der sie besser erzählt. Warte!«

Der Kellner kam und servierte Teller und Obstschüssel ab.

»Kaffee?« fragte er. Er war klein, und hatte ein dunkles Affengesicht.

»Schön«, lächelte Arturo, »was man hier so Kaffee nennt. Man sagt ja auch zu dem Mädchen im gelben Kleid neben dem Fenster ›Señorita‹. Mein Freund ist sehr neugierig, er möchte etwas über die nächtlichen Ausflüge der Kleinen erfahren.«

Ich knöpfte den Sakko auf und suchte die Augen des Mädchens. Aber ihr Kopf hatte sich zur Seite gewandt; der schwarze Ärmel des alten Mannes schnitt diagonal über das gelbe Kleid. Gleich darauf neigte sich die Frau; die Frisur mit der Blume verdeckte das sommersprossige Gesicht. Von dem Mädchen war nur ein wenig vom schwarzen Haar zu sehen, das oben, wo das Licht hinfiel, metallisch leuchtete. Ich dachte an die Magie der Lippen, des Blickes; »Magie« ist ein Wort, das ich nicht erklären kann, aber ich bin gezwungen, es niederzuschreiben, ohne die Möglichkeit zu haben, es durch ein anderes zu ersetzen.

»Nichts Böses«, sagte Arturo zum Kellner. »Der Herr, mein Freund, interessiert sich für Radsport. Sagen Sie uns: was passiert nachts, wenn Papi und Mami, falls sie existieren, schlafen?«

Der Kellner wiegte lächelnd den Kopf, die Obstschüssel auf Schulterhöhe.

»Nichts weiter«, sagte er endlich. »Es ist bekannt. Um Mitternacht fährt die Señorita mit dem Fahrrad weg, einmal in den Wald, dann wieder in die Dünen« – es war ihm gelungen, wieder ernst zu werden, und er wiederholte ohne Bosheit: »Was soll ich Ihnen sagen? Ich weiß nicht mehr, auch wenn man das sagt. Ich habe nie zugesehen. Sie kommt mit zerstörter Frisur und ohne Schminke zurück. Eines Nachts hatte ich Dienst; ich traf sie, und sie drückte mir zehn Pesos in die Hand. Die englischen Burschen im ›Atlantic‹ reden viel. Aber ich sage nichts, denn ich habe nichts gesehen.«

Arturo lachte und schlug dem Kellner auf den Schenkel.

»Da hast du's!« sagte er, als handle es sich um einen Sieg.

»Entschuldigen Sie«, sagte ich zum Kellner, »wie alt mag sie sein?«

»Die Señorita?«

»Manchmal an diesem Abend dachte ich, sie sei ein sehr junges Geschöpf, jetzt wirkt sie älter.«

»Das weiß ich sicher, Señor«, sagte der Kellner, »den Büchern nach ist sie fünfzehn, sie wurde vor ein paar Tagen fünfzehn. Zwei Kaffee also?« und er verbeugte sich, bevor er ging.

Ich versuchte unter dem fröhlichen Blick Arturos zu lächeln; die Hand mit der Pfeife zitterte mir an einer Ecke der Tischdecke.

»Jedenfalls«, sagte Arturo, »ob nun was herauskommt oder nicht, es ist ein interessanteres Leben, als mit einem schnauz-bärtigen Gespenst eingesperrt zu sein!«

Als das Mädchen den Tisch verließ, sah sie mich, jetzt von oben herab, wieder an. Eine Hand hielt noch leicht die Serviette, während der Wind vom Fenster her die steifen Haare über der Stirn bewegte und ich nicht mehr an das glaubte, was der Kellner erzählt hatte und was Arturo akzeptierte.

Auf der Galerie schlug mir Arturo, Koffer und Mantel im Arm, auf die Schulter.

»Eine Woche und wir sehen uns wieder. Ich komme ins Schlaraffenland und finde dich wieder an einem Tisch, wo du die Blüte der Weisheit genießest. Also: lange Spazierfahrten mit dem Fahrrad!«

Er sprang in den Garten und ging zu den Autos, die vor der Terrasse parkten. Als Arturo durch die Lichter ging, zündete ich die Pfeife an, stützte mich auf das Geländer und roch die Luft. Das Gewitter schien schon weit weg zu sein. Ich ging ins

Schlafzimmer zurück, lag auf dem Bett, hörte die Musik, die mit Unterbrechungen vom Speisesaal des Hotels her kam. Vielleicht hatte der Tanz bereits begonnen. Ich umschloß die warme Pfeife mit der Hand und glitt in einen zähen Traum, in eine luftlose und schmierige Welt, in der ich verdammt war, mit riesiger Anstrengung und lustlos mit halbgeöffnetem Mund vorwärtszugehen, auf den Ausgang zu, wo das intensive, gleichgültige Morgenlicht unerreichbar schlief.

Ich erwachte schwitzend und setzte mich wieder in den Stuhl. Weder Julián noch die Kindheitserinnerungen waren in diesem Alptraum aufgetaucht. Ich vergaß den Traum, den ich im Bett gehabt hatte, atmete die stürmische Luft ein, die durch das Fenster kam, mit dem trägen, heißen Geruch: nach Frau. Fast ohne mich zu bewegen, zerrte ich das Papier unter meinem Körper hervor und sah die Schlagzeile, das vergilbende Foto Juliáns an. Ich ließ die Zeitung fallen, zog mir einen Regenmantel über, löschte das Schlafzimmerlicht und sprang über das Geländer auf die weiche Gartenerde. Der Wind bildete dicke Schlangenlinien und umgab meine Hüfte. Ich entschloß mich, über den Rasen zu gehen, bis ich das Stück Sand betrat, auf dem das Mädchen am Abend gesessen war. Die grauen Strümpfe, von Piniennadeln gespickt, dann die nackten Füße in den Händen, das kleine, gegen den Boden gedrückte Gesäß. Zu meiner Linken war der Wald, zur Rechten waren die Dünen; alles war schwarz, der Wind fuhr mir jetzt ins Gesicht. Ich hörte Schritte und sah gleich darauf das strahlende Lächeln des Kellners, sein Affengesicht neben meiner Schulter.

»Kein Glück!« sagte der Kellner. »Sie hat Sie versetzt!«

Ich wollte ihn verprügeln, hielt aber die Hände, die in den Taschen des Regenmantels kratzten, zurück, ich keuchte unbeweglich dem Tosen des Meeres entgegen, die Augen halb geschlossen, beherzt, und hatte Mitleid mit mir.

»Sie muß vor zehn Minuten das Haus verlassen haben«, fuhr der Kellner fort. Ohne ihn anzusehen, wußte ich, daß er aufgehört hatte zu lächeln, und daß er den Kopf nach links drehte. »Was Sie jetzt tun können: auf sie warten, bis sie

zurückkommt. Das wird ihr einen schönen Schrecken ein-
jagen.«

Ich knöpfte langsam den Regenmantel auf, ohne mich umzudrehen, holte aus der Hosentasche einen Geldschein und gab
ihn dem Kellner. Ich wartete, bis ich seine Schritte nicht mehr
hörte; er ging dem Hotel zu. Dann neigte ich den Kopf, stellte
mich fest auf den federnden Boden und das Gras, wo sie
gesessen war, nun in die Erinnerung eingeschmolzen: der
Körper des Mädchens, ihre Bewegungen im fernen Abend,
und ich war vor mir selber und meiner Vergangenheit durch
eine bereits unzerstörbare Atmosphäre des Glaubens, eine
ziellose Hoffnung geschützt, und atmete die heiße Luft ein, in
der alles vergessen war.

4

Ich sah sie plötzlich unter dem übertrieben großen Herbst-
mond. Sie ging allein den Strand entlang, wich geschickt den
Felsen und den glänzenden, größer werdenden Lachen aus;
sie schob das Rad, war jetzt ohne das komische gelbe Kleid,
mit knapp sitzenden Hosen und einer Seemannsjacke. Nie
hatte ich sie in diesem Aufzug gesehen; ich hatte noch nicht
genug Zeit gehabt, daß ihr Körper und ihre Schritte mir
vertraut wurden. Aber ich erkannte sie sogleich und ging fast
direkt über den Strand auf sie zu.
»Abend«, sagte ich.
Kurz darauf drehte sie sich um und sah mir ins Gesicht; sie
blieb stehen und drehte das Rad gegen das Wasser hin. Sie sah
mich eine Zeitlang aufmerksam an und hatte etwas Einsames,
Schutzloses, als ich sie wieder grüßte. Jetzt antwortete sie.
Über dem öden Strand kreischte die Stimme, wie ein Vogel. Es
war eine unangenehme, fremde Stimme, so getrennt von ihr,
von dem traurigen, schmalen Gesicht; es war, als habe sie
eben eine Sprache, ein Konversationsthema in einer fremden
Sprache erlernt. Ich streckte einen Arm aus, um das Fahrrad
zu halten. Jetzt blickte ich in den Mond, sie stand im Schatten.

»Wo gehen Sie hin?« fragte ich und fügte hinzu: »Kind.«
»Nirgendwohin«, klang mühsam die Stimme. »Ich gehe nachts gern am Strand entlang.«
Ich dachte an den Kellner, an die englischen Burschen im »Atlantic«; ich dachte an alles, was ich für immer verloren hatte, ohne eigene Schuld, ohne gefragt worden zu sein.
»Man sagt . . .« fing ich an. Das Wetter hatte umgeschlagen, weder Kälte noch Wind. Ich half dem Mädchen, das Fahrrad auf dem Sand, am Rand des Geräusches vom Meer her, zu halten; ich hatte ein Gefühl der Einsamkeit, das mir niemand vorher gestattet hatte: Einsamkeit, Frieden und Vertrauen.
»Wenn Sie nichts anderes zu tun haben . . . Man sagt, hier ganz in der Nähe gibt es ein Schiff, das in Bar und Restaurant umgewandelt wurde.«
Die harte Stimme wiederholte mit unerklärlicher Freude:
»Man sagt, hier ganz in der Nähe gibt es ein Schiff, das in Bar und Restaurant umgewandelt wurde.«
Ich hörte sie mühsam atmen, dann fügte sie hinzu:
»Nein, ich habe nichts zu tun. Ist das eine Einladung? Und so, in diesem Aufzug?«
»Eine Einladung. In diesem Aufzug.«
Als sie aufhörte, mich anzusehen, sah ich ihr Lächeln; sie machte sich nicht lustig, sie schien glücklich zu sein, und wenig gewöhnt an das Glück.
»Sie waren mit Ihrem Freund am Nebentisch. Ihr Freund ist heute nacht fort. Als ich aus dem Hotel fuhr, hat ein Nagel den Radmantel durchbohrt.«
Es irritierte mich, daß sie an Arturo dachte; ich nahm ihr das Fahrrad aus der Hand und wir gingen den Strand entlang, bis zum Schiff.
Zwei- oder dreimal sagte ich eine leblose Phrase; aber sie antwortete nicht. Hitze und stürmische Luft wurden stärker. Ich fühlte, wie das Mädchen neben mir traurig wurde; ich beobachtete ihre hartnäckigen Schritte, die entschlossen aufrechte Haltung ihres Körpers; sah das Bubengesäß, das die gewöhnliche Hose knapp umschloß.
Das Schiff hing etwas schief; Lichter brannten nicht.

»Kein Schiff, keine Festivität«, sagte ich. »Ich bitte Sie um Entschuldigung, daß ich Sie so weit gehen ließ.«

Sie war stehengeblieben und betrachtete das schiefliegende Lastschiff unter dem Mond. So stand sie eine Weile, die Hände auf dem Rücken, als sei sie allein, als habe sie mich und das Fahrrad vergessen. Der Mond senkte sich gegen den Wasserhorizont oder stieg von dort auf. Plötzlich drehte das Mädchen sich um und kam auf mich zu; ich ließ das Fahrrad nicht fallen. Sie nahm mein Gesicht in ihre rauhen Hände und drehte es, bis es im Licht war.

»Wie?« sagte sie heiser. »Du hast geredet. Wieder einmal.«

Ich konnte sie fast nicht sehen, aber ich erinnerte mich an sie. Ich erinnerte mich an viele Dinge, denen sie mühelos als Symbol dienen konnte. Ich hatte angefangen, sie zu lieben, und die Traurigkeit kam von ihr und überflutete mich.

»Nichts«, sagte ich, »kein Schiff, keine Festivität.«

»Keine Festivität«, sagte sie wieder, jetzt ahnte ich das Lächeln im Schatten, weiß und knapp wie der Schaum der kleinen Wellen, die bis auf wenige Meter an den Strand herankamen. Sie küßte mich plötzlich; sie wußte, wie man küßte, und ich spürte das heiße, von Tränen feuchte Gesicht. Aber ich ließ das Fahrrad nicht los.

»Keine Festivität«, wiederholte sie, und jetzt schnupperte sie mit gesenktem Kopf an meiner Brust. Die Stimme klang verstörter, beinahe guttural. »Ich mußte dein Gesicht sehen«, und von neuem hob sie mein Gesicht in den Mond. »Ich mußte wissen, daß ich mich nicht irrte. Verstehst du?«

»Ja«, log ich; und da nahm sie mir das Fahrrad aus den Händen, stieg auf und fuhr in einem weiten Kreis auf dem nassen Sand.

Als sie wieder an meiner Seite war, stützte sie sich mit einer Hand auf meinem Nacken ab, und wir kehrten zum Hotel zurück. Wir entfernten uns von den Felsen und gingen dem Wald zu. Weder sie machte das noch ich. Sie hielt bei den ersten Pinien an und ließ das Fahrrad fallen.

»Das Gesicht. Noch einmal. Ich will nicht, daß du dich ärgerst«, bat sie.

Gehorsam blickte ich in den Mond, zu den ersten Wolken, die am Himmel erschienen.

»Etwas«, sagte sie mit ihrer merkwürdigen Stimme, »ich will, daß du etwas sagst. Irgendetwas.«

Sie legte mir eine Hand auf die Brust und richtete sich hoch auf, um ihre Kinderaugen meinem Mund zu nähern.

»Ich liebe dich. Und es nützt nichts. Und es ist eine andere Art des Unglücks«, sagte ich nach einer Weile und sprach fast so langsam wie sie.

Da murmelte das Mädchen: »Ärmster!«, als ob sie meine Mutter wäre, mit ihrer seltsamen Stimme, die jetzt zart klang und so, als rette sie eine Ehre, und wir wurden wild und küßten uns. Wir halfen, sie auf das Allernötigste zu entkleiden, und ich hatte plötzlich zwei Dinge, die ich nie verdient hatte: ihr Gesicht, das in Tränen gebeugt war, das Glück unter dem Mond, und die verstörende Gewißheit, daß sie noch Jungfrau war.

Wir setzten uns nahe dem Hotel auf die feuchten Felsen. Der Mond war mit Wolken überzogen. Sie fing an, kleine Steine zu werfen; manchmal fielen sie mit übertriebenem Geräusch ins Wasser, andere fielen nicht weit weg von ihren Füßen nieder. Sie schien es nicht zu bemerken.

Meine Geschichte war ernst, abgeschlossen. Ich erzählte sie mit männlicher Stimme, wütend entschlossen, die Wahrheit zu sagen, gleichgültig, ob sie daran glaubte oder nicht.

Alle Dinge hatten soeben ihren Sinn verloren, und konnten in Zukunft nur jenen Sinn haben, den sie ihnen geben wollte. Natürlich redete ich von meinem toten Bruder; aber jetzt, von dieser Nacht an, hatte das Mädchen – sie wich zurück, um sich wie eine lange Nadel in die vergangenen Tage zu bohren – sich in das Hauptthema meiner Geschichte verwandelt. Manchmal hörte ich, wie sie sich bewegte und Ja sagte mit ihrer merkwürdigen, schlecht ausgebildeten Stimme. Es war auch notwendig, auf die Jahre anzuspielen, die uns trennten, mit Mühe sich deswegen zu bekümmern, so zu tun, als glaubte man verzweifelt an die Macht des Wortes »unmöglich«, vor den unvermeidlichen Kämpfen kluge Mutlosigkeit zu zeigen.

Ich wollte sie nichts fragen, und ihre Bestätigungen, die nicht immer genau in der Pause kamen, verlangten auch nicht nach einer Beichte. Es gab keinen Zweifel: das Mädchen hatte mich von Julián befreit, und von vielen anderen Ruinen und Schuttbergen, die der Tod Juliáns darstellte und die er an die Oberfläche gebracht hatte; es war unzweifelhaft, daß ich sie seit einer halben Stunde kannte und weiterhin brauchen würde.

Ich begleitete sie bis in die Nähe der Hoteltür, und wir trennten uns, ohne unsere Namen zu sagen. Während ich mich entfernte, glaubte ich zu sehen, daß beide Pneus voll Luft waren. Vielleicht hatte sie mich angelogen, aber schon war nichts mehr wichtig. Ich sah sie nicht einmal ins Hotel gehen; ich selber ging im Schatten längs der Galerie, die zu meinem Zimmer führte; ich ging mühselig zu den Dünen; ich wollte schließlich an nichts denken und das Gewitter erwarten.

Ich ging den Dünen zu und kehrte, als ich schon weit war, zum Hügel mit den Eukalyptusbäumen um. Ich ging langsam zwischen den Bäumen, dem um die Ecken jammernden Wind, unter dem Donnern, das sich vom unsichtbaren Horizont her zu erheben drohte; ich schloß die Augen, um sie zu schützen; der Sand biß in mein Gesicht. Alles war finster und – wie ich es nachher noch oft erzählen mußte – ich bemerkte keine Fahrradlampe, angenommen, irgendwer benutzte sie am Strand; nicht einmal den roten Punkt einer Zigarette, die irgendein Wanderer oder einer, der sitzend am Strand ausruhte, angezündet hatte – auf trockenen Blättern, gegen einen Stamm gelehnt, die Beine angezogen, müde, durchnäßt, zufrieden. Der da war ich gewesen; und obwohl ich nicht beten konnte, sagte ich Dank, und weigerte mich ungläubig, es anzunehmen.

Ich war nun dort, wo die Bäume aufhörten, hundert Meter weg vom Meer, vor den Dünen. Ich spürte, daß meine Hände aufgeschunden waren und blieb stehen, um sie zu lutschen. Dann ging ich auf das Meeresrauschen zu, bis ich den feuchten Sand am Ufer betrat. Ich sah, ich wiederhole es, kein Licht, keine Bewegung im Schatten; ich vernahm keine Stimme, die den Wind geteilt oder die durch ihn entstellt worden wäre.

Ich verließ den Strand und ging dünenauf dünenab; ich rutschte im kalten Sand, der knisternd in meine Schuhe eindrang; ich schob mit den Beinen die Sträucher beiseite, ich lief fast, wild und mit einer Freude, die mich seit Jahren einzuholen versucht hatte, und die mich jetzt erreichte; aufgeregt, als könnte ich nie mehr stehen bleiben; ich lachte im Inneren der winderfüllten Nacht, lief die kleinen Hügel hinauf und hinunter, fiel auf die Knie, mein Körper wurde schlaff, bis ich ohne Schmerzen atmen konnte, und ich hatte das Gesicht gegen das Gewitter gewandt, das vom Wasser herkam. Dann war es so, als suchten Mutlosigkeit und Verzicht Jagd auf mich zu machen; ich suchte stundenlang ohne Begeisterung den Weg, der zum Hotel zurückführte. Dort traf ich dann den Kellner, redete wieder nicht mit ihm, drückte ihm zehn Pesos in die Hand. Der Mann lächelte, und ich war so müde, daß ich glaubte, er habe verstanden, und alle hätten verstanden und für immer.

Ich schlief wieder halb angekleidet auf dem Bett wie auf dem Sand ein; ich hörte das Gewitter, das sich endlich, von Donnern geschüttelt, entlud, und stürzte mich dürstend in den wütenden Lärm des Regens.

5

Ich hatte mich eben rasiert, als ich am Glas der Tür, die auf die Veranda hinausging, die Finger klopfen hörte. Es war sehr früh; ich wußte, daß die Fingernägel lang und sorgfältig lackiert waren. Ohne das Handtuch wegzulegen, öffnete ich die Tür; es war nicht zu ändern: da stand sie.

Sie hatte das Haar blond gefärbt, und mit Zwanzig war sie vielleicht blond gewesen; sie trug ein Kostüm aus Cheviot, das die Tage und vielfaches Aufbügeln gegen den Körper gepreßt hatten, und einen grünen Regenschirm, mit Elfenbeingriff, der vielleicht nie geöffnet wurde. Von den drei

Dingen hatte ich zwei erraten – oder richtig vermutet, zu Lebzeiten meines Bruders und bei der Totenwache für ihn.

»Betty«, sagte sie und wandte sich, mit dem besten Lächeln, das sie aufsetzen konnte, um.

Ich tat, als hätte ich sie nie gesehen, als wisse ich nicht, wer sie sei. Es handelte sich gerade noch um eine Art des Komplimentes, um die verrenkte Art, feinfühlig zu sein, die mich nicht mehr interessierte.

Das war, dachte ich (denn sie wird es nie wieder sein), die Frau, die ich verschwommen hinter den schmutzigen Scheiben eines Vorstadtcafés gesehen hatte, wie sie die Finger Juliáns berührte, bei den langen Vorspielen an den Freitagen oder Montagen.

»Entschuldigen Sie«, sagte sie, »daß ich von so weit her komme und Sie um diese Zeit belästige. Vor allem in diesen Augenblicken, da Sie, der beste der Brüder Juliáns ... Bis heute kann ich nicht begreifen, daß er tot ist, ich schwöre es Ihnen.«

Das Morgenlicht machte sie alt; sie mußte im Zimmer Juliáns wie ein anderes Ding erscheinen, auch im Café. Ich war bis zum Schluß der einzige Bruder Juliáns gewesen, weder der beste noch der schlechteste. Sie war alt, und es schien leicht zu sein, sie zu beruhigen. Auch ich – trotz allem, was ich gesehen und gehört hatte, trotz der Erinnerung an die vorherige Nacht am Strand – auch ich begriff den Tod Juliáns nicht ganz. Erst als ich nickte und sie mit einer Handbewegung einlud, in mein Zimmer zu kommen, entdeckte ich, daß sie einen Hut trug und ihn mit frischen, von Efeublättern umgebenen Veilchen schmückte.

»Sagen Sie Betty zu mir«, sagte sie, und wählte den Stuhl, wo die Zeitung, das Foto, die Schlagzeile, der unentschlossen schwelgende Bericht halb versteckt lagen. »Aber es war eine Sache auf Leben oder Tod.«

Vom Gewitter war nichts übriggeblieben; die Nacht war vielleicht nicht gewesen. Ich blickte die Sonne im Fenster an, den gelben Fleck, der den Teppich zu erreichen versuchte. Trotzdem bestand kein Zweifel: ich war ein anderer, ich atmete gierig die Luft ein, ich hatte Lust zu gehen und zu lächeln, und die Gleichgültigkeit – wie auch die Grausamkeit – erschienen mir als mögliche Formen der Tugend. Aber das alles war verworren; ich konnte es erst eine Weile danach verstehen.

Ich näherte mich dem Stuhl und entschuldigte mich bei der Frau, wegen dieser ungewohnten Form des Schmutzes und Unglücks. Ich holte die Zeitung hervor, verbrauchte ein paar Streichhölzer, und ließ sie über dem Geländer tanzen.

»Der arme Julián«, sagte sie hinter mir.

Ich ging in die Mitte des Zimmers zurück, zündete die Pfeife an, setzte mich auf das Bett. Ich entdeckte plötzlich, wie viele Jahre mich von dem Augenblick trennten, da ich zum letztenmal glücklich gewesen war. Der Rauch der Pfeife stieg mir in die Augen. Ich ließ sie bis zu den Knien sinken und betrachtete fröhlich diesen Müll im Sessel, den übel behandelten Schmutz, der sich unwissend gegen den eben erstandenen Tag lehnte.

»Armer Julián«, wiederholte ich. »Ich habe das oft bei der Totenwache und nachher gesagt. Ich habe genug davon, für alles kommt die Stunde. Ich erwartete Sie bei der Totenwache; Sie sind nicht gekommen. Aber, verstehen Sie mich, dank der Mühe, als ich Sie erwartete, wußte ich auch, wie Sie waren; ich hätte Sie auf der Straße treffen können und hätte Sie erkannt.«

Sie sah mich prüfend und verblüfft an und lächelte wieder.

»Ja, ich glaube zu verstehen«, sagte sie.

Sie war nicht sehr alt, sie war noch weit von meinem und Juliáns Alter entfernt. Aber unsere Leben waren sehr verschieden gewesen, und was sich mir vom Sessel aus anbot, war nichts als Korpulenz, ein gerunzeltes Babygesicht, Leiden, versteckter Groll, der Schmutz des Lebens, der für immer an ihren Wangen hing, in den Mundwinkeln, in den von Falten umgebenen blauen Ringen um die Augen saß. Ich hatte Lust, sie zu verprügeln und hinauszuwerfen.

Aber ich blieb ruhig, rauchte wieder und sagte mit sanfter Stimme:

»Betty: Sie haben mir die Erlaubnis gegeben, Sie Betty zu nennen. Sie sagten, es handle sich um eine Angelegenheit auf Leben oder Tod. Julián ist tot, er kommt nicht in Betracht. Was sonst also, wer sonst?«

Sie lehnte sich weit im Stuhl mit dem farblos gewordenen Kretonne zurück, auf der Polsterung mit den barbarischen großen Blumen, und betrachtete mich wie einen möglichen Kunden: mit dem unvermeidlichen Haß, berechnend.

»Wer stirbt jetzt«, bohrte ich weiter, »Sie oder ich?«

Ihr Körper wurde schlaff, sie begann ein rührendes Gesicht zu machen. Ich sah sie an, gab zu, daß sie überzeugen konnte, und nicht nur Julián. Hinter ihr dehnte sich der Herbstmorgen, ohne Wolken, die kleine Glorie, die den Menschen geboten wird. Die Frau, Betty, verdrehte den Kopf und ließ ein bitteres Lächeln wachsen.

»Wer?« sagte sie gegen den Wandschrank zu. »Sie und ich. Sehen Sie – die Geschichte fängt von neuem an. Es existieren Solowechsel mit Ihrer Unterschrift, ohne Deckung, wird behauptet, und die tauchen jetzt bei Gericht auf. Und da ist die Hypothek auf meinem Haus; das einzige, was ich habe. Julián hat mir versichert, es sei nur eine Offerte, aber das Haus, das Häuschen ist mit Hypotheken belastet. Und es muß sofort bezahlt werden. Wenn wir etwas aus dem Schiffbruch retten wollen. Oder wenn wir uns retten wollen.«

Veilchen am Hut, Schweiß im Gesicht: danach hatte ich geahnt, es sei unvermeidlich, einen ähnlichen Satz zu hören, mehr oder weniger spät am Morgen.

»Ja«, sagte ich, »es scheint, Sie haben recht, wir müssen uns verbünden und etwas tun.«

Seit vielen Jahren schon hatte ich aus der Lüge, der Komödie, der Bosheit nicht soviel Vergnügen gezogen. Aber ich war wieder jung geworden und mußte nicht einmal mir selber Erklärungen abgeben.

»Ich weiß nicht«, sagte ich unbekümmert, »was Sie von meiner Schuld am Tod Juliáns wissen, was ich dazu getan habe. Auf jeden Fall kann ich Ihnen sagen: ich habe ihm nie geraten, er solle auf Ihr Haus, Ihr Häuschen eine Hypothek aufnehmen. Aber ich will Ihnen alles erzählen. Vor ungefähr drei Monaten war ich mit Julián zusammen. Ein Bruder, der mit seinem älteren Bruder im Restaurant ißt. Und es handelte sich um Brüder, die sich nicht mehr als einmal im Jahr sahen. Ich glaube, es war der Geburtstag von irgendwem; seiner, der unserer toten Mutter. Ich weiß es nicht mehr, es ist auch gleichgültig. Das Datum, welches es auch gewesen sein mag, schien ihn zu entmutigen. Ich sprach mit ihm von einem Geschäft, beim Geldwechseln, aber ich habe ihm nie gesagt, er solle Geld bei der Genossenschaft veruntreuen.«

Sie ließ einige Zeit verstreichen, half sich mit einem Seufzer, streckte die hohen Absätze in das sonnige Viereck auf dem Teppich. Sie wartete, daß ich sie ansah, und lächelte mir wieder zu; jetzt glich sie irgendeinem Jahrestag, war das nun der Juliáns oder der meiner Mutter. Es war Zartheit, war Geduld, sie wollte mich führen, ohne daß ich strauchelte.

»Dickwanst«, murmelte sie, den Kopf auf einer Schulter, das Lächeln an der Grenze des Erträglichen. »Dickwanst! Julián bestahl die Genossenschaft schon seit fünf Jahren! Oder vier! Ich erinnere mich. Söhnchen, du hast da von einer Kombination mit Dollars gesprochen, was? Ich weiß nicht, wer an jenem Abend Geburtstag hatte. Ich möchte nicht respektlos sein. Aber Julián hat mir das alles erzählt; ich konnte meine Lachanfälle nicht unterdrücken. Er dachte ja nicht einmal daran, an diesen Plan mit den Dollars, ob das nun gut war oder schlecht. Er stahl das Geld und setzte es bei Pferderennen. Es ging gut, es ging schlecht. Und das seit fünf Jahren – bevor ich ihn kennenlernte!«

»Fünf Jahre«, wiederholte ich und biß auf die Pfeife. Ich stand auf und ging ans Fenster. In den Unkrautgebüschen und im Sand blieben Wasserlachen zurück. Die frische Luft hatte nichts mit uns zu tun, mit niemandem.

In irgendeinem Hotelzimmer über mir schlief jetzt das Mädchen, ruhig, mit weit gespreizten Beinen, und sie begann sich zwischen der anhaltenden Verzweiflung der Träume und den warmen Leintüchern zu rühren. Ich stellte sie mir vor, ich liebte sie, ich liebte ihren Atem, ihren Geruch, die möglichen

Anspielungen auf die nächtliche Erinnerung, auf mich, auf alles, wenn sie aus dem Schlaf schreckte. Ich kehrte schwer vom Fenster zurück, und betrachtete ohne Ekel oder Mitleid das, was das Schicksal in den Stuhl des Schlafzimmers gesetzt hatte. Sie glättete die Aufschläge des Kostüms, das vielleicht nicht aus Cheviot war; sie lächelte in die Luft hinein, wartete auf meine Rückkehr, meine Stimme. Ich fühlte mich alt und kraftlos. Vielleicht leckte mir der unbekannte Hund des Glücks die Knie und die Hände; vielleicht handelte es sich um das andere: daß ich alt war und müde. Aber auf jeden Fall sah ich mich gezwungen, die Zeit vergehen zu lassen, wieder die Pfeife anzuzünden, mit der Flamme des Streichholzes zu spielen, mit der knisternden Flamme.

»Was mich betrifft«, sagte ich, »ist alles in Ordnung. Julián hat sicher keinen Revolver benutzt, um Sie zur Unterschrift für die Hypothek zu bewegen. Und ich habe nie einen Wechsel unterschrieben. Wenn er die Unterschrift gefälscht hat und so fünf Jahre lang leben konnte – ich glaube, Sie sagten fünf –, dann hatte er genug; Sie beide hatten genug. Ich sehe Sie, ich denke über Sie nach: es ist mir ganz gleich, ob man Ihnen das Haus wegnimmt oder Sie ins Gefängnis wirft. Ich habe nie einen Wechsel für Julián unterzeichnet. Unglückseligerweise für Sie, Betty, und der Name scheint mir nicht mehr adäquat zu sein, er paßt nicht mehr zu Ihnen: es gibt da weder Risiken noch Drohungen, die funktionieren würden. Wir können nicht Genossen sein, und das ist immer traurig. Ich glaube, es ist für Frauen trauriger. Ich gehe auf die Galerie, um dort zu rauchen, ich will sehen, wie der Morgen wächst. Ich wäre Ihnen sehr dankbar, wenn Sie gleich gingen, wenn Sie keinen Skandal machten, Betty.«

Ich ging hinaus und beschimpfte mich leise, suchte nach Fehlern, im wundervollen Herbstmorgen. Ich hörte, sehr weit weg, die indolenten Zoten, die sie hinter mir sagte. Und ich hörte fast gleich darauf, wie die Tür zugeschlagen wurde.

Ein blauer Ford erschien in der Nähe der Häusergruppe.

Ich war klein, und diese Geschichte schien mir nicht verdient, ausgedacht von der armen, schwachen Phantasie eines Kindes.

Ich hatte, als ich etwas größer wurde, immer meine Fehler gezeigt; ich hatte immer recht, ich war bereit zu reden und zu streiten, ohne Rückhalt, ohne Schweigen. Julián hingegen – ich empfand nun Sympathie für ihn, und etwas vom Mitleid sehr Verschiedenes – Julián hatte uns während vieler Jahre hineingelegt. Dieser Julián, den ich erst als Toten kennenlernte, lachte mich aus, leicht, seit er die Wahrheit gestand und im Sarg stolz seinen Schnurrbart und sein Lächeln trug. Vielleicht lachte er noch immer über uns alle, einen Monat nach seinem Tod. Aber es nützte mir nichts, Groll oder Enttäuschung zu erfinden.

Vor allem irritierte mich die Erinnerung an unsere letzte Zusammenkunft, und wie grundlos er mich angelogen hatte; ich verstand auch nicht, weshalb er mich unter Gefahren aufsuchte, um noch ein letztes Mal lügen zu können. Denn nur Betty diente mir für Mitleid oder Verachtung; aber ich glaubte an ihre Geschichte, fühlte mich sicher, daß das Leben unaufhörlich schmutzig sein kann.

Ein blauer Ford röhrte den Abhang hoch, hinter dem Chalet mit dem Schweizer Dach, erreichte den Weg, fuhr an der Veranda vorbei, bis er zur Hoteltür kam. Ich sah, wie ein Polizist in seiner ausgebleichten Sommeruniform ausstieg, dann ein außerordentlich langer und dürrer Mensch, der einen breitgestreiften Anzug trug, und schließlich ein graugekleideter, blonder junger Mann ohne Hut, der bei jedem Satz lächelte und die Zigarette mit zwei ausgestreckten Fingern vor den Mund hielt.

Der Hoteldirektor kam langsam die Treppe herunter und näherte sich ihnen, während der Kellner der vorhergehenden Nacht hinter einer Treppensäule hervorkam, in Hemdsärmeln, und sein schwarzer Kopf glänzte. Alle redeten mit wenigen Gebärden, fast ohne den Platz zu wechseln, den Platz, auf dem sie fest standen, und der Hoteldirektor holte ein Taschentuch aus der Innentasche des Sakkos, fuhr sich damit über die Lippen, steckte es wieder tief ein, und zog es nach ein paar Sekunden wieder mit einer raschen Bewegung heraus, drückte es zusammen und fuhr sich damit über den

Mund. Ich ging ins Zimmer, um zu sehen, ob die Frau fort war; und als ich wieder auf die Galerie kam und mir klar wurde über meine eigenen Bewegungen, über die Saumseligkeit, mit der ich zu leben und jede Tätigkeit auszuüben wünschte, als suchte ich mit den Händen das, was sie getan hatten, zu streicheln, da fühlte ich, daß ich an diesem Morgen glücklich war, daß es noch andere Tage des Glücks, irgendwo, geben könnte.

Ich sah, daß der Kellner zu Boden blickte und die anderen vier den Kopf hoben, und ihre zerstreuten Gesichter mir zuwandten. Der junge Blonde warf die Zigarette weit weg, und da machte ich zögernd den Mund auf und grüßte mit einem Kopfnicken den Direktor, und gleich darauf, bevor er noch antworten, bevor er, der immer zur Galerie sah, sich verbeugen konnte (er wischte sich mit dem Taschentuch über den Mund), hob ich eine Hand und wiederholte meinen Gruß. Ich ging ins Zimmer zurück, um mich fertig anzuziehen.

Ich war einen Augenblick im Speisesaal, sah, wie die Reisenden frühstückten, und entschloß mich, einen Gin zu trinken, nicht mehr als einen, neben der Bartheke, dann kaufte ich Zigaretten und ging zur Gruppe hinunter, die am Fuß der Treppe wartete. Der Direktor grüßte mich wieder, und ich merkte, daß sein Unterkiefer, kaum sichtbar, heftig zitterte. Ich sagte ein paar Worte und hörte, wie sie sprachen; der junge Blonde trat zu mir und berührte meinen Arm. Alle schwiegen; der Blonde und ich sahen uns an und lächelten uns zu. Ich bot ihm eine Zigarette an, er zündete sie an, ohne den Blick von meinem Gesicht zu wenden; dann ging er drei Schritte zurück und betrachtete mich wieder. Vielleicht hatte er noch nie das Gesicht eines glücklichen Menschen gesehn; mir ging es genauso. Er wandte mir den Rücken, ging bis zum ersten Baum des Gartens und stützte sich dort mit der Schulter ab. All das hatte einen Sinn, und ohne es zu begreifen wußte ich, daß ich einverstanden war und ich bewegte zustimmend den Kopf. Da sagte der Überlange:

»Fahren wir mit dem Wagen zum Strand?«

Ich drängte mich vor und setzte mich neben den Chauffeurssitz. Der Große und der Blonde setzten sich hinten hin. Der Polizist setzte sich ohne Hast an den Volant und gab Gas. Gleich darauf fuhren wir rasch in den ruhigen Morgen hinein; ich roch die Zigarette, die der Junge rauchte, ich spürte das Schweigen, die Ruhe des anderen Mannes, und wie Wille dieses Schweigen und diese Ruhe erfüllten. Als wir an den Strand kamen, näherte sich der Wagen einem Haufen grauer Steine, die den Weg und den Strand voneinander trennten. Wir stiegen aus, kletterten über die Steine und gingen auf das Meer zu. Ich ging neben dem blonden Burschen.

Wir hielten am Strand an. Wir vier schwiegen, an den Krawatten zerrte der Wind. Wir steckten uns wieder Zigaretten an.

»Das Wetter kann umschlagen«, sagte ich.

»Gehen wir?« antwortete der blonde Bursche.

Der Große im Gestreiften streckte einen Arm aus, bis er den Burschen an der Brust berührte, und sagte mit fester Stimme:

»Passen Sie gut auf! Von hier bis zu den Dünen. Zwei Cuadras. Nicht viel mehr, nicht weniger.«

Der andere stimmte schweigend zu, als ob das alles unwichtig wäre. Er lächelte wieder und sah mich an.

»Gehen wir«, sagte ich und wollte zum Auto zurück. Als ich hinauf wollte, hielt mich der Große zurück.

»Nein«, sagte er, »es geht hier hinüber.«

Drüben stand eine Ziegelhütte, die Ziegel hatten Flecken von der Feuchtigkeit. Sie hatte ein Zinkdach, und dunkle Lettern waren über die Tür gemalt. Wir warteten, bis der Polizist mit einem Schlüssel wieder da war. Ich drehte mich um, den nahenden Mittag über dem Strand zu betrachten; der Polizist hängte das offene Schloß aus, und wir traten in den Schatten und die unerwartete Kälte. Die Dachbalken glänzten schwarz, und Fetzen von Sackleinen hingen herunter. Während wir im grauen Dämmer vorwärtsgingen, spürte ich, wie die Hütte wuchs, mit jedem Schritt größer wurde, und ich kam vom langen Tisch, der auf Holzböcken in der Mitte stand, immer weiter weg. Ich sah die gestreckte Form an, und dachte, wer wohl die Toten die Haltung im Tode lehre. Auf dem Boden stand eine kleine Wasserlache; es tropfte von einer Tischecke herunter. Ein barfüßiger Mann mit offenem Hemd über der geröteten Brust näherte sich hüstelnd und legte eine Hand auf eine Stelle des Brettertisches, und sein kurzer Zeigefinger bedeckte sich sofort glänzend mit dem Wasser, das noch immer hervorquoll. Der Große streckte einen Arm aus, zog das Segelleinen ruckartig weg und entblößte das Gesicht auf den Brettern. Ich sah die Luft an, den gestreiften Arm des Mannes, der steif ausgestreckt gegen das Licht der Tür wies und der den Rand mit den Ringen der Plane hielt. Ich sah wieder den Blonden an und schnitt eine Grimasse der Trauer.

»Schauen Sie da her!« sagte der Große.

Ich sah, daß das Gesicht des Mädchens nach hinten gebogen war, und es schien, als ob der violette Kopf, mit den Flecken eines rötlichen Violetts über dem zarten, bläulichen Violett von vorher jeden Augenblick zu Boden fallen könnte, wenn einer laut sprach, oder auf den Boden stampfte oder einfach, wenn die Zeit verging.

Aus dem Hintergrund, unsichtbar für mich, begann einer mit heiserer, ordinärer Stimme etwas herunterzuleiern, als spräche er mit mir. Mit wem sonst?

»Die Hände und die Füße, deren Epidermis leicht weißlich und an den Fingerspitzen faltig ist, weisen außerdem an den Nagelbetten ein wenig Sand und Schlick auf. An den Händen keine Verletzung, kein geronnenes Blut. An den Armen, besonders den Unterarmen, über dem Handgelenk mehrere blaue Flecken, die quer verlaufen und von starkem Druck herrühren.«

Ich wußte nicht, wer es war, ich wollte keine Fragen stellen. Ich hatte, und wiederholte es mir, als einzige Verteidigung das Schweigen. Das Schweigen für uns. Ich näherte mich noch mehr dem Tisch und berührte die eigensinnigen Stirnknochen. Vielleicht erwarteten die fünf Männer aber mehr, ich war zu allem bereit. Das Vieh, immer im Hintergrund der Hütte, zählte nun mit seiner ordinären Stimme auf:

„Das Gesicht ist von einer bläulich-blutigen Flüssigkeit aus Mund und Nase bedeckt. Nach sorgfältiger Reinigung haben wir rund um den Mund größere Partien geronnenen Blutes mit blutunterlaufenen Stellen festgestellt, dazu die Spuren von Fingernägeln auf der bloßen Haut. Zwei analoge Merkmale unter dem rechten Auge; das Lid ist stark gequetscht. Außer den Spuren von Gewaltanwendung (da lebte die Tote offenbar noch), sind im Gesicht zahlreiche Kratzer zu bemerken, nicht gerötet, keine blauen Flecken, die Haut trocken; diese Spuren wurden hervorgerufen, als man den Körper über den Sand schleifte. Eine Infiltration geronnenen Blutes zu beiden Seiten des Kehlkopfes. Die Haut ist bereits von Verwesung angegriffen; man kann auf ihr Spuren von Quetschungen oder blaue Flecken sehen. Das Innere der Luftröhre und der Bronchien enthält eine kleine Menge einer trüben, dunklen, nicht schäumenden Flüssigkeit, mit Sand vermischt.«

Es war eine schöne Respons für Verstorbene; alles war verloren. Ich beugte mich nieder und küßte ihre Stirn und dann, aus Mitleid und in Liebe, die rötliche Flüssigkeit, die zwischen ihren Lippen schäumte.

Aber der Kopf mit dem harten Haar, der flachen Nase, dem dunklen Mund, sichelförmig nach unten gebogen, schlaff, tropfend, blieb unbeweglich, das Volumen unverändert in der düsteren Luft, die nach Kielraum roch; der Kopf immer härter, je öfter mein Blick auf Backenknochen und Stirn und Kinn fiel, das noch nicht herunterhing. Einer nach dem anderen redete auf mich ein, der Große und der Blonde, als spielten sie ein Spiel, und wiederholten abwechselnd dieselbe Frage. Dann ließ der Große das Segelleinen los, machte einen Sprung und schüttelte mich an den Rockaufschlägen. Aber er glaubte nicht an das, was er tat; es genügte, seine runden Augen zu sehen, und als ich ihm mühsam zulächelte, zeigte er mir rasch die Zähne, voller Haß, und öffnete die Hand.

»Ich verstehe, ich ahne es: Sie haben eine Tochter. Seien Sie unbesorgt: Ich werde alles unterschreiben, ohne es zu lesen. Das Komische daran ist, daß Sie sich irren. Aber das ist nicht wichtig. Nichts, nicht einmal das, ist wirklich wichtig.«

Im grausamen Licht der Sonne blieb ich stehen und fragte, mit angemessener Stimme, den Großen:

»Ich möchte neugierig sein, und bitte um Entschuldigung: Glauben Sie an Gott?«

»Ich werde Ihnen natürlich antworten«, sagte der Riese, »aber vor Aufnahme des Protokolls ist das nutzlos, es ist, wie in Ihrem Fall, reine Neugier . . . Wußten Sie, daß das Mädchen taub war?«

Wir waren stehengeblieben, genau zwischen der wieder aufwachenden Hitze des Sommers und dem kühlen Schatten der Hütte.

»Taub?« fragte ich. »Nein. Ich war nur gestern nacht mit ihr beisammen. Sie kam mir nie taub vor. Aber es geht nicht mehr darum. Ich habe Sie etwas gefragt; Sie haben versprochen, mir zu antworten.«

Die Lippen waren zu schmal, als daß man die Grimasse, die der Riese schnitt, ein Lächeln hätte nennen können. Er sah mich wieder an, ohne ein Zeichen der Verachtung, traurig, erstaunt, und bekreuzigte sich.

1. Der Arzt berichtet

Die halbe Stadt muß gestern im Apollokino gewesen sein; sie alle haben die Geschichte gesehen, und waren beim tumultartigen Ende dabei. Ich langweilte mich am Pokertisch des Klubs und griff erst ein, als der Portier mir den Notruf aus dem Spital ankündigte. Der Klub hat nur eine Telefonleitung, aber als ich aus der Zelle kam, kannten alle die Nachricht viel besser als ich. Ich ging zum Tisch, um die Chips einzuwechseln und die verlorenen Beträge zu zahlen.
Burmestein hatte sich nicht gerührt; sein Speichel floß etwas reichlicher auf die Havanna, und er sagte zu mir mit seiner fetten gleichmäßigen Stimme:
»An Ihrer Stelle, Sie werden entschuldigen, da würde ich bleiben und die Glückssträhne jetzt ausnützen. Kurz: Sie können auch hier den Totenschein ausstellen.«
»Noch nicht, wie es scheint«, antwortete ich und versuchte zu lachen. Ich sah meine Hände an, wie sie Chips und Geldscheine handhabten; sie waren ruhig, etwas müde. Ich hatte die Nacht zuvor kaum ein paar Stunden geschlafen, aber das war fast schon eine Gewohnheit; ich hatte an diesem Abend zwei Kognaks getrunken und Mineralwasser beim Essen.
Die Leute aus dem Spital kannten meinen Wagen und alle seine Gebrechen. Deshalb wartete der Rettungswagen auf mich, an der Klubtür. Ich setzte mich neben den Gallego und hörte nur seinen Gruß; er wartete schweigend, aus Respekt oder Erregung, daß ich mit dem Gespräch anfinge. Ich rauchte und sagte nichts, bis wir in die Tabarez einbogen und der Rettungswagen in die Frühlingsnacht der Betonstraße kam; sie war weiß und windig, kalt und lau; die Wolken zogen regellos dahin und berührten die Mühle und die hohen Bäume.
»Herminio«, fragte ich, »die Diagnose?«
Ich sah die Freude des Gallego, die er zu unterdrücken

versuchte, und stellte mir den Seufzer vor, mit dem er die Rückkehr zum Gewöhnlichen, zu den alten geheiligten Riten feierte. Und er sagte, mit dem demütigsten, schlauesten Ton – ich begriff, daß es sich um einen ernsten oder hoffnungslosen Fall handelte –:

»Ich habe ihn kaum gesehen, Doktor. Ich habe ihn, aus dem Theater, in den Rettungswagen gebracht, ich bin mit 90 oder 100 ins Spital gefahren, denn der kleine Fernández trieb mich an; es war auch meine Pflicht. Ich habe geholfen, ihn aus dem Wagen zu holen, und gleich darauf hat man mir befohlen, in den Klub zu fahren und Sie abzuholen.«

»Gut, Fernández. Wer hat Dienst?«

»Der Doktor Rius, Doktor.«

»Und warum operiert Rius nicht?« fragte ich laut.

»Nun«, sagte Herminio und nahm sich etwas Zeit, um einem Loch auszuweichen, das mit spiegelndem Wasser gefüllt war. »Er wird wohl gleich zu operieren begonnen haben, meine ich. Aber wenn er Sie dabei hat . . .«

»Sie haben ihn in den Wagen geschoben und wieder heraus. Das genügt für Sie. Und die Diagnose?«

»Was für ein Doktor . . .« lächelte der Gallego zärtlich. Die Lichter des Spitals kamen in Sicht, die weißen Wände unter dem Mond. »Er rührte sich nicht, jammerte nicht, blähte sich auf wie ein Ballon, Rippen in der Lunge, ein Schienbein offenliegend, fast sicher Gehirnerschütterung. Er fiel rücklings über zwei Stühle, und, Sie verzeihen, es muß an der Wirbelsäule liegen. Ob sie gebrochen ist oder nicht.«

»Wird er sterben oder nicht? Sie haben sich noch nie geirrt, Herminio.«

Er hatte sich schon sehr oft geirrt, aber immer eine Ausrede gefunden.

»Diesmal möchte ich nichts sagen«, und er schüttelte den Kopf, während er bremste.

Ich wechselte die Kleider und wusch mir gerade die Hände, als Rius eintrat.

»Wenn Sie operieren wollen«, sagte er, »in zwei Minuten ist er soweit. Ich habe fast nichts gemacht, denn hier gibt's nichts mehr zu tun. Zur Sicherheit Morphium, damit er und wir ruhig sein können. Wir könnten genausogut eine Münze in die Luft werfen, wenn wir wissen wollen, wo anfangen.«

»So schlimm?«

»Viele Verletzungen, tiefes Koma, Blässe, Puls kaum zu tasten, Atmung sehr beschleunigt, Zyanose. Der rechte Lungenflügel funktioniert nicht mehr. Kollabiert. Krepitation, Rippenfraktur, sechste Rippe rechts. Hämato-Pneumothorax, hypersonorer Klopfschall. Das Koma wird immer tiefer, immer ausgeprägter das Syndrom akuten Blutverlustes. Möglicherweise einige Intercostal-Arterien zerrissen. Reicht das? Ich ließe ihn in Frieden.«

Da griff ich auf meine schon abgenutzte, mittelmäßige, heroische Phrase zurück, auf die Legende, die mich umgibt, wie die Umschrift einer Münze oder Medaille den Kopf, und die vielleicht noch ein paar Jahre nach meinem Tod mit meinem Namen verbunden bleibt. Aber in dieser Nacht war ich nicht mehr fünfundzwanzig, nicht dreißig; ich war alt und müde geworden, und die so oft vor Rius wiederholte Phrase war nichts als ein Spaß unter Vertrauten. Ich sagte sie her mit der Wehmut verlorenen Glaubens, während ich mir die Handschuhe überstülpte. Ich wiederholte sie und hörte mir dabei zu, wie ein Kind, das die magische und absurde Formel ausspricht, die ihm erlaubt, ins Spiel einzusteigen und im Spiel zu bleiben.

»Bei mir sterben die Kranken auf dem Tisch.«

Rius lachte wie immer, drückte mir einen Arm und ging. Aber fast gleich darauf sah er wieder zur Tür herein, während ich zu erraten versuchte, welches kaputte Rohr da in das Spülbecken tropfte, und er sagte:

»Bruder, es fehlt da noch was im Gemälde. Ich habe Ihnen noch nichts von der Frau erzählt, ich weiß nicht, wer sie ist, die den fast Toten mit den Füßen trat, oder ihn im Kinosaal mit Fußtritten traktieren wollte und sich dann dem Rettungswagen näherte, als der Gallego und Fernández ihn hineinschoben. Sie strich dann hier herum; ich ließ sie hinauswerfen, aber sie schwor, sie würde morgen wiederkommen; sie hätte ein Recht darauf, den Toten zu sehen – vielleicht um ihn dann, ohne Eile, anspucken zu können.«

Ich operierte mit Rius bis fünf Uhr morgens, und verlangte einen Liter Kaffee, das mochte uns das Warten erleichtern. Um sieben erschien Fernández in der Kanzlei, mit dem mißtrauischen Gesicht, das Gott ihm gegeben hat, um großen Ereignissen gegenübertreten zu können. Das schmale, kindliche Gesicht umsäumt dann die Augen, neigt sich ein wenig, der Mund ist auf der Hut, er scheint zu sagen: »Irgendwer betrügt mich; das Leben ist nichts als eine große Verschwörung, um mich hineinzulegen.«

Er näherte sich dem Tisch und blieb stehen, weiß und gekrümmt, ohne zu reden.

Rius hörte auf, über Verpflanzungen zu reden, sah ihn nicht an, nahm das letzte Sandwich vom Teller; dann wischte er sich die Lippen mit einer Papierserviette ab und fragte den eisernen Tintenbehälter, mit einem Adler und zwei trockenen Tintenfässern:

»Also?«

Fernández atmete, um sich zu hören, und legte eine Hand auf den Tisch; wir wandten den Kopf und sahen seine Verwirrung, den Argwohn; und wie dünn und müde er war. Von Hunger und Schlaf fast verblödet, richtete der Bursche sich auf, um seiner Manie treu zu bleiben, die Ordnung der Dinge zu stören, die Ordnung einer Welt, in der wir uns verstehen können.

»Die Frau ist auf dem Gang, auf einer Bank, mit einer Thermosflasche und Matetee. Man hat sie übersehen, sie ist hereingekommen. Sie sagt, es mache ihr nichts aus, und sie müsse ihn sehen. Ihn.«

»Ja, Brüderchen«, sagte Rius langsam, und ich erkannte in seiner Stimme die Bosheit wieder, die in mühevollen Nächten auftritt, die Erregung, die er geschickt abzustufen weiß. »Hat sie wenigstens Blumen mitgebracht? Der Winter ist zu Ende, jeder Graben in Santa María muß voller Yuyus sein. Ich würde ihr gern die Schnauze einschlagen, und ich werde gleich den Chef um Erlaubnis ersuchen, einen Rundgang durch die

Korridore zu machen. Aber unterdessen könnte diese Hure den Verstorbenen aufsuchen und ihm ein Blümchen hinwerfen, und ihn dann anspucken, und dann wieder eine Blume.«
Der Chef war ich, ich fragte also:
»Und wie steht's mit ihm?«
Fernández strich sich flink über das hagere Gesicht; überzeugte sich leicht, daß alle Knochen, die ihm Testut versprochen hatte, vorhanden waren, und er sah mich an, als sei ich verantwortlich für alle Gaunereien und Betrügereien, die ihn mit geheimnisvoller Regelmäßigkeit überraschten. Ohne Haß, ohne Heftigkeit drängte er Rius beiseite; seine argwöhnischen Augen waren auf mein Gesicht geheftet, und er rezitierte:
»Besserung des Pulses, der Atmung, der Zyanose. Er erlangt sporadisch das Bewußtsein wieder.«
Das war viel besser, als ich es um sieben Uhr morgens zu hören erwartete. Aber noch war es nicht sicher; so beschränkte ich mich darauf, ihm zu danken: ich nickte und sah nun meinerseits den bronzierten Adler des Tintenfasses an.
»Dimas ist vor einiger Zeit gekommen«, sagte Fernández. »Ich habe ihm alles übergeben. Kann ich gehen?«
»Ja, natürlich.« Rius hatte sich gegen den Stuhlrücken gelehnt und sah mich nun an; er lächelte, vielleicht sah er mich noch nie so gealtert, vielleicht liebte er mich nie so wie an diesem Frühlingsmorgen, vielleicht ahnte er, wer ich war und weshalb er mich liebte.
»Nein, Bruder«, sagte er, als wir allein waren. »Bei mir jede Komödie, aber nicht die Komödie der Bescheidenheit, der Gleichgültigkeit, des Unrats, den man nüchtern so übersetzen könnte: ›Ich habe wieder einmal meine Pflicht erfüllt.‹ Sie haben das zustande gebracht, Chef! Wenn dieses Vieh noch nicht krepiert ist, krepiert es auch nicht mehr. Wenn man Ihnen im Klub geraten hat, sich auf einen Totenschein zu beschränken – das hätte ich gemacht, mit viel Morphium natürlich, wären Sie aus irgendeinem Grund nicht in Santa María gewesen –, rate ich Ihnen jetzt, dem Burschen ein Unsterblichkeitszeugnis auszustellen. Mit ruhigem Gewissen, hinten die Unterschrift des Doktors Rius. Tun Sie das, Chef!

Und nehmen Sie gleich aus dem Laboratorium einen Cocktail mit Schlafmitteln und schlafen Sie vierundzwanzig Stunden. Ich nehme es auf mich, mich um den Richter und die Polizei zu kümmern, und ich verspreche auch, die Spucksalven der Frau in die Wege zu leiten, die auf dem Gang wartet und ihren Tee trinkt.«

Er stand auf und klopfte mir auf die Schulter, einmal nur, doch blieben Gewicht und Wärme der Hand länger.

»Es ist gut«, sagte ich zu ihm. »Sie entscheiden, ob es nötig ist, mich wecken zu lassen.«

Während ich den Operationsmantel mit einer Langsamkeit und Würde auszog, die nicht nur von der Ermüdung kamen, gestand ich mir ein, daß der Erfolg der Operation, aller Operationen, mir so viel bedeutete wie die Erfüllung eines alten Traumes, der nicht zu verwirklichen war: mit eigenen Händen und ein für allemal den Motor meines alten Automobils reparieren zu können. Aber das konnte ich Rius nicht sagen, denn er würde es leicht und mit Enthusiasmus begreifen; und ich konnte es nicht Fernández sagen, denn glücklicherweise würde er mir nicht glauben.

So schwieg ich denn und hörte auf der Rückfahrt im Rettungswagen gleichmütig die bösen, bewundernden Worte des Gallego Herminio und stimmte wortlos zu, angesichts der Geschichte, daß die Auferstehung von den Toten, die eben im Spital von Santa María vor sich gegangen war, nicht einmal den Ärzten der Hauptstadt gelungen wäre.

Ich entschied, daß mein Wagen bis zum nächsten Morgen vor dem Klub stehenbleiben sollte. Der Morgen, grell, weiß, roch nach Geißblatt; man begann den Fluß zu riechen.

»Sie warfen Steine und sagten, sie würden das Theater anzünden«, erklärte der Gallego, als wir auf die Plaza kamen. »Aber dann erschien die Polizei, und es blieb, wie gesagt, bei den Steinen.«

Bevor ich die Tabletten schluckte, begriff ich, daß ich nie die Wahrheit dieser Geschichte verstehen würde; mit viel Glück und Geduld konnte ich vielleicht die Hälfte erfahren, die uns, die Einwohner dieser Stadt, betraf. Aber man mußte resignieren und die Kenntnis des Teils als unzugänglich betrachten, den die beiden Fremden hereintrugen, und den sie wieder, in anderer, unbekannter Weise und für immer mit sich nehmen würden.

Und in diesem Augenblick erinnerte ich mich, mit dem Glas Wasser in der Hand, daß dies alles sich mir schon vor fast einer Woche zu zeigen begonnen hatte, an einem bewölkten, heißen Sonntag, während ich das Kommen und Gehen auf dem Platz von einem Fenster der Hotelbar aus beobachtet hatte.

Der agile, sympathische Mann und der sterbende Riese kamen quer über den Platz, durch die erste gelbliche Frühlingssonne. Der Kleinere trug einen Blumenkranz – wie der Kranz eines entfernten Verwandten bei einer bescheidenen Totenwache. Sie schritten vorwärts und kümmerten sich nicht um die Aufmerksamkeit, die das zwei Meter große, langsame Vieh erregte. Der Quirlige schritt, ohne sich zu beeilen, mit einer unverzichtbaren Würde voran; er hatte ein diplomatisches Lächeln aufgesetzt, als sei er von Gardesoldaten flankiert, als ob irgendwer, ein Balkon mit Fahnen und ernsten Männern und alten Frauen ihn irgendwo erwartete. Man erfuhr dann, daß sie den kleinen Kranz unter den Witzeleien der Kinder und dem einen oder anderen Steinwurf zu Füßen des Denkmals, das Brausen errichtet worden ist, niederlegten.

Von da an verwirren sich die Fährten ein wenig. Der Kleine, der Abgesandte, ging ins »Berna«, um dort ein Zimmer zu mieten, sich einen Aperitif zu genehmigen und leidenschaftslos den Preis auszuhandeln, wobei er flüchtige Grüße, Verbeugungen, billige Einladungen austeilte. Er war zwischen vierzig und fünfundvierzig, hatte einen breiten Brustkasten, die Statur eher klein; er war geboren, um zu überzeugen, um das feuchte und laue Klima zu schaffen, in dem Freundschaft gedieh und Hoffnungen akzeptiert werden. Er war auch für das Glück geboren, oder zumindest dafür, hartnäckig daran zu glauben, gegen Wind und Seegang, gegen das Leben und seine Irrwege. Vor allem, und das war das Wichtigste: er war geboren, um Glücksraten der ganzen möglichen Welt vorzuschreiben. Mit einer natürlichen, unbezwingbaren Gerissenheit, ohne je seine persönlichen Ziele aus den Augen zu verlieren, ohne sich übermäßig über die fremde, unkontrollierbare Zukunft Sorgen zu machen.

Zu Mittag war er in der Redaktion des »Liberal« und kam am Nachmittag wieder, um sich mit dem Sportredakteur zu treffen und die Annonce umsonst zu bekommen. Er blätterte das Album mit den vergilbten Fotografien und Zeitungsausschnitten auf: große Schlagzeilen in fremden Sprachen; er zog Diplome hervor und Dokumente, die im Falz mit Gummipapier verstärkt worden waren. Sein Lächeln glitt über die alten Erinnerungen, die Melancholie und den Bankrott hinweg, seine unermüdliche, kompromißlose Liebe.

»Er ist besser denn je! Vielleicht ein paar Kilo zuviel. Aber gerade deswegen machen wir diese Tournee durch Südamerika. Im kommenden Jahr wird er sich wieder im Palais de Glace den Titel holen. Niemand kann ihn besiegen, kein Europäer, kein Amerikaner! Und wie sollten wir auf unserer Tournee Santa María übergehen – das ist doch der Auftakt für eine Weltmeisterschaft! Santa María: welch eine Küste, welch ein Strand, und diese Luft, diese Kultur!«

Der Tonfall der Stimme war italienisch, aber nicht genau; immer war in den Vokalen und in den »s« eine Färbung, die nicht zu orten war, ein freundschaftlicher Kontakt mit der kompliziert-weiten Welt. Er klapperte die Zeitung ab, spielte mit dem Liniensatz, umarmte die Setzer, improvisierte ein Erstaunen angesichts der Rotationsmaschine. Und er hatte, am nächsten Tag, eine trockene Schlagzeile, aber gratis: »Ex-Weltmeister im Ringen in Santa María!« Er besuchte die Redaktion die ganze Woche hindurch, und der Jacob van Oppen gewidmete Platz wuchs jeden Tag, bis zum Samstag, an dem der Herausforderungskampf stattfinden sollte.

Sonntagmittag, an dem ich sie über den Platz ziehen sah, mit dem billigen Kranz, lag der sterbende Riese eine halbe Stunde lang auf den Knien in der Kirche und betete vor einem Altar der Unbefleckten Empfängnis; man sagt, er habe gebeichtet; sie schwören, gesehen zu haben, wie er sich an die Brust schlug, mutmaßen, daß er dann schwankend ein riesiges, kindliches, von Tränen feuchtes Gesicht ins goldene Licht des Atriums hob.

2. Der Erzähler berichtet

Auf den Visitenkarten stand: »Comendador Orsini«; der geschwätzige, unruhige Mann verteilte sie, ohne damit zu knausern, in der ganzen Stadt. Noch jetzt sind einige erhalten, mit seiner Unterschrift und schmückenden Beiwörtern.

Vom ersten – und letzten – Sonntag an mietete Orsini den Apollosaal für die Trainingszeit, Eintritt zu einem Peso am Montag und Dienstag, um die Hälfte am Mittwoch, zu zwei Pesos am Donnerstag und Freitag, als die Herausforderung schon schriftlich ausgemacht war und Neugier wie Patriotismus der Sanmarianer das Apollo immer mehr füllte. Am ersten Sonntag wurde auf dem Neuen Platz nach entsprechender Erlaubnis der Stadtgemeinde das Plakat mit der Herausforderung angeschlagen. Auf einem alten Foto zeigte der Ex-Weltmeister im Ringen aller Gewichtsklassen den Bizeps und den Gürtel in Gold, aggressive rote Buchstaben präzisierten die Herausforderung: »500 Pesos, 500! für den Mann, der in den Ring steigt und nicht in drei Minuten von Jacob van Oppen auf die Schultern gelegt wird!«

Eine Zeile darunter war von der Herausforderung keine Rede mehr, und es wurde eine Vorstellung in griechisch-römischem Ringkampf des Weltmeisters – in weniger als einem Jahr würde er es wieder sein – mit den besten Athleten von Santa María angekündet.

Orsini und der Riese hatten in Kolumbien zum erstenmal südamerikanischen Boden betreten und kamen jetzt über Perú, Ecuador und Bolivien hierher. In wenigen Orten wurde die Herausforderung angenommen, und van Oppen konnte den Gegner immer innerhalb einer Zeit, die in Sekunden zu messen war, erledigen, mit dem ersten Griff.

Die Plakate riefen heiße Nächte und Geschrei in Erinnerung,

Theater und Zelte, aus Indios bestehendes, betrunkenes Publikum, Bewunderung und Lachen. Der Ringrichter hob einen Arm hoch, van Oppen wurde wieder traurig und dachte gierig an die Flasche harten Getränkes, die ihn auf dem Hotelzimmer erwartete, und Orsini schritt vorwärts unter den weißen Lichtern des Rings, tupfte sich mit einem noch weißeren Taschentüchlein den Schweiß von der Stirn.

»Meine Damen und Herren . . .«, jetzt war der Augenblick gekommen, Dank zu sagen, von unverwelklichen Erinnerungen zu reden, das Land und die Stadt hochleben zu lassen. Monate hindurch hatten diese gemeinsamen Erinnerungen für sie Amerika gebildet; einmal, in einer Nacht, weit entfernt, aber kaum daß ein Jahr vergangen war, würden sie davon reden können, würden sich ohne Schwierigkeit an sie erinnern, brauchten dafür nur die Hilfe von drei oder vier wiederholten, frommen Augenblicken.

Am Dienstag oder Mittwoch brachte Orsini den Weltmeister im Wagen ins »Berna«, und da war die erste, fast nicht besuchte Trainingsetappe abgeschlossen. Die Rundreise war nun schon zu Routinearbeit geworden; die Berechnungen über die Pesos, die verdient werden mußten, und den wirklich verdienten, wichen kaum voneinander ab. Aber Orsini hielt es für unerläßlich, daß er seine Hand über den Riesen hielt. Van Oppen setzte sich auf das Bett und trank aus der Flasche; Orsini nahm sie ihm sanft weg und brachte aus dem Badezimmer den Plastikbecher, den er am Morgen für das Zähneputzen benützte. Er wiederholte freundlich die alte Phrase:

»Ohne Disziplin ist Moral unmöglich« – er sprach französisch wie spanisch; der Akzent war nie richtig italienisch. »Da ist die Flasche, niemand will sie dir wegnehmen. Aber wenn man aus einem Glas trinkt, ist das was anderes. Das ist diszipliniert, ist vornehm.«

Der Riese drehte den Kopf, um ihn zu betrachten; die blauen Augen waren umflort; er schien den halbgeöffneten Mund zum Sehen zu benützen. »Wieder Atemnot, Angst«, dachte Orsini. »Es ist besser, er betrinkt sich und schläft bis in den Morgen.« Er füllte den Becher mit Zuckerrohrschnaps, trank einen Schluck, streckte die Hand dann van Oppen hin. Aber das Vieh neigte sich, zog sich die Schuhe an und stand dann schnaubend auf – es war das zweite Symptom – und musterte das Zimmer. Zuerst sah er, die Hände im Gürtel, die Betten an, den unbrauchbar gewordenen Teppich, dann schritt er vorwärts und erprobte mit einer Schulter die Widerstandskraft der Türen, der Gang- und der Badezimmertür, den Widerstand des Fensters, das nirgendwohin ging.

»Jetzt fängt das an«, dachte Orsini, »das letzte Mal war es in Guayaquil. Es muß das eine zyklische Geschichte sein, nur begreife ich diesen Zyklus nicht. Eines Nachts erwürgt er mich, nicht aus Haß, nur, weil er mich zur Hand hat. Er weiß sehr genau: der einzige Freund, den er hat, das bin ich.«

Der Riese kehrte langsam, barfüßig in die Mitte des Zimmers zurück, mit einem spöttischen, verächtlichen Lächeln, die Schultern etwas nach vorn geschoben. Orsini setzte sich an den wackligen Tisch und steckte die Zunge in den Becher mit dem Zuckerrohrschnaps.

»Gott!« sagte van Oppen und wiegte sich sanft, als hörte er eine ferne, unterbrochene Musik; er hatte das zu enge, schwarze Trikot an, und die Hirtenhosen, die ihm Orsini in Quito gekauft hatte. »Nein! Wo bin ich? Was mache ich hier?« Mit den riesigen Füßen stand er fest auf dem Boden, wiegte sich, sah die Wand über dem Kopf Orsinis an.

»Ich warte. Immer bin ich an einem Ort in einem Hotelzimmer in einem Land mit stinkenden Negern und warte immer. Gib mir das Glas. Ich habe keine Angst; das ist das Schlechteste, nie wird einer kommen.«

Orsini füllte den Becher und stand auf, und reichte ihm den Schnaps. Er prüfte sein Gesicht, die hysterische Stimme, rührte an seine Schulter, die in Bewegung war. »Noch nicht«, dachte er, »aber gleich.«

Der Riese trank den Zuckerrohrschnaps und hustete, ohne den Kopf zu beugen.

»Niemand«, sagte er. »Fußarbeit, Bewegung, Fanggriff, Lewis. Auf Lewis: er lebte wenigstens und war ein Mann. Körpertraining ist kein Mann, der Kampf ist kein Mann, das alles ist kein Mann. Ein Hotelzimmer, Training, dreckige Indios. Aus der Welt, Orsini!«

Orsini stellte wieder eine Berechnung an und erhob sich mit der Flasche. Er füllte den Becher, den van Oppen vor den Bauch hielt, und strich dem Riesen mit einer Hand über Schulter und Wange.

»Niemand«, sagte van Oppen. »Niemand!« schrie er. Seine Augen waren verzweifelt, fast wütend, er lächelte: spaßhaft und weise, und leerte den Becher.

»Jetzt«, dachte Orsini. Er gab ihm die Flasche in eine Hand und schubste ihn mit der Hüfte gegen den Oberschenkel, um ihn ins Bett zu bringen.

»Ein paar Monate, ein paar Wochen«, sagte Orsini. »Nicht länger. Nachher werden alle kommen, wir werden mit allen beisammen sein. Wir gehen nach drüben.«

Der Riese lag mit weitgespreizten Beinen auf dem Bett, trank aus der Flasche, schnaufte und schüttelte den Kopf. Orsini entzündete das Nachtlicht und löschte die Deckenbeleuchtung. Wieder saß er neben dem Tisch, räusperte sich und sang sanft:

> »Vor der Kaserne,
> vor dem großen Tor,
> steht eine Laterne
> und steht sie noch davor.
> Wenn wir uns einmal wiedersehn,
> bei der Laterne wolln wir stehn,
> wie einst, Lili Marleen,
> wie einst, Lili Marleen.«

Er sang das Lied noch einmal, dann noch einmal bis zu Hälfte, bis van Oppen die Flasche auf den Boden stellte und zu weinen begann. Dann stand Orsini mit einem Seufzer und einem liebevollen Fluch auf und ging auf Zehenspitzen zur Tür, auf den Gang hinaus. Wie in den glorreichen Nächten ging er die Treppe des »Berna« hinunter, und tupfte sich die Stirn mit dem makellosen Tüchlein ab.

Er ging die Treppe hinunter, traf aber niemanden, dem er ein Lächeln oder einen flüchtigen Gruß zuteilen konnte, aber sein Gesicht war liebenswürdig und auf der Hut. Die Frau, die entschlossen, ohne die Geduld zu verlieren, stundenlang gewartet hatte, in einem Ledersessel der Halle vergraben, hatte die Zeitschriften auf dem Tisch nicht beachtet; sie rauchte eine Zigarette nach der andren, stand auf, trat ihm gegenüber. Der Fürst Orsini hatte keinen Fluchtweg, suchte auch keinen. Er hörte den Namen, zog den Hut und beugte sich rasch, um die Hand der Frau zu küssen. Er dachte nach, welchen Gefallen er ihr erweisen könnte, und war entschlossen, ihr jeden Wunsch zu erfüllen. Sie war klein, unverzagt und jung, sehr dunkel, eine kurze Hakennase, sehr helle, kalte Augen. »Jüdin, oder so was«, dachte Orsini. »Sie ist hübsch.« Und gleich darauf hörte der Fürst eine so knappe Sprache, daß es ihm fast unbegreiflich, fast unerhört schien.

»Dieses Plakat auf dem Platz, die Anzeigen in den Zeitungen. Fünfhundert Pesos. Mein Bräutigam wird gegen den Weltmeister antreten. Aber heute oder morgen, morgen ist Mittwoch, müssen Sie das Geld in der Bank oder im ›Liberal‹ hinterlegt haben.«

»Signorina«, und der Fürst lächelte und machte ein trostloses Gesicht. »Gegen den Weltmeister antreten! Dann haben Sie keinen Bräutigam mehr. Ich würde es bedauern, wenn eine so hübsche Señorita . . .«

Aber sie, klein und jetzt noch entschiedener, wischte die Galanterien des auf die Fünfzig zugehenden Orsini weg.

»Heute abend gehe ich zum ›Liberal‹ und nehme die Herausforderung an. Ich habe den Weltmeister in der Messe gesehen. Er ist alt. Wir brauchen die fünfhundert Pesos, um heiraten zu können. Mein Bräutigam ist zwanzig, ich zweiundzwanzig. Ihm gehört die Kolonialwarenhandlung Porfilio. Gehen Sie hin, schauen Sie sich ihn an.«

»Aber Señorita«, sagte der Fürst, und sein Lächeln wurde breiter. »Ihr Bräutigam, ein glücklicher Mann, wenn Sie erlauben, ist zwanzig. Was hat er bis jetzt getan? Kaufen und verkaufen.«

»Er hat auch auf dem Feld gearbeitet.«

»Oh, das Feld«, säuselte der Fürst begeistert. »Aber der Weltmeister hat sein ganzes Leben dem Kampfsport gewidmet. Was macht es da aus, daß er ein paar Jährchen älter ist als Ihr Verlobter? Vollkommen einverstanden, Señorita!«

»Mindestens dreißig«, sagte sie. Sie brauchte nicht zu lächeln, vertraute der Kälte ihrer Augen. »Ich habe ihn gesehen.«

»Aber es handelt sich doch um Jahre, in denen er gelernt hat, wie man ohne Anstrengung Rippen und Arme bricht, oder wie man leicht ein Schlüsselbein ausrenkt oder ein Bein. Wenn Sie einen gesunden zwanzigjährigen Verlobten haben . . .«

»Sie haben herausgefordert. Fünfhundert Pesos für drei Minuten. Heute abend geh ich zum ›Liberal‹, Herr . . .«

»Fürst Orsini«, sagte der Fürst.

Sie nickte, ohne zu spotten und damit Zeit zu verlieren; sie war klein, hübsch, kompakt, sie war hart, war Eisen.

»Ich freue mich für Santa María«, lächelte der Fürst mit einer weiteren Verbeugung. »Es wird ein großes sportliches Ereignis werden. Aber wollen Sie, Señorita, im Namen Ihres Bräutigams zur Zeitung?«

»Ja, er hat mir ein Papier gegeben. Schauen Sie sich's an. Kolonialwarenhandlung Porfilio. Man nennt ihn den ›Türken‹. Aber er ist ein Syrer. Er hat den Ausweis.«

Der Prinz begriff, daß es nicht opportun sein möchte, ihr wieder die Hand zu küssen.

»Schön«, scherzte er, »ledig und Witwe. Ab Samstag. Ein sehr trauriges Schicksal, Señorita!«

Sie gab ihm die Hand und ging auf die Hoteltür zu. Sie war kalt wie eine Lanze, hatte nichts als die Grazie, die unbedingt nötig war, damit ihr der Fürst noch nachsah. Plötzlich blieb die Frau stehen und kam zurück.

»Ledig, nein, denn mit den fünfhundert Pesos werden wir heiraten. Auch nicht Witwe, denn der Weltmeister ist sehr alt. Er ist größer als Mario, aber mit ihm wird er nicht fertig. Ich habe ihn gesehen.«

»Einverstanden. Sie haben gesehen, wie er aus der Messe kam. Aber ich versichere Ihnen: wenn die Sache ernsthaft wird, da ist er eine Bestie, und ich schwöre Ihnen, er versteht sich auf sein Geschäft. Weltmeister aller Gewichtsklassen, Señorita!«

»Na gut«, sagte sie und schien plötzlich müde. »Ich sagte es Ihnen schon: Kolonialwaren Porfilio und Brüder. Diese Nacht gehe ich zum ›Liberal‹, aber morgen finden Sie mich wie immer im Laden.«

»Señorita . . .« und er küßte ihr wieder die Hand.

Es war offensichtlich, daß die Frau nach einem Übereinkommen suchte. So ging Orsini also ins Restaurant und verlangte ein Fleischgericht mit Nudeln; dann bewachte er den Schlaf, das Grunzen, die Bewegungen van Oppens, sog dabei an seiner Zigarrenspitze mit dem Goldring.

Er war dabei, über dem Schweigen des Platzes einzuschlafen, und gab sich noch vierundzwanzig Stunden Zeit. Es war nicht gut, den Türken zu früh zu besuchen. Er dachte außerdem, während er das Licht löschte und das Röcheln des Riesen interpretierte: »Er hat schon genug gelitten, Herr, wir haben gelitten, und ich sehe keinen Grund, mich zu beeilen.«

Am nächsten Morgen war Orsini dabei, als der Weltmeister erwachte; er brachte das Aspirin, das warme Wasser; er hörte zufrieden die bösen Worte van Oppens unter der Dusche, er vernahm fast frohlockend, wie die ordinären Töne sich in eine fast submarine Version von »Ich hatt' einen Kameraden« verwandelten. Wie alle Männer war er entschlossen zu lügen, sich selbst zu belügen, zu vertrauen. Er organisierte den Morgen van Oppens, den langsamen Gang durch die Stadt; der riesige Torso war vom Wolltrikot bedeckt, mit dem großen blauen Buchstaben auf der Brust: »C«, das in jeder Sprache und in jedem denkbaren Alphabet heißen sollte: Champion im Ringen aller Gewichtsklassen und Weltmeister. Er begleitete ihn schnellen Schrittes bis zur Straße, die den Abhang bis zur Rambla hinunterführte. Dort wiederholte er eine der Szenen der alten Komödie für die wenigen Neugierigen, die um acht Uhr morgens unterwegs waren. Er blieb stehen, zog den Hut, wischte sich über die Stirn, lächelte das bewundernde Lächeln des guten Verlierers und klopfte Jacob van Oppen auf die Schulter.

»Welch ein Mann!« murmelte er; das richtete sich an niemanden, und der schiefe Kopf, die besiegten Arme, der lufthungrige Mund wiederholten es für ganz Santa María: »Welch ein Mann!«

Van Oppen ging weiter mit der gleichen klugen Schnelligkeit, die Schulter voran, der Zukunft entgegen, mit hängendem Kiefer, der Rambla zu; dann ging er in Richtung Konservenfabrik, ging an den staunenden Fischern, Bummlern, Fährbootleuten vorbei; er war zu groß, als daß jemand gewagt hätte, über ihn zu witzeln.

Vielleicht umgaben diese nie laut gesagten Späße den Fürsten Orsini den ganzen Tag hindurch, seine Kleider, sein Benehmen, seine gute Erziehung, die nicht hierher paßte. Aber er hatte alles darangesetzt, glücklich zu sein, und er konnte nur angenehme und gute Dinge zur Kenntnis nehmen. Im »Liberal«, im »Berna« oder im »Plaza« hielt er das ab, was er einmal in der Erinnerung »Pressekonferenzen« nennen würde; er trank und plauderte mit Neugierigen und Müßiggängern, erzählte Anekdoten und dick aufgetragene Lügen, zog wieder einmal die gelblichen zerfallenden Zeitungsausschnitte hervor. Einmal, und das stand außer Zweifel, war es so gewesen: van Oppen Weltmeister, jung, mit dem unwiderstehlichen Würgegriff; Reisen, die nicht Verbannung bedeuteten; belagert von Angeboten, die man zurückweisen konnte. Die Fotografien waren zwar außer Mode, hatten die Farbe verloren, aber da lagen sie, dazu die Worte der Zeitungen, kühn, obwohl sie sich schon der Asche näherten, unwiderlegbar. Nach dem vierten oder fünften Gläschen glaubte Orsini, der nie betrunken war, daß die Zeugnisse der Vergangenheit die Zukunft garantierten. Er brauchte persönlich keinen Ortswechsel, um bequem das unmögliche Paradies bewohnen zu können. Er war mit Fünfzig auf die Welt gekommen, zynisch, gutmütig, ein Freund des Lebens, immer dafür, daß etwas geschehe. Das Wunder forderte nur, daß van Oppen sich änderte, daß er zu den Jahren der Vorkriegszeit zurückkehrte: schlank der

Bauch, glänzend die Haut, rein die weiße Hornhaut des Auges am Morgen.

Ja, die künftige Türkin, »ein Weibchen, mit allem Respekt, sympathisch und trotzig«, war im »Liberal« gewesen, um die Herausforderung zu fixieren. Der Chef der Sportredaktion hatte schon Fotos von Mario, wie er trainierte – aber diese Fotos hatten ein Gespräch über die Freiheit der Presse, die Demokratie und den freien Meinungsaustausch zur Folge. Auch über den Patriotismus, erzählte der Sportredakteur:

»Und der Türke hätte uns den Schädel eingeschlagen, mir und dem Fotografen, trotz allem, wenn nicht die Verlobte eingegriffen und ihn mit zwei Worten beruhigt hätte. Sie tuschelten im Hintergrund, und dann kam der Türke her, nicht so groß wie van Oppen, glaube ich, aber viel bestialischer, viel gefährlicher. Na ja, davon verstehen Sie ja mehr als ich!«

»Ich verstehe«, lächelte der Fürst. »Armer Junge! Es ist nicht der erste«, und er sah traurig über die Pommes frites und die Oliven im »Berna« hinweg.

»Der Mann war wütend, aber er hielt sich zurück, zog die kurzen Fischerhosen an und fing an, in der Sonne zu turnen; alles, was Humberto, der Fotograf, wollte oder erfand, rein aus Rache und um den Schrecken, den er ausgestanden hatte, loszuwerden. Und die ganze Zeit über saß sie auf einer kleinen Tonne, als ob sie die Mutter oder die Lehrerin wäre, rauchte, sagte kein Wort, ließ ihn aber nicht aus den Augen. Und wenn man denkt, daß sie keinen Meter fünfzig mißt, und keine vierzig Kilo wiegt . . .«

»Ich kenne die Señorita«, sagte Orsini nostalgisch. »Und ich habe so viele Beispiele gesehen . . . Ah, die Persönlichkeit ist etwas Geheimnisvolles; sie zeigt sich nicht in den Muskeln.«

»Wir werden das natürlich nicht publizieren«, sagte der Sportredakteur, »aber werden Sie das Geld hinterlegen?«

»Das Geld«, und der Fürst öffnete voller Erbarmen die Hände. »Heute abend, oder morgen in der Frühe. Es hängt von der Bank ab. Paßt es Ihnen, morgen in der Frühe, im ›Liberal‹? Es wäre eine gute Propaganda, und gratis. Drei

Minuten lang van Oppen zu widerstehen ... Wie ich immer sage«, und er zeigte die goldenen Backenzähne und rief nach dem Kellner, »der Sport auf der einen Seite, das Geschäft auf der anderen. Was kann einer machen, wenn am Ende dieses Trainings plötzlich ein Selbstmörder auftaucht? Und wenn man ihm dabei auch noch hilft?«

4

Die Witwe war immer schwierig und schön gewesen, nicht zu ersetzen, und der Fürst Orsini hatte die fünfhundert Pesos nicht. Er kannte die Frau, erahnte eine exakte Bezeichnung, die sie definieren und sie in die Vergangenheit mitnehmen konnte; nun begann er an den Mann zu denken, den die Frau vertrat und hinter der er sich versteckte, an den Türken, der die Herausforderung angenommen hatte. So ließ er also Mißmut und Glück bleiben; als die Nacht begann, belog er den Champion, überwachte seine Gemütslage, seinen Puls, und ging dann zum Laden von Porfilio und Brüder, mit dem gelben Album unter dem Arm.

Zuerst der wurmzerfressene Ombubaum, dann die Laterne, die vom Baum hing, der eingeschüchterte Lichtkreis. Gleich darauf bellende Hunde und Rufe, die sie zurückhalten sollten: »Spiel, ruhig, kusch!« Orsini ging durch das erste Licht hindurch; er konnte den runden wässerigen Mond sehen, kam bis zum Ladenschild und trat voller Respekt ein. Ein Mann in Pumphosen und Alpargatas trank seinen Gin an der Theke aus und verabschiedete sich. Sie waren allein: er, Fürst Orsini, der Türke und die Frau.

»Guten Abend, Señorita«, Orsini lächelte wieder und verbeugte sich. Die Frau saß auf einem Strohsessel, strickte, wandte die Augen von den Nadeln ab, um ihn anzusehen, bewegte den Kopf, vielleicht wollte sie auch lächeln. »Röckchen«, dachte Orsini empört, »sie ist schwanger, sie arbeitet an den Sachen für das Kind, deshalb will sie heiraten, deshalb will sie mir die fünfhundert Pesos abknöpfen.«

Er ging geradewegs auf den Mann zu, der bis jetzt Papiersäcke mit Mate gefüllt hatte und ihn mit einfältiger Miene auf der anderen Seite der Theke erwartete.

»Das ist der, von dem ich dir erzählt hab'«, sagte die Frau. »Der Impresario.«

»Impresario und Freund«, korrigierte Orsini. »Nach so vielen Jahren . . .«

Er drückte die offene starre Hand des Mannes, schob den linken Arm vor, um ihm auf die Schulter zu klopfen.

»Zu Ihren Diensten«, sagte der Lagerhalter; der dicke schwarze Schnauzbart hob sich, die Zähne waren zu sehen.

»Höchst erfreut, höchst erfreut«, aber schon hatte er den bitteren, trüben Geruch der Niederlage gerochen, schon hatte er die noch unverbrauchte Jugend des Türken berechnet, und wie vollkommen seine hundert Kilo Gewicht am Körper verteilt waren. »Da ist kein Gramm Fett zuviel, kein Gramm Intelligenz oder Weichherzigkeit da; da gibt es keine Hoffnung mehr. Drei Minuten. Armer van Oppen!«

»Ich komme wegen dieser fünfhundert Pesos«, begann Orsini, und tastete die dicke Luft, das armselige Licht, die Feindseligkeit des Paares ab. »Das geht nicht gegen mich, das geht gegen das Leben.« – »Ich wollte Sie beruhigen, morgen, sobald ich aus der Hauptstadt einen Scheck erhalte, wird das Geld beim ›Liberal‹ hinterlegt. Aber ich wollte noch von etwas anderem reden.«

»Haben wir nicht schon von allem geredet«, fragte das Mädchen. Sie war für den wackeligen Strohsessel zu klein, die funkelnden Nadeln, womit sie strickte, zu lang. Sie konnte gut oder böse sein; jetzt hatte sie es vorgezogen, unbarmherzig zu sein, irgendeine unbekannte, lange Demütigung zu überwinden, Rache zu nehmen. Im Lampenlicht zeichnete sich ihre Nase vollkommen ab, die hellen Augen leuchteten wie Glas.

»Von allem, das stimmt, Señorita. Ich will Ihnen nichts sagen, was ich Ihnen nicht schon gesagt hätte. Aber ich habe es als meine Pflicht erachtet, es Ihnen direkt zu sagen. Dem Señor Mario die Wahrheit zu sagen«, er lächelte und grüßte wieder, kopfnickend, die Grausamkeit vibrierte kaum in der Stimme, tief, gedämpft. »Deshalb ersuche ich Sie, Patron, uns eine Runde, für alle drei, auszugeben. Ich lade dazu ein, das versteht sich, nehmen Sie, was Sie wollen.«

»Er trinkt nicht«, sagte die Frau, ohne sich zu beeilen, ohne die Augen vom Gestrickten zu heben; sie nistete in eisigem Klima, voller Ironie.

Die behaarte Bestie hinter der Theke schloß ein Teepaket und sah langsam die Frau an. »Brust eines Gorillas, zwei Zentimeter Stirn; nie hatte er in den Augen einen Ausdruck«, bemerkte Orsini für sich. »Nie hat er wirklich gedacht, er konnte nicht leiden, konnte sich nicht vorstellen, daß der Morgen für ihn eine Überraschung sein, oder vielleicht nicht kommen könnte.«

»Adriana«, murmelte der Türke und blieb unbeweglich, bis die Frau die Augen hob. »Adriana, ich, Wermut, den trink ich.«

Sie lächelte ihm rasch zu und zuckte mit den Schultern. Der Türke spitzte den Mund, und trank den Wermut in kleinen Schlückchen. Der Fürst strich, an der Theke lehnend, den warmen grünen Hut in den Nacken geschoben, über die Hülle des Albums, er suchte nach einer Eingebung, nach Sympathie, und redete über Ernten, Regen und Dürre, über Anbaumethoden und Transportwege, über die gealterte Schönheit Europas und über die Jugend Amerikas. Er improvisierte, machte Andeutungen, teilte Hoffnungen aus, während der Türke schweigend zustimmte.

»Das ›Apollo‹ war diesen Nachmittag voll«, und der Fürst griff plötzlich an. »Seit man weiß, daß Sie die Herausforderung angenommen haben, wollen alle sehen, wie der Champion trainiert. Damit er nicht zu sehr belästigt wird, habe ich den Eintrittspreis erhöht, aber die Leute zahlen. Jetzt aber«, und er nahm das Papier, das das Album umhüllte, weg, »möchte ich doch, daß Sie sich das ein wenig ansehen.« Er strich über den Ledereinband und öffnete das Album. »Fast alles geschrieben, aber die Fotos helfen. Schauen Sie, man versteht's. Weltchampion, goldener Gürtel.«

»Er *war* Weltmeister«, erklärte die Frau vom knirschenden Strohsessel aus.

»Oh, Señorita«, sagte Orsini, ohne sich umzudrehen, und er richtete sich nur an den Türken, während er die Seiten mit den zerfallenden Ausschnitten umdrehte. »Er wird es sein, bevor noch sechs Monate vergangen sind. Ein umstrittener Spruch des Schiedsrichters, der Internationale Ringerverband hat bereits eingegriffen. Sehen Sie sich die Schlagzeilen an, acht Spalten, auf der ersten Seite, sehen Sie sich die Fotos an! Das ist ein Champion, schauen Sie; niemand auf der Welt wird mit ihm fertig. Keiner widersteht ihm drei Minuten lang, ohne auf die Schultern gelegt zu werden. Genauer: eine einzige Minute, und es wäre schon ein Wunder. Der Europameister wurde mit ihm nicht fertig, und nicht der Meister der Vereinigten Staaten. Ich rede im Ernst mit Ihnen, von Mann zu Mann; ich suche Sie auf, denn sobald ich mit der Señorita gesprochen hatte, begriff ich das Problem, die Lage.«

»Adriana«, korrigierte der Türke.

»Genau so«, sagte der Fürst. »Ich begriff alles. Aber es gibt für alles eine Lösung. Wenn Sie am Samstag in den Ring im ›Apollo‹ steigen . . . Jacob van Oppen ist mein Freund; diese Freundschaft hat nur eine Grenze, sie verschwindet, sobald die Ringglocke läutet und er zu kämpfen beginnt. Dann ist er nicht mehr mein Freund, er ist kein Mensch mehr, er ist der Weltmeister, er muß gewinnen und er weiß, wie man gewinnt.«

Dutzende von Reisenden hatten schon ihren Ford vor dem Laden von »Porfilio und Brüder« angehalten, hatten den verstorbenen Besitzern oder Mario zugelächelt, hatten einen Schluck getrunken, Muster, Kataloge und Listen vorgezeigt, Zucker, Reis, Wein und Mais verkauft. Aber der Fürst Orsini bemühte sich unter Lächeln, freundschaftlichen Stößen, mitleidigen Einwänden, dem Türken eine merkwürdige, schwer zu verkaufende Ware anzudrehen: die Furcht. Durch die Anwesenheit der Frau hellhörig geworden, durch Erinnerungen und den Instinkt gewarnt, beschränkte er sich darauf, Vorsicht zu verkaufen, den Handel zu versuchen.

Der Türke hatte noch ein halbes Glas Wermut, er hob es, um sich den kleinen, rosigen Mund zu befeuchten, trank aber nicht.

»Es sind fünfhundert Pesos«, sagte Adriana vom Stuhl her. »Es ist Sperrstunde.«

»Sie sagten . . .« begann der Türke, Stimme und Gedanke versuchten zu begreifen, versuchten ruhig zu werden, wollten sich von drei Generationen Borniertheit und Habsucht trennen. »Adriana, zuerst muß ich den Tee hinunterbringen. Sie sagten, wenn ich am Samstag im ›Apollo‹ in den Ring steige . . .«

»Das sagte ich. Wenn Sie in den Ring steigen, wird der Champion Ihnen ein paar Rippen, den einen oder anderen Knochen brechen; er wird Sie in einer halben Minute aufs Kreuz legen. Dann ist es aus mit den fünfhundert Pesos, obwohl Sie vielleicht mehr für die Ärzte ausgeben müssen. Und wer steht dann in Ihrem Geschäft, solange Sie im Spital liegen? Ich rede gar nicht davon, daß Sie Ihr Prestige verlieren, nicht von der Lächerlichkeit.« Orsini hielt den Augenblick für gekommen, eine Pause eintreten, ihn nachdenken zu lassen; er verlangte Gin, beobachtete das unbewegliche Gesicht des Türken, seine befangenen Bewegungen; er hörte das kleine Lachen der Frau, die das Gestrickte auf die Oberschenkel gelegt hatte.

Orsini trank einen Schluck Gin und packte langsam das auseinanderfallende Album wieder ein. Der Türke roch den Wermut und versuchte zu denken.

»Damit will ich nicht sagen«, murmelte der Fürst leise, zerstreut, es war wie die Stimme eines gegenseitig akzeptierten Epilogs, »ich will nicht sagen, daß Sie nicht stärker als Jacob van Oppen sind. Ich verstehe viel davon; ich habe mein Leben damit verbracht und mein Geld ausgegeben, starke Männer zu entdecken. Außerdem, wie mir die Señorita Adriana höchst einsichtig gesagt hat: Sie sind viel jünger als der Champion. Kräftiger, jünger, ich bin bereit, Ihnen das schriftlich samt Unterschrift zu geben. Wenn der Champion – es ist nur ein Beispiel – dieses Geschäft kaufen würde, könnte er nach sechs

Monaten um Almosen betteln gehen. Sie hingegen werden spätestens in zwei Jahren reich sein. Denn Sie, mein Freund Mario, verstehen etwas vom Geschäft, der Champion aber nicht« – das Album war wieder eingewickelt, er legte es auf die Theke und stützte sich darauf, trank Gin und setzte das Gespräch fort. »Gleicherweise versteht sich der Champion darauf, wie man Knochen bricht, Knie und Hüften beugt, um Sie auf die Matte zu legen. So sagt man, oder sagte man. Die Matte. Der Schuster sollte bei seinem Leisten bleiben.«

Die Frau war aufgestanden und löschte das Licht in einem Winkel; nun stand sie, hielt das Gestrickte zwischen Bauch und Theke, war klein und hart, sah keinen der Männer an.

Der Türke sah ihr ins Gesicht und grunzte dann:

»Sie sagten, wenn ich am Samstag im ›Apollo‹ in den Ring steige . . .«

»Sagte ich das?« fragte Orsini überrascht. »Ich glaubte nur, Ihnen einen Rat gegeben zu haben. Aber auf alle Fälle: wenn Sie die Herausforderung zurückziehen, können wir uns verständigen, irgendeine Entschädigung. Wir könnten darüber reden.«

»Wieviel?« fragte der Türke.

Die Frau hob eine Hand und krallte die Nägel in den behaarten Arm der Bestie, und als der Mann den Kopf drehte und sie ansah, sagte sie:

»Nicht mehr und nicht weniger als fünfhundert Pesos, verstanden? Wir wollen die nicht verlieren. Wenn du am Samstag nicht hingehst, wird ganz Santa María wissen, daß du Angst gehabt hast. Und ich werde es allen sagen, Haus für Haus, einem nach dem anderen.«

Sie sprach nicht leidenschaftlich, sie krallte die Nägel in den Arm, sprach aber geduldig, in scherzendem Ton zu dem Türken, wie eine Mutter mit ihrem Sohn redet, ihn tadelt, ihm droht.

»Einen Augenblick«, sagte Orsini, hob eine Hand, die andere nahm das Glas Gin; er leerte es. »Auch daran habe ich gedacht. An die Kommentare des Publikums, der Stadt, wenn Sie am Samstag nicht im ›Apollo‹ erscheinen. Aber alles läßt sich regeln«, und er lächelte in die feindseligen Gesichter der Frau und des Mannes hinein, die Stimme klang noch vorsichtiger. »Zum Beispiel ... Nehmen wir an, Sie gehen hin und steigen in den Ring. Versuchen Sie nicht, den Champion wütend zu machen, denn das wäre für unseren Plan fatal. Sie steigen in den Ring, merken beim ersten Griff, daß der Champion es versteht, und lassen sich einfach auf die Schultern fallen, ohne einen Kratzer.«

Die Frau schlug wieder die Krallen in den riesigen behaarten Arm; der Türke schob sie mit einem Bellen zur Seite.

»Ich verstehe«, sagte er dann. »Ich gehe hin und verliere. Wieviel?«

Plötzlich erkannte Orsini klar, was er von Anfang dieser Unterredung an geahnt hatte: wie auch immer das Abkommen, das er mit dem Türken erreichen konnte, sein mochte – die dürre, hartnäckige kleine Frau würde das im Verlauf der Nacht zunichte machen. Er begriff, daß Jacob van Oppen dazu verdammt war, am Samstag mit dem Türken zu kämpfen.

»Wieviel ...« murmelte er und schob das Album unter den Arm. »Wir könnten von hundert reden, von hundertfünfzig Pesos. Sie steigen in den Ring ...«

Die Frau trat einen Schritt von der Theke zurück und steckte die Nadeln in das Wollknäuel. Sie sah auf den Boden, halb Lehm, halb Zement, und ihre Stimme klang ruhig, schläfrig:

»Wir brauchen fünfhundert Pesos, und er wird sie Ihnen am Samstag ohne Schiebung, ohne Vergleiche abnehmen. Es gibt keinen stärkeren Mann, niemand kann ihn besiegen. Schon gar nicht dieser erledigte alte Mann, und er mag noch so sehr Weltmeister gewesen sein. Sperren wir zu?«

»Ich muß den Tee hinunterbringen«, sagte der Türke wieder.

»Schön, dann bleibt's dabei«, sagte Orsini. »Ich möchte zahlen, geben Sie mir noch ein Glas«, und er legte einen Zehnpesoschein auf die Theke und zündete sich eine Zigarette an. »Wir wollen das feiern; auch Sie sind eingeladen.«

Aber die Frau drehte wieder das Licht im Winkel an und ließ

sich in dem Strohsessel nieder, strickte weiter, rauchte eine Zigarette, und der Türke servierte nur ein Glas Gin. Er begann gähnend die Teesäcke, die gegen eine Wand gestapelt waren, zur Kellertür zu tragen.

Ohne zu wissen wozu, warf Orsini eine seiner Visitenkarten auf die Theke. Er blieb noch zehn Minuten im Laden, rauchte, sog den nach Brot schmeckenden Geruch des Gins ein, sah bestürzt, entsetzt, mit vernebeltem Blick, schwitzend, wie methodisch der Türke mit den Säcken umging, wie leicht er sie schwang, so leicht, als hätte der Fürst Orsini eine Zigarettenpackung oder eine Flasche bewegt.

»Armer Jacob van Oppen«, dachte Orsini. »Alt zu werden, das ist ein gutes Geschäft für mich. Aber er ist auf die Welt gekommen, um immer zwanzig Jahre alt zu sein; jetzt aber hat *dieser* Riese dieses Alter, der Hundesohn, den dieser schwangere Embryo um den kleinen Finger wickelt. Zwanzig Jahre, dieses Vieh hat sie, keiner kann sie ihm wegnehmen und einem anderen geben, und zwanzig wird er sein, Samstagnacht im ›Apollo‹.«

5

Von der Redaktion des »Liberal« aus, fast Ellbogen an Ellbogen mit dem Sportredakteur, rief der Fürst die Hauptstadt an und verlangte dringend tausend Pesos. Er benützte das direkte Telefon, um nicht der Neugier der Telefonistin ausgesetzt zu sein; er log schreiend vor der Redaktion, die jetzt von dürren und schnauzbärtigen jungen Männern bevölkert wurde, dazu einer Señorita, die mit Zigarettenspitze rauchte. Es war sieben Uhr abends; er kam fast ins Schimpfen, als das Zaudern des Mannes, der ihm fern am Telefon zuhörte, offenkundig wurde, in einem Zimmer, das unvorstellbar war – und wie er in seiner Verwirrung in irgendeinem Loch in der großen Stadt Grimassen schnitt, in einer Abenddämmerung im Oktober.

Er hängte ein, mit einem nachsichtigen, verärgerten Lächeln.

»Endlich«, sagte er und schnaubte in das Leinentaschentuch. »Morgen in der Früh werden wir das Geld haben. Widerwärtigkeit. Morgen zu Mittag hinterlege ich das Geld in der Verwaltung. In der Verwaltung scheint es mir seriöser zu sein, meinen Sie nicht? Da ist der Laufbursche. Wer irgendeine Erfrischung zu sich nehmen möchte . . .«

Sie bedankten sich, die eine und andere Schreibmaschine hörte zu klappern auf, aber niemand nahm die Einladung an. Der Sportredakteur neigte die dicke Brille über den Tisch und markierte Fotografien.

Orsini lehnte an einem Tisch, rauchte eine Zigarette, sah auf die Männer, die sich über Maschinen beugten, über die Arbeit. Er wußte, daß er für sie nicht mehr existierte, daß er nicht mehr in der Redaktion war. »Und morgen auch nicht«, dachte er mit sanfter Trauer, lächelnd, resignierend. Denn alles war bis auf Freitagabend verschoben worden, und diese Nacht wuchs am Ende einer rötlichen und sanften Dämmerung außerhalb der großen Fenster des »Liberal«, auf dem Fluß, über dem ersten Schatten, der die tiefen Sirenen der Barkassen umgab.

Er ging durch Gleichgültigkeit und Mißtrauen hindurch und zwang den Sportredakteur, ihm die Hand zu geben.

»Ich hoffe, es wird für Santa María ein großer Abend; ich hoffe, daß der Bessere gewinnt.«

Diese Phrase würde nicht von der Zeitung wiedergegeben werden, sie würde seinem lächelnden und gutmütigen Gesicht nicht als Stütze dienen können. Vom Vestibül des »Apollo« her – Jacob van Oppen, Weltmeister, Training hier von 18 bis 20 Uhr, Eintritt drei Pesos – hörte er das Murmeln des Publikums, und wie die Füße des Champions auf den Boden im improvisierten Ring trommelten. Van Oppen konnte nicht kämpfen, konnte keine Knochen brechen oder es riskieren, daß sie ihm gebrochen wurden. Aber er konnte unendlich lang, ohne Ermüdung, Seil springen.

Im engen Büro mit dem Schalter für die Kartenausgabe revidierte Orsini die Geldaufstellung und machte die Schlußrechnung. Abgesehen von dem triumphalen Samstagabend,

Sperrsitze zu fünf Pesos, blieb bei diesem Besuch Santa Marías sogar etwas Geld übrig. Orsini lud zu Kaffee ein, und setzte die Unterschrift unten auf die Blattseiten, nachdem er das Geld gezählt hatte.

Er blieb allein im dunkln, übel riechenden Büro. Taktmäßig kam das Geräusch herein, das die Füße van Oppens aus dem Holz klopften.

»Hundertundzehn Tiere sperren das Maul auf, denn der Champion springt Seil, wie auch, und vielleicht besser, als alle kleinen Mädchen auf den Schulhöfen Seil springen.«

Er dachte an den jungen van Oppen, oder zumindest war er damals noch nicht gealtert; er dachte an Europa und an die Staaten, an die wirkliche, verlorene Welt; er versuchte sich zu überzeugen, daß van Oppen verantwortlich dafür war, daß die Jahre vergingen, verantwortlich für den Verfall, das ekelhafte Alter, wie für ein Laster, das er sich erworben und das er akzeptiert hatte. Er versuchte van Oppen zu hassen, um sich zu schützen.

»Ich hätte mit ihm schon vorher darüber reden sollen, bei einem dieser Spaziergänge auf der Rambla, wo er mit den Schrittchen einer dicken Frau geht; gestern oder heute morgen; mit ihm im Freien, am Fluß, unter den Bäumen, dem Himmel reden müssen, in all dem, was die Deutschen ›Natur‹ nennen. Aber der Freitag ist gekommen: der Freitagabend.«

Er klopfte leicht auf die Geldscheine in der Tasche und stand auf. Draußen erwartete ihn pünktlich und lau der Freitagabend. Die hundertundzehn Trottel schrien im Theater-Kino; jetzt hatte der Champion wohl mit der Schlußnummer begonnen, der Gymnastik, bei der alle Muskeln anwuchsen und überquollen.

Orsini ging langsam auf das Hotel zu, die Hände auf dem Rücken, und suchte nach Besonderheiten der Stadt, um sich daran zu erinnern und sich verabschieden zu können, um sie mit den Details anderer ferner Städte mischen zu können, und alles zu vereinen, um weiterzuleben.

Die Bartheke verlängerte sich, bis sie mit der Portierstheke zusammenstieß. Während er einen Schluck mit viel Sodawasser trank, organisierte der Fürst die Schlacht. Einen Hügel besetzt zu halten, kann wichtiger sein als der Verlust eines Munitionsparkes. Er legte einige Geldscheine auf die Theke und verlangte nach der Hotelrechnung.

»Es ist für morgen, entschuldigen Sie, aber ich will vermeiden, daß wir ins Gedränge kommen. Morgen, sobald der Kampf zu Ende ist, müssen wir im Automobil weg, um Mitternacht oder in der Morgenfrühe. Heute habe ich vom ›Liberal‹ aus telefoniert und erfahren, daß neue Verträge da sind. Alle wollen natürlich den Weltmeister sehen, vor dem Kampf in Antwerpen.«

Er gab ein übertrieben hohes Trinkgeld und stieg dann ins Zimmer hinauf, eine Flasche Gin unter dem Arm, um die Koffer zu packen. Da war ein schwarzer, alter Koffer Jacobs, der nicht angerührt werden durfte; da war noch ein Berg eindrucksvoller Gegenstände auf der Bühne des ›Apollo‹ – Trainingsmäntel, Trikots, Expanders, Seile, pelzgefütterte Schuhe. Aber das alles konnte später unter irgendeinem Vorwand eingesammelt werden. Er packte seine Koffer und diejenigen, die Jacob nicht für unantastbar erklärt hatte; er stand unter der Dusche, schnaubte vor Erleichterung, dickbäuchig, entschlossen, als er hörte, wie die Zimmertür zugeschlagen wurde. Hinter dem Geräusch des Wassers hörte er die Schritte, das Schweigen. »Es ist Freitagabend, und ich weiß nicht einmal, ob es besser ist, ihn betrunken zu machen, bevor ich mit ihm rede, oder nachher. Oder vor- und nachher.«

Jacob saß auf dem Bett, mit übereinandergeschlagenen Beinen; er sah mit kindlicher Freude auf das Zeichen auf der Schuhsohle, das Wort: »Champion«; irgendwer, vielleicht Orsini selber, hatte einmal im Scherz gesagt, daß diese Schuhe ausschließlich für den Gebrauch van Oppens fabriziert würden, und daß tausend fremde Füße sie angezogen hatten, um an ihn zu erinnern und ihn zu ehren.

Orsini kam ins Zimmer, in den Bademantel gehüllt, Wasser versprühend, jovial, geschwätzig. Der Champion hatte die Ginflasche in der Hand gehabt; er nahm zuerst einen Schluck und betrachtete weiter die Schuhsohle, ohne auf Orsini zu hören.

»Warum hast du die Koffer gepackt? Der Kampf ist morgen.«

»Um Zeit zu gewinnen«, sagte Orsini. »Deswegen habe ich sie gepackt. Aber nachher . . .«

»Beginnt es um neun? Aber es beginnt immer später. Und nach drei Minuten muß ich Keulen schwingen und die Hanteln stemmen. Und auch feiern.«

»Gut«, sagte Orsini und sah die Flasche an, die gegen den Mund des Champions geneigt war; er zählte die Schlucke und rechnete. »Natürlich werden wir feiern.«

Der Champion ließ die Flasche stehen und knetete die weißen Gummisohlen durch. Er lächelte geheimnisvoll und ungläubig, als hörte er eine ferne, seit der Kindheit nicht mehr gehörte Musik. Plötzlich wurde er ernst, nahm mit beiden Händen den Fuß mit dem Markenzeichen, das auf ihn anspielte, und senkte ihn langsam, bis er die Sohle auf den schmalen Teppich neben dem Bett aufgesetzt hatte. Orsini sah die knappe, trockene Maske, die an Stelle des hochmütigen Lächelns getreten war; er näherte sich unentschlossen dem Bett des Champions, und hob die Flasche. Während er so tat, als trinke er, konnte er, nach Laut und Gewicht, merken, daß noch zwei Drittel des Liters Gin blieben.

Unbeweglich, eingefallen, die Ellbogen auf den Beinen aufgestützt, leierte der Champion:

»Verdammt, verdammt, verdammt!«

Ohne Lärm zu machen, schlurfte Orsini über den Boden; mit dem Rücken zum Champion und mit einem Gähnen zog er den Revolver aus seinem Sakko, das über dem Stuhl hing, und steckte ihn in eine Tasche des Bademantels. Dann setzte er sich auf das Bett und wartete. Noch nie hatte er den Revolver bei Jacob gebraucht, er hatte ihn nicht einmal zeigen müssen. Aber die Jahre lehrten ihn, Aktionen und Reaktionen des Champions im voraus zu kalkulieren, seine Gewalttätigkeit abzuschätzen, den Grad seines Wahnsinns, und den genauen Punkt, wo der Wahnsinn begann.

»Verdammt!« sagte Jacob nochmals. Er füllte die Lungen mit

Luft und stand auf. Er schob die Hände im Nacken ineinander und beugte den Oberkörper schwer nach links und nach rechts bis zur Hüfte.

»Verdammt!« schrie er, als sähe er irgendwen, der ihn herausforderte; dann setzte er wieder sein mißtrauisches Lächeln auf, und begann sich zu entkleiden. Orsini zündete sich eine Zigarette an und steckte die Hand in die Tasche des Bademantels; die Knöchel stießen ruhig gegen den kalten Revolver. Der Champion zog das Trikot aus, das Unterhemd, die Hosen, die Schuhe mit der Marke; alles knallte in den Winkel zwischen Schrank und Wand und bildete auf dem Boden einen Haufen.

Orsini, im Bett, gegen die Kissen gelehnt, dachte an andere Zornausbrüche, andere Vorspiele, und wollte sie mit dem vergleichen, was er jetzt sah. »Niemand hat ihm gesagt, daß wir verschwinden. Wer kann ihm gesagt haben, daß wir diese Nacht verschwinden?«

Jacob hatte nur noch den Ringeranzug an. Er hob die Flasche hoch und trank die Hälfte des Restes. Dann begann er, während er das geheimnisvolle Lächeln – Anspielungen, Erinnerungen – beibehielt, zu turnen; er streckte und beugte die Arme, er ging in die Knie.

»Dieses ganze Fleisch«, dachte Orsini, den Finger am Abzug des Revolvers, »es sind dieselben Muskeln, mehr noch, eines Zwanzigjährigen; ein bißchen Fett am Bauch, dem Rücken, an der Hüfte. Weißhäutig, sich ängstlich vor der Sonne hütend, ein Gringo, ein Weib. Aber diese Arme und diese Beine sind genau so stark wie früher, oder stärker. Die Jahre haben da keine Spuren hinterlassen; aber sie hinterlassen immer eine Spur, immer suchen und finden sie eine Stelle, wo sie sich einschleichen und bleiben können. Uns allen haben sie, plötzlich oder stammelnd, das Alter und den Tod versprochen. Dieser arme Teufel glaubte nicht an Versprechungen, deshalb ist das Resultat ungerecht.«

Vom letzten Licht des Freitages und vom Licht, das Orsini im Badezimmer hatte brennen lassen, angestrahlt, glänzte der Riese im Schweiß. Er hörte mit dem Turnen auf, legte sich rücklings auf den Boden und wippte mit den Händen. Dann grüßte er, mit einem kurzen und langsamen Kopfnicken, den Wäschehaufen neben dem Schrank. Er trank wieder keuchend aus der Flasche, hob sie in die aschenfarbene Luft, wandte den Blick nicht davon ab und näherte sich dem Bett, in dem Orsini lag. Er blieb aufrecht stehen, riesig, schwitzend; er atmete angestrengt, geräuschvoll, den Mund halboffen, ein Ausdruck: von Kopf bis Fuß von Wut erfüllt. Noch immer sah er die Flasche an, suchte auf der Etikette, in der runden, geheimen Form nach einer Erklärung.

»Champion«, sagte Orsini und zog sich zurück, bis er die Wand berührte, zog ein Bein an, um den Revolver bequemer fassen zu können. »Champion! Wir müssen noch eine Flasche verlangen. Wir müssen von jetzt an feiern.«

»Feiern? Ich gewinne immer.«

»Ja, der Champion gewinnt immer. Und er wird auch in Europa gewinnen.«

Orsini richtete sich im Bett auf, er zog die Beine an sich, bis er saß; die Hand immer tief in der Tasche des Bademantels.

Vor ihm öffneten sich die riesigen Oberschenkel Jacobs, die Muskeln angespannt. »Nie gab es bessere Beine als die hier«, dachte Orsini voller Furcht und Trauer. »Er braucht nur die Flasche auf mich zu hauen, um mich zu zerschmettern; um einen Kopf mit einem Flaschenbauch zu zertrümmern, braucht man viel weniger als eine Minute.« Er stand langsam auf und ging kreuzlahm, mit einem leichten väterlichen und glücklichen Lächeln, in den anderen Winkel des Zimmers. Er stützte sich auf den Rand des Tischchens und stand dort einen Augenblick mit halbgeschlossenen Augen und flüsterte eine katholische, magische Formel.

Jacob hatte sich nicht von der Stelle gerührt; er stand aufrecht neben dem Bett, drehte ihm den Rücken zu, die Flasche immer noch hochgehoben. Das Zimmer lag fast im Halbdämmer, das Licht aus dem Badezimmer war schwach und gelb. Orsini zündete sich mit Hilfe der linken Hand eine Zigarette an. »Noch nie habe ich dies probiert.«

»Wir können jetzt gleich feiern, Champion. Wir feiern bis

zum Morgen und nehmen um vier den Personenzug. Adiós, Santa María. Und vielen Dank; es war nicht so ganz schlecht.«

Weiß, vom Schatten vergrößert, senkte Jacob langsam den Arm mit der Flasche und ließ das Glas gegen ein Knie ertönen.

»Wir fahren, Champion«, fügte Orsini hinzu. »Jetzt denkt er nach. Vielleicht begreift er in den nächsten drei Minuten.«

Jacob drehte den Körper wie in einem Becken mit Salzwasser, beugte ihn, und setzte sich auf das Bett. Das spärliche Haar, aber noch kein Grau, zeigte, daß er den Kopf gesenkt hielt.

»Wir haben Verträge, wirkliche Verträge«, fuhr Orsini fort, »wenn wir in den Süden fahren. Aber das muß gleich sein; es muß mit dem Vieruhrzug sein. Heute nachmittag habe ich mit einem Impresario der Hauptstadt gesprochen, Champion.«

»Heute. Jetzt ist Freitag«, sagte Jacob langsam, die Stimme nicht die eines Betrunkenen. »Dann ist der Kampf morgen abend. Wir können um vier nicht weg.«

»Der Kampf findet nicht statt, Champion. Es gibt keine Probleme. Wir fahren um vier, aber zuerst feiern wir. Ich verlange sofort noch eine Flasche.«

»Nein«, sagte Jacob.

Orsini, am Tisch, rührte sich wieder nicht. Er hatte zuerst ein immer ärger werdendes, ein geduldig ertragenes Mitleid mit dem Champion empfunden, nun bemitleidete er den Fürsten Orsini, der dazu verurteilt war, wie ein Kindermädchen eine Kreatur zu warten, sie anzulügen, sich zu langweilen, da sie ihm zugefallen war, damit er seinen Lebensunterhalt verdienen konnte. Dann wurde sein Mitleid unpersönlich, fast universal. »Hier, in einem Nest in Südamerika, das nur deshalb einen Namen hat, weil irgendwer nicht auf die Gewohnheit verzichten wollte, einen Haufen von Häusern zu benennen. Er ist verlorener, ist erschöpfter als ich; ich, älter, fröhlicher, intelligenter, bewache ihn mit einem Revolver, von dem ich nicht weiß, ob er funktioniert oder nicht, aber ich bin entschlossen, den Revolver zu zeigen, wenn es nötig sein sollte, und sicher, daß ich nie abdrücken werde. Schade um die

Existenz der Menschen, schade, daß irgendwer die Dinge in dieser ungeschickten, absurden Art miteinander kombiniert. Schade um die Menschen, die ich betrügen muß, nur um weiterleben zu können. Schade um den Türken und um seine Braut, schade um alle, die nicht wirklich das Vorrecht haben, wählen zu können.«

Von fernher kam, immer wieder unterbrochen, Klavierspiel aus dem Konservatorium; obwohl es schon spät war, fühlte man, wie die Hitze im Zimmer, in den baumbestandenen Straßen anstieg.

»Ich verstehe nicht«, sagte Jacob. »Heute ist Freitag. Wenn dieser Narr den Herausforderungskampf nicht mehr will, muß ich trotzdem den Auftritt machen, zu fünf Pesos Eintritt.«

»Dieser Narr . . .« begann Orsini, sein Mitleid ging über in Wut, in Haß. »Nein, wir sind es. Wir haben kein Interesse an der Herausforderung. Wir fahren um vier Uhr.«

»Der Mann will kämpfen? Er hat nicht zurückgezogen?«

»Der Mann will kämpfen, er bekommt gar nicht die Erlaubnis, zurückzuziehen. Aber wir fahren.«

»Ohne zu kämpfen, vor Morgenanbruch?«

»Champion«, sagte Orsini. Der Kopf Jacobs bewegte sich verneinend, er hing herab.

»Ich bleibe. Morgen um neun erwarte ich ihn im Ring. Werde ich allein bleiben?«

»Champion«, wiederholte Orsini und näherte sich dem Bett; er streifte liebevoll eine Schulter Jacobs und nahm die Flasche, um einen kleinen Schluck zu trinken. »Wir fahren.«

»Ich nicht«, sagte der Riese und begann sich zu erheben und zu wachsen. »Ich werde im Ring allein sein. Lassen Sie mir die Hälfte des Geldes hier und fahren Sie weg. Sagen Sie mir, weshalb Sie ausreißen wollen, warum Sie wollen, daß ich ausreiße.«

Der Fürst vergaß den Revolver, obwohl er ihn umklammert hielt, und redete gegen den Rippenbogen des Champions an.

»Weil es Verträge gibt, die auf uns warten. Weil das morgen kein Kampf ist, sondern eine stupide Herausforderung.«

Ohne Eile zu zeigen, entfernte sich Orsini, dem Fenster, dem Bett Jacob van Oppens zu. Er wagte es nicht, das Licht anzudrehen; er hatte nicht den Mut, Jacob durch Lächeln und Grimassen zu erobern.

Er zog den Schatten vor, die Überredungskraft der Stimme. »Vielleicht ist es besser, wenn mit all dem jetzt gleich Schluß gemacht wird. Immer hatte ich Glück, immer erschien etwas Neues, oft war es besser als das eben Verlorene. Nicht rückwärts blicken, ihn wie einen herrenlosen Elefanten stehenlassen.«

»Aber die Herausforderung, die ist doch von uns«, sagte die Stimme Jacobs, überrascht, fast lachend. »Immer machen wir das. Drei Minuten. In den Zeitungen, auf den Plätzen. Geld für den, der drei Minuten übersteht. Und immer habe ich gewonnen; Jacob van Oppen gewinnt immer!«

»Immer«, sagte Orsini; plötzlich fühlte er sich schwach und war voller Ekel; er legte den Revolver auf das Bett und schloß die Hände über den nackten Knien. »Immer gewinnt der Champion. Aber auch ich habe noch immer den Mann gesehen, der die Herausforderung angenommen hat. Drei Minuten, ohne auf die Matte gelegt zu werden«, sagte er. »Und keiner hat eine halbe Minute überstanden und ich wußte es, lange bevor die Glocke läutete.« »Ich kann ihm nicht sagen, daß ich ein paarmal mit Drohungen Erfolg hatte, und auch nicht, daß ich dafür zahlte, daß das Ganze nicht länger als dreißig Sekunden dauerte; aber vielleicht bleibt kein anderer Ausweg, als es ihm zu sagen.« »Und auch jetzt habe ich meine Pflicht erfüllt. Ich suchte den Mann auf, der die Herausforderung angenommen hat, ich wog ihn, ich maß ihn. Mit den Augen. Darum packte ich die Koffer, deshalb rate ich, den Personenzug um vier Uhr zu nehmen.«

Van Oppen hatte sich auf dem Boden ausgestreckt; der Kopf lehnte zwischen dem Nachttisch und dem Badezimmerlicht. »Ich verstehe nicht. Und der da, dieser Lagerhalter aus irgendeinem Nest, der noch nie einen Kampf gesehen hat, der soll Jacob van Oppen besiegen?«

»Niemand kann den Weltmeister im Kampf besiegen«, sagte

Orsini geduldig. »Aber es handelt sich nicht um einen Kampf.«

»Es ist eine Herausforderung«, rief Jacob aus.

»Genau das. Eine Herausforderung. Fünfhundert Pesos, wenn er drei Minuten auf den Füßen bleibt. Ich habe den Mann gesehen«, Orsini machte eine Pause und zündete sich noch eine Zigarette an; er war ruhig und selbstlos; es war, als erzählte er einem Kind beim Einschlafen eine Geschichte, als sänge er »Lili Marleen«.

»Und der übersteht die drei Minuten?« spottete van Oppen.

»Also: Er ist ein Vieh. Zwanzig Jahre, hundertzehn Kilo; ich habe nur geschätzt, aber ich irre mich nie.«

Jacob beugte die Knie, bis er auf dem Boden saß. Orsini hörte ihn atmen.

»Zwanzig Jahre«, sagte der Champion. »Auch ich war zwanzig und nicht so stark wie jetzt, ich konnte weniger.«

»Zwanzig Jahre«, wiederholte der Fürst; sein Gähnen wurde zu einem Seufzer.

»Und das ist alles? Sonst nichts? Wie viele zwanzigjährige Männer habe ich in weniger als zwanzig Sekunden auf die Schultern gelegt? Und wie sollte dieser Trottel die drei Minuten überstehen?«

Orsini, die Zigarette zwischen den Lippen, dachte:

»So ist das, so einfach und so schrecklich, wie wenn man plötzlich entdeckt, daß eine Frau uns nicht mehr gefällt, und man plötzlich impotent ist; und begreift, daß durch Erklärungen nichts gebessert oder leichter gemacht werden kann; so einfach und so schrecklich, wie einem Kranken die Wahrheit zu sagen. Alles ist einfach, wenn es anderen widerfährt, wenn wir uns heraushalten können, wenn wir begreifen und beklagen und Ratschläge wiederholen können.«

Das kleine Piano des Konservatoriums war in der Hitze der schwarzbraunen Nacht verschwunden; Grillen ließen sich hören; viel weiter weg lief eine Jazzplatte.

»Wird er diese drei Minuten überstehen«, fragte Jacob hartnäckig. »Ich habe ihn auch gesehen. Ich habe die Fotografien in der Zeitung gesehen. Ein guter Körper: um mit Fässern umzugehen.«

»Nein«, erwiderte Orsini offen und gelassen. »Niemand widersteht dem Weltmeister drei Minuten lang.«

»Ich verstehe nicht«, sagte Jacob. »Dann versteh' ich's nicht. Ist sonst noch was?«

»Der Mann übersteht die drei Minuten nicht. Aber ich bin sicher, daß er länger als eine Minute durchhält. Und heute, vorübergehend, unzweifelhaft, hat der Weltmeister nicht den Atem, um länger als eine Minute kämpfen zu können.«

»Ich?« Jacob kniete nun, und stützte sich auf die Fäuste. »Ich?«

»Ja«, sagte Orsini; er sprach sanft, gleichmütig, er nahm so dem Thema Gewicht. »Wenn wir diese Trainingstournee beendet haben, dann ändert sich alles. Wir werden auch den Alkohol weglassen müssen. Aber heute, morgen, Samstagabend in Santa María oder wie dieses Drecksnest heißt, kann Jacob van Oppen den Mann nicht mit einem Griff fassen; und er hält einen Griff nicht länger als eine Minute durch. Die Brust van Oppens hält es nicht durch, die Lungen halten es nicht durch. Deshalb müssen wir den Personenzug um vier Uhr früh nehmen. Die Koffer sind gepackt, ich habe die Hotelrechnung bezahlt. Alles ist erledigt.«

Orsini hörte zu seiner Linken ein Grunzen und Husten; er spürte, wie das Schweigen im Zimmer größer wurde. Er nahm wieder den Revolver und wärmte ihn zwischen den Knien.

»Nach alledem«, dachte er, »ist es merkwürdig, daß ich so viele Umschweife gemacht, so viele Vorsichtmaßregeln getroffen habe. Er weiß das alles besser als ich, und das seit geraumer Zeit. Aber vielleicht ist es deswegen richtig gewesen, wenn ich Umschweife gemacht und meine Vorsichtsmaßregeln getroffen habe. Und jetzt bin ich, in meinem Alter, so beklagenswert und lächerlich, als habe man einer Frau gesagt, mit der Liebe sei es aus, und man warte jetzt, mit Furcht und Neugier, auf die Reaktion, die Tränen, die Drohungen.«

Jacob hatte den Körper zusammengekrümmt, aber der Lichtstreifen aus dem Badezimmer zeigte, im nach hinten geworfenen Gesicht, daß er weinte. Orsini steckte den Revolver ein, ging zum Telefon und verlangte noch eine Flasche. Als er vorbeikam, strich er über das kurzgeschnittene Haar des Champions und ging zum Bett zurück. Er zog die Beine an und konnte auf den Oberschenkeln den runden schweren Wanst spüren. Von dem knienden Mann her kam ein Keuchen, wie wenn van Oppen am Ende eines besonders langen und schweren Trainings oder Kampfes angelangt wäre.

»Es ist nicht das Herz«, dachte Orsini, »es sind nicht die Lungen. Es ist alles; die ein Meter fünfundneunzig eines Mannes, der zu altern begonnen hat.«

»Neinnein«, sagte er laut. »Nur eine Ruhepause auf dem Weg. In ein paar Monaten ist alles wieder wie vorher. Die Klasse: das ist das Entscheidende, das Unverlierbare. Auch wenn einer wollte, wenn einer sich bemühte, sie zu verlieren. Denn im Leben eines jeden Menschen gibt es selbstmörderische Phasen. Aber das wird überwunden, wird vergessen.«

Die Tanzmusik war stärker geworden, im Maß, wie die Nacht wuchs. Die Stimme Orsinis zitterte zufrieden, kam langsam aus Kehle und Gaumen.

Dann wurde an die Tür geklopft, und der Fürst holte leise das Tablett mit der Flasche, den Gläsern, dem Eis. Er ließ es auf dem Tischchen stehen; er setzte sich lieber auf einen Stuhl, um das Nachtgespräch und die Lektion in Optimismus fortzusetzen.

Der Champion hatte sich im Schatten auf den Fußboden gesetzt und lehnte an der Wand; man hörte ihn nicht mehr atmen; er existierte für Orsini nur durch seine riesige, unzweifelhafte, zusammengeduckte Gegenwart.

»Die Klasse, ja«, fing der Fürst wieder an. »Wer hat sie? Man kommt mit ihr auf die Welt; andere sterben ohne sie. Aus irgendeinem Grund erfinden alle einen blöden, komischen Zunamen, und der steht dann auf den Plakaten. ›Der Büffel von Arkansas‹, ›Die Walkmaschine aus Liège‹, ›Der Mihurastier aus Granada‹. Aber nur Jacob van Oppen heißt darüber hinaus Weltmeister. Klasse!«

Die Rede Orsinis verlosch in Schweigen und Müdigkeit. Der Fürst füllte ein Glas, steckte die Zunge hinein, hob es hoch, um es dem Champion zu bringen.

»Orsini«, sagte Jacob. »Mein Freund, der Fürst Orsini!«

Van Oppen drückte die Knie mit den großen Händen zusammen; die Knie faßten wie die Zähne einer Wildfalle den gesenkten Kopf. Orsini ließ das Glas auf dem Boden, nachdem er damit über Nacken und Rücken des Riesen gefahren war.

»Ein Schluck, Champion«, murmelte er sanft und väterlich. »Das tut immer gut.«

Er richtete sich mit einer Grimasse auf, spürte in der Taille, wie müde er war – als er fühlte, wie Finger sich um einen Knöchel klammerten und ihn am Boden festnagelten. Er hörte die langsame, fröhliche, sorglose und träge Stimme Jacobs:

»Jetzt trinkt der Fürst das ganze Glas mit einem Schluck aus!«

Orsini warf den Körper nach hinten, um das Gleichgewicht zu bewahren. »Dies bißchen fehlte mir noch: daß dieses Vieh glaubt, ich wolle es einschläfern oder vergiften.« Er kauerte langsam nieder, nahm das Glas und trank es rasch aus. Dabei fühlte er, wie der Druck am Knöchel sich löste.

»Gut so, Champion?« fragte er. Er sah jetzt die Augen des anderen, ein Stück stolzen Lächelns.

»Gut, Fürst. Ein volles Glas für mich!«

Orsini ging mit weitgespreizten Beinen, um nicht zu taumeln, zu dem Tischchen und füllte wieder das Glas. Er stützte sich auf, um sich eine Zigarette anzuzünden, und konnte im kleinen Licht des Feuerzeuges sehen, daß die Hände ihm vor Haß zitterten. Er ging mit dem Glas zurück, die Zigarette im Mund, einen Finger am Hahn des Revolvers, der im Bademantel versteckt war. Er ging durch den gelben Lichtstreifen und sah Jacob aufrecht stehen, weiß und riesig. Er wiegte sich sanft hin und her.

»Gesundheit, Champion!« sagte Orsini und streckte ihm mit dem linken Arm das Getränk hin.

»Gesundheit!« wiederholte die Stimme van Oppens mit einer

schwachen Spur von Erregung. »Ich wußte, daß sie kommen würden. Ich war in der Kirche und habe gebetet, sie möchten kommen.«

»Ja«, sagte Orsini.

Eine Pause trat ein; der Champion seufzte, die Nacht brachte Geschrei und Beifall aus dem fernen Tanzsaal herein; ein Schlepper tutete dreimal auf dem Fluß.

»Jetzt«, sagte Jacob schwerfällig, »trinkt der Fürst das Glas auf einen Schluck aus. Wir zwei sind betrunken. Aber ich trinke heute nacht nicht, denn es ist Freitag. Der Fürst hat einen Revolver.«

In einer Sekunde erfand Orsini für sich, das Glas in der Luft, den Nabel van Oppens vor Augen, einen Lebenslauf ewiger Demütigung; er genoß den Geschmack des Ekels, er wußte, daß der Riese ihn nicht einmal herausforderte, daß er ihm nur einen Blankoscheck für den in der Tasche auf ihn zielenden Revolver ausstellte.

»Ja«, sagte er eine Sekunde darauf; er spuckte die Zigarette aus und trank wieder den Gin aus. Der Magen stieg ihm in die Brust, während er das leere Glas gegen das Bett zu schleuderte, während er sich mühsam zurückzog, um den Revolver auf dem Tisch zu lassen.

Van Oppen hatte den Platz nicht gewechselt; er wiegte sich weiter im Halbschatten, spöttisch, langsam, als äffe er die klassische Gymnastik für die Hüftmuskulatur nach.

»Wir sind wahnsinnig«, sagte Orsini. Nichts nützten ihm die Erinnerung, die schwache Glut der Sommernacht, die die Fenster berührte, die Zukunftspläne.

»Lili Marleen, bitte« – Jacob gab diesen Rat.

Auf das Tischchen gestützt, ließ Orsini die Zigarette liegen, die er sich hatte anzünden wollen. Er sang mit gedämpfter Stimme, als hätte er nie etwas anderes getan, als die blödsinnigen Worte, die oberflächlichen Worte zu trällern, als hätte er nie etwas anderes getan für seinen Lebensunterhalt. Er fühlte sich älter denn je, kleiner geworden, schmerbäuchig, sich selber fremd.

Eine Stille trat ein, und dann sagte der Champion: »Danke!«

Orsini spielte mit der Zigarette, die er auf dem Tisch neben dem Revolver gelassen hatte, und sah schläfrig und schwach, wie der große weißliche Körper sich ihm näherte, der im Halbschatten jünger erschien.

»Danke!« wiederholte van Oppen und berührte ihn fast. »Noch einmal!«

Verblüfft, gleichmütig dachte Orsini: »Das ist kein Wiegenlied mehr, das bringt ihn nicht dazu, sich zu betrinken, zu weinen, einzuschlafen.« Er räusperte sich wieder und begann: »Vor der Kaserne, vor dem großen Tor ...«

Der Champion hob, ohne den Körper bewegen zu müssen, einen Arm aus der Hüfte hoch und schlug mit der offenen Hand gegen den Unterkiefer Orsinis. Eine alte Tradition hinderte ihn daran, die Fäuste zu gebrauchen, außer in verzweifelten Umständen. Mit dem anderen Arm hielt er den Körper des Fürsten und streckte ihn auf das Bett.

Die Hitze der Nacht und des Festes hatte alle Fenster aufgetan. Die Jazzmusik schien jetzt aus dem Hotel zu kommen, mitten aus dem halbdunklen Zimmer.

6. Der Fürst erzählt

Es war eine Stadt, die vom Fluß her leicht anstieg, im September, fünf Zentimeter, mehr oder weniger, im Süden des Äquators. Ich erwachte ohne Schmerzen am Morgen im Hotelzimmer; es war hell und heiß. Jacob massierte mir den Magen und lachte, um leichter fluchen zu können, und alles endete in einem einzigen Fluch, den er so lang wiederholte, bis ich mich nicht mehr schlafend stellen konnte und mich aufrichtete:

»Altes Schwein!« in reinstem Deutsch, fast preußisch.

Die Sonne traf schon den Fuß des Tischchens, und ich dachte traurig daran, daß nichts aus der Katastrophe gerettet werden konnte. Zumindest, begann ich mich zu erinnern: das war's, was jetzt gedacht werden mußte, und dieser Trauer mußten sich mein Gesicht und meine Worte anpassen. Irgendetwas ahnte van Oppen, denn er gab mir ein Glas Orangensaft zu trinken und steckte mir eine brennende Zigarette in den Mund.

»Altes Schwein!« sagte er, während ich mir die Lungen mit Rauch vollpumpte.

Es war Samstagmorgen; wir waren noch in Santa María. Ich bewegte den Kopf und sah ihn an, ich zog eine rasche Bilanz aus Lächeln, Fröhlichkeit und Freundschaft. Er hatte den hellgrauen Anzug an, die Schuhe aus Antilopenleder, und balancierte den Stetson im Nacken. Ich dachte plötzlich, daß er recht hatte, daß am Ende immer das Leben recht behält, ohne daß Siege oder Niederlagen zählen.

»Ja«, sagte ich und schob seine Hand weg, »ich bin ein altes Schwein. Die Jahre gehen vorüber, alles wird schlechter. Wird heute gekämpft?«

»Natürlich«, und er nickte begeistert. »Ich sagte dir, sie würden wiederkommen, und sie kamen wieder.«

Ich sog an der Zigarette und streckte mich im Bett aus. Es genügte mir, das Lächeln zu sehen, um zu merken, daß Jacob, auch wenn man ihm die Wirbelsäule in der heißen Samstagnacht bräche, was jeder Beliebige vorhersagen konnte, gewonnen hatte. Er mußte in drei Minuten gewinnen; aber ich strich mehr ein. Ich setzte mich im Bett aufrecht und befühlte meinen Unterkiefer.

»Es wird gekämpft«, sagte ich, »der Champion entscheidet. Aber leider hat der Manager nichts mehr zu sagen. Weder eine Flasche noch ein Hieb genügen, um alles aus der Welt zu schaffen.«

Van Oppen begann zu lachen, der Hut fiel auf das Bett. Das Lachen war die Jahre hindurch gleich geblieben, es war dasselbe.

»Weder ein Schlag noch eine Flasche«, sagte ich beharrlich. »Wir bleiben dabei, daß der Champion im Augenblick nicht den nötigen Atem hat, einen Kampf, eine wirkliche Gewaltanstrengung auszuhalten, die länger als eine Minute dauert. Dabei bleibt's. Der Champion kann den Türken nicht legen. Der Champion wird eines geheimnisvollen Todes sterben, wenn die neunundfünfzigste Sekunde gekommen ist. Wir werden es dann bei der Leichenöffnung sehen. Ich glaube, daß wir wenigstens da einer Meinung sind.«

»Einer Meinung! Nicht länger als eine Minute«, stimmte van Oppen zu; wieder fröhlich, jung, ungeduldig. Der Morgen erfüllte jetzt das ganze Zimmer, ich fühlte mich gedemütigt, durch meinen Schlaf, meine Zweifel, meinen Bademantel mit dem Gewicht des entladenen Revolvers.

»Und noch eins«, sagte ich langsam, als wolle ich mich rächen, »wir haben die fünfhundert Pesos nicht. Einverstanden, jeder weiß es: der Türke kann nicht siegen. Aber wir müssen, und es ist bereits Samstag, die fünfhundert Pesos hinterlegen. Wir haben nur mehr das Geld für die Überfahrt und für eine Woche in der Hauptstadt. Und nachher? Ich weiß es nicht.«

Jacob nahm den Hut an sich und lachte wieder. Er bewegte den Kopf wie ein Vater, der auf einer Parkbank neben seinem mißtrauischen Sohn sitzt.

»Geld?« sagte er, es war keine Frage. »Geld für das Depot? Fünfhundert Pesos?«

Er gab mir noch eine bereits brennende Zigarette und stellte den linken Fuß, den empfindlicheren, auf das Tischchen. Er löste die Schleife des großen Schuhs, zog den Schuh aus und zeigte mir eine Rolle grüner Geldscheine. Es war wirklich Geld! Er gab mir fünf Scheine zu je zehn Dollars und prahlte damit.

»Mehr?«

»Es ist gut«, sagte ich. »Mehr als genug.«

Sehr viel Geld wanderte wieder in den Schuh, so an die drei- bis fünfhundert Dollars.

So tauschte ich also zu Mittag das Geld; und da der Champion verschwunden war – an diesem Morgen war an der Rambla das Trikot mit dem Buchstaben oder das Getänzel nicht zu sehen – ging ich ins »Plaza« und aß wie ein Herr, wie ich schon lang nicht mehr gegessen hatte. Dann kam ein ausgezeichneter Kaffee auf den Tisch, der richtige Kognak und eine sehr trockene Havanna, die aber zu rauchen war.

Ich schloß das Essen mit einem Trinkgeld ab, wie es nur ein

Betrunkener oder ein Dieb gibt, und rief im Hotel an; der Champion war nicht dort; der übrige Nachmittag war frisch und heiter, Santa María würde seinen großen Abend haben. Ich hinterließ dem Portier die Telefonnummer der Zeitung, damit Jacob mit mir den Hinmarsch ins »Apollo« antreten könne, und war kurz darauf im Archiv, mit dem Sportredakteur und noch zwei Gesichtern. Ich zeigte das Geld her: »Damit kein Zweifel entsteht. Aber ich ziehe vor, es persönlich im Ring abzuliefern. Sollte van Oppen einem Herzschlag erliegen; oder wenn er zu den Unkosten einer Totenwache für den Türken beisteuern muß.«

Wir spielten Poker, ich verlor und gewann, bis wir benachrichtigt wurden, daß van Oppen im Kino war. Es fehlte noch eine lange halbe Stunde bis neun; aber wir zogen unsere Sakkos an und stiegen in alte Autos ein, um die paar Häuserblöcke des kleinen Ortes abzuklappern, die uns vom Kino trennten, und um die karnevaleske Note herauszustreichen, das Lächerliche.

Ich ging durch den Hintereingang hinein und betrat das Zimmer, das mit Plakaten und Fotografien vollgestopft war, und wo es äußerst stark nach Pissoir und eingefressenem Dreck roch. Dort war auch Jacob: mit dem himmelblauen Ringeranzug, einer der Allerseligsten Jungfrau geweihten Farbe, und mit dem Gürtel des Weltmeisters, der wie Gold glänzte. Er machte Lockerungsübungen. Es genügte, ihn zu sehen – die kindlichen und leeren Augen, die kurze Kurve des Lächelns –, um zu begreifen, daß er mit mir nicht reden wollte, daß er keine Vorreden wünschte, nichts, was ihn davon abhalten konnte, das zu sein, was er entschlossen war zu sein; woran er denken wollte.

Ich setzte mich auf eine Bank, und hörte nicht, ob er meinen Gruß beantwortete oder nicht, und begann zu rauchen. Jetzt, in diesem Augenblick, in fünf Minuten, war das Ende der Geschichte gekommen. Der Geschichte des Weltmeisters. Aber da gab es noch andere Geschichten, es würde eine Erklärung für den »Liberal«, für Santa María und die umherliegenden Orte geben.

»Vorübergehende körperliche Indisposition« schien mir besser als: »Übermäßiges Training bewirkt Zusammenbruch des Champions«. Aber morgen würde man nicht mehr das große »C« publizieren, vielleicht nicht einmal den anfechtbaren Titel. Van Oppen machte weiter seine Übungen, und ich bekämpfte den Geruch nach Ammoniak, indem ich eine Zigarette an der vorhergehenden anzündete, ohne zu vergessen, daß reine Luft die erste Vorbedingung für eine Sporthalle ist.

Jacob tauchte auf und nieder, als ob er allein sei; er bewegte die Arme horizontal, er schien zur gleichen Zeit dünner und schwerer zu sein. Durch den schlechten Körpergeruch hindurch, zu dem noch sein Schweiß kam, versuchte ich ihn atmen zu hören. Vielleicht hatte der Champion genug Atem für eineinhalb Minuten, nie aber für zwei oder drei. Der Türke würde stehen bleiben, bis die Glocke ertönte, mit seinem wütenden schwarzen Schnauzbart, mit den sittsamen Hosen, die halblang waren, so wie ich ihn mir vorstellte – ich irrte mich nicht – mit der kleinen und harten Verlobten, die vor Triumph und Wut neben der Bühne des »Apollo«-Kinos heulte; dicht neben dem abgetretenen Teppich, den ich weiterhin »Matte« nannte. Es blieb keine Hoffnung; die fünfhundert Pesos würden wir uns nie wieder holen. Der Lärm des Gesindels im vollen, ungeduldigen Saal wuchs immer mehr.

»Wir müssen los«, sagte ich zur Leiche, die Body-Building machte. Auf meiner Uhr war es Punkt neun; ich ging aus dem Gestank weg, durch die dunklen Gänge, bis ich zur Kasse kam. Vor viertel nach neun war ich mit der Revision fertig und unterschrieb die Geldliste. Ich ging in das stinkende Zimmer zurück – das Geschrei zeigte an, daß van Oppen bereits im Ring war – und war in Hemdsärmeln, nachdem ich das Geld in eine Hosentasche gesteckt hatte, und ging wieder zurück durch die Gänge, bis ich in den Saal kam und zur Bühne hinaufstieg. Man applaudierte und beschimpfte mich; ich dankte kopfnickend und lächelnd und war sicher, daß im »Apollo« mehr als siebzig Personen waren, die keinen Eintritt bezahlt hatten. Wenigstens würde ich nie auf die Hälfte der mir zustehenden Einnahmen kommen.

Ich nahm Jacob den Mantel ab, ging quer durch den Ring, um den Türken zu begrüßen, und hatte kaum Zeit für ein paar dumme Späße.

Die Glocke ertönte, und es war unmöglich, den Geruch der Menge, die das »Apollo« füllte, nicht einzuatmen und zu verstehen. Die Glocke ertönte, und ich ließ Jacob allein, viel mehr allein, für immer allein, als ich ihn an so vielen Morgen, in Winkeln und Bars, alleingelassen hatte, wenn mich der Schlaf überfiel und ich mich zu langweilen begann. Schlimm war nur, daß ich in dieser Nacht, während ich mich von ihm trennte, um mich auf einen vorzüglichen Platz, Parkett, zu setzen, weder schläfrig war, auch langweilte ich mich nicht. Der erste Glockenschlag sollte bedeuten: Ring frei. Der zweite, daß der Kampf beginnen könne. Eingeölt, fast jung, ohne die Kilo zu zeigen, kreiste Jacob gebückt im Ring, bis er in der Mitte stand und mit einem Lächeln wartete.

Er breitete die Arme aus und erwartete den Türken, der breiter geworden zu sein schien. Er erwartete ihn lächelnd, bis er ihn nahe hatte, machte einen Schritt zurück und ging plötzlich vorwärts, hinein in die Umklammerung. Gegen alle Regeln hielt Jacob die Arme zehn Sekunden lang hoch. Dann stemmte er sich gegen den Boden, machte einen Kreis, legte eine Hand auf die Schulter des Herausforderers und die andere sowie den Vorderarm auf einen Oberschenkel. Ich verstand das nicht, und begriff es auch nicht während genau der halben Minute, die der Kampf dauerte. Dann sah ich, wie der Türke aus dem Ring flog, schwer durch das Geheul der Sanmarianer flog, und im dunklen Hintergrund des Parterres verschwand.

Er war mit dem großen Schnauzbart durch die schmutzige Luft geflogen, die Beine suchten, absurd sich biegend, Stütze und Stand. Ich sah ihn gestikulierend, zwischen den Scheinwerfern, in die Nähe des Daches kommen. Wir hatten noch nicht einmal fünfzig Sekunden, da hatte der Champion gewonnen oder nicht, je nach Standpunkt. Ich stieg in den

Ring und half ihm in den Mantel. Jacob lächelte wie ein Kind; er hörte nicht die Schreie, die Beschimpfungen des Publikums, den wachsenden Lärm. Er schwitzte, aber wenig, und als ich ihn atmen hörte, wußte ich, daß seine Erschöpfung Nervensache gewesen war, nicht Ermüdung.

Gleich darauf fielen Holztrümmer und leere Flaschen in den Ring; ich hatte meine vollständige Ansprache, mein übertriebenes Lächeln für Fremde. Aber die Projektile kamen weiter gesaust, und die Schreie hätte mich nicht zu Wort kommen lassen.

Da kam die Miliz voller Eifer in Schwung, als ob sie vom Tag der Anstellung nie etwas anderes getan hätte, und ob nun kommandiert oder nicht, wußten sie sich zu verteilen und zu organisieren und begannen mit den nagelneuen Schlagstöcken Köpfe einzudreschen, bis wir im »Apollo« allein waren: der Champion, der Ringrichter und ich, im Ring, die Milizsoldaten im Saal; und der arme zwanzigjährige Junge hing über zwei Stühlen. Und da tauchte, und niemand wußte woher, und ich weiß es am allerwenigsten, die kleine Frau beim Türken auf, die Braut, und begann den Mann, der verloren hatte, mit Fußtritten zu traktieren und anzuspucken, während ich Jacob beglückwünschte, ohne große Sprüche zu machen, und bei der Tür die Krankenträger oder Ärzte mit der Tragbahre hereinkamen.

Für M. C.

Geliebte Traurige!
Ich verstehe, trotz unsagbarer und unzähliger Bindungen, daß
der Augenblick gekommen ist: uns für das enge Beisammen-
sein der letzten Monate zu bedanken und Adieu zu sagen. Alle
Vorteile sind auf Deiner Seite. Ich glaube, wir haben uns nie
wirklich verstanden; ich nehme Schuld, Verantwortung, Fehlschlag auf mich. Ich versuche, mich zu entschuldigen –
natürlich nur bei uns beiden – und berufe mich auf die
Schwierigkeit, auf x Seiten zwischen zwei Strömungen zu
segeln. Ich nehme gleichfalls, als verdient, die glücklichen
Augenblicke an. Jedenfalls: Verzeihung! Nie habe ich ganz
Dein Gesicht gesehen, nie habe ich Dir meines gezeigt.

J. C. O.

Vor Jahren – es konnten viele Jahre sein, sie konnten sich auch
mit dem Gestern in den wenigen glücklichen Augenblicken
mischen – war sie in der Wohnung des Mannes gewesen. Ein
vorstellbares Schlafzimmer, ein kaputtes, schlampiges Badezimmer, ein zittriger Aufzug – nur das erinnerte sie an das
Haus. Es war vor der Hochzeit, wenige Monate vorher.
Sie wollte fortgehen, wollte, daß irgendetwas passierte – etwas
äußerst Brutales, Armseliges, Enttäuschendes – etwas, das
ihrer Einsamkeit, ihrem Nichtbegreifen nützlich sein könnte.
Sie dachte nicht an die Zukunft und fühlte sich imstande, sie
zu verneinen. Aber eine Angst, die nichts mit dem alten
Schmerz zu tun hatte, zwang sie, nein zu sagen, sich mit den
Händen und der Starre der Muskeln zu verteidigen. Sie erhielt
nur, wie sie zugab, den Geschmack des Mannes, durch Sonne
und Strand gefleckt.
Sie träumte beim Morgengrauen, nun schon abgetrennt, fern,
daß sie allein in einer Nacht ginge, die auch eine andere
gewesen sein konnte, und war fast nackt in ihrem kurzen

Hemd, und einen leeren Koffer trug. Sie war zur Verzweiflung verdammt und schlurfte mit nackten Füßen durch baumbestandene, leere Straßen, langsam, den Körper aufgerichtet, fast herausfordernd.

Die Enttäuschung, die Trauer, als sie ja zum Tod sagte, waren nur erträglich, weil die Gier des Mannes, nach Laune, in ihrer Kehle entstand, an jeder Straßenmündung, wo sie es ihm befahl und bestimmte. Die schmerzenden Schritte gingen immer langsamer, bis sie stillstanden. Dann hielt sie halbnackt an, umgeben von Schweigen, dem Schein der Stille, einem entfernten Paar Straßenlampen, und sog geräuschvoll die Luft ein. Mit dem Koffer, ohne Gewicht, beladen, genoß sie die Erinnerung und ging wieder zurück.

Plötzlich sah sie den riesigen Mond, der sich aus der grauen, schwarzen, schmutzigen Häusergruppe erhob; er wurde bei jedem Schritt silberner; die blutenden Ränder, die ihn gehalten hatten, lösten sich rasch auf. Schritt für Schritt begriff sie, daß sie mit dem Koffer auf kein Ziel, kein Bett, kein Zimmer zurückging. Der Mond war bereits ungeheuer. Fast nackt, mit aufrechtem Körper und den kleinen Brüsten, die die Nacht durchbohrten, ging sie weiter und stürzte in den riesigen Mond hinein, der weiter wuchs.

Der Mann wurde mit jedem Tag hagerer, seine Augen verloren die Farbe, wurden wässerig, waren bereits weit weg von Neugier und Flehen. Nie hatte er geweint, und die Jahre, zweiunddreißig, zeigten ihm wenigstens, wie sinnlos jede Verlassenheit und jede Hoffnung auf Verständnis waren.

Er sah sie am Morgen nicht mehr frei, ohne Lüge, an, über dem vollen, wackligen Frühstückstisch, der in der Küche aufgestellt worden war für einen glücklichen Sommer. Vielleicht traf ihn nicht die ganze Schuld, vielleicht war es sinnlos, herauszufinden zu versuchen, wer sie hatte, wer sie noch immer hatte.

Sie blickte ihm verstohlen in die Augen. Wenn man der Vorsicht, dem kalten Blitz, ihrer Berechnung die Bezeichnung »Blick« geben konnte. Die Augen des Mannes stellten sich nicht, wurden jedes Mal größer und heller. Aber er versuchte sie nicht zu verbergen; er wollte nur, ohne grob zu werden, verbergen, was die Augen zu fragen und zu sagen verdammt waren.

Er war damals zweiunddreißig, und spielte, von neun bis fünf, den Herrn in den Büros einer riesigen Lokalität. Er liebte das Geld, immer wenn es sich um viel Geld handelte, so wie andere Männer sich von großen und dicken Frauen angezogen fühlen, und es auch hinnehmen, wenn sie alt sind; es ist ihnen gleich. Er glaubte auch an das Glück mühseliger Wochenenden, an die Gesundheit, die für alle vom Himmel fiel, an die frische Luft.

Er war da und dort, er ahnte die Herrschaft über jede Weise des Glückes, der Versuchung voraus. Er hatte die kleine Frau geliebt, die ihm zu essen gab, die ihm ein Geschöpf geboren hatte, das unaufhörlich im ersten Stock weinte. Jetzt betrachtete er sie erstaunt: sie war, flüchtig, schlimmer, niedriger, toter als eine Unbekannte, deren Namen wir nie erfahren.

Zur Zeit des Frühstücks, das nie zu einer bestimmten Zeit eingenommen wurde, drang die Sonne durch die hohen Fenster; die Düfte des Gartens mischten sich am Tisch, noch schwach, wie der leichte Beginn eines Verdachtes. Keiner von ihnen konnte die Sonne, den Frühling leugnen, letzten Endes den Tod des Winters.

Wenige Tage, nachdem sie umgezogen waren, als noch niemand daran gedacht hatte, den verwilderten Garten in eine Reihe von Aquarien zu verwandeln, erhob sich der Mann in aller Frühe und erwartete die Morgendämmerung. Als es hell wurde, hing er eine Büchse in die Araukarie und stellte sich in einiger Entfernung auf, und der mit Perlmutter eingelegte Revolver hing ihm von einer Hand. Er hob den Arm, er konnte nur die leichten, sinnlosen Aufschläge des Hahns hören. Er kehrte ins Haus zurück und hatte ein übertrieben starkes Gefühl der Lächerlichkeit und schlechten Laune; ohne aufzupassen, ohne den Schlaf der Frau zu respektieren, warf er die Waffe in einen Winkel des Wäscheschranks.

»Was ist los?« murmelte sie. Der Mann entkleidete sich und wollte ins Badezimmer.

»Nichts. Entweder haben die Kugeln ein Loch; ich habe sie erst vor knapp einem Monat gekauft, man hat mich hereingelegt – oder mit dem Revolver ist es aus. Er gehörte meiner Mutter oder meiner Großmutter; der Hahn hat keine Spannung. Es gefällt mir nicht, daß du hier allein bist, des Nachts, und nichts hast, womit du zu verteidigen bist. Aber ich werde mich noch heute darum kümmern.«

»Das ist nicht so wichtig«, sagte die Frau, und ging barfuß weg, um das Kind zu bringen. »Ich habe gute Lungen; die Nachbarn werden mich hören.«

»Ich weiß«, sagte der Mann und lachte.

Sie blickten sich zärtlich und spöttisch an. Die Frau hörte das Geräusch des Wagens und schlief wieder ein, das Kind an einer Brust.

Das Dienstmädchen kam und ging; es war nicht immer möglich zu wissen weshalb. Die Frau war in Gewohnheit verfallen, sie glaubte nicht mehr an das Flehen in den Augen des Mannes, das sie oft bemerkt hatte, als ob der Blick, der Ausdruck, das feuchte Schweigen nicht wichtiger wären als die Farbe der Iris, das ererbte Senken der Augenlider. Er für sein Teil war jetzt nicht imstande, die Welt hinzunehmen, weder die Geschäfte noch das nicht existierende, oft vergessene, oft lebendige, hartnäckige, verstockte Töchterchen, trotz der vorsätzlichen Räusche, der unumgänglichen Geschäfte, der Gesellschaften, der Einsamkeit. Es ist auch wahrscheinlich, daß weder sie noch er ganz an die Wirklichkeit der Nächte glaubte, an das kurze, vorhersehbare Glück.

Sie hatten nichts von den Stunden zu hoffen, da sie vereint waren, aber sie nahmen diese Armseligkeit auch nicht hin. Er spielte weiter mit Zigarette und Aschenbecher; sie strich Butter und Obstgelee auf den Toast. Während dieser Morgen versuchte er tatsächlich nicht, sie anzusehen; er beschränkte sich darauf, ihr die Augen zu zeigen, fast wie ein gleichgültiger Bettler, ohne Glauben, der eine Wunde, einen Gliedstummel zur Schau stellt.

Sie sprach von den Überresten des Gartens, von den Lieferanten, vom rosigen Sohn im Zimmer oben. Wenn der Mann genug davon hatte, auf den Satz, das unmögliche Wort zu warten, neigte er sich vor, küßte ihre Stirn und hinterließ Anordnungen für die Arbeiter, die die Fischbehälter bauten.

Der Mann sah jeden Monat, daß er reicher wurde, daß die Bankkonten anwuchsen, ohne Anstrengung, ohne Absicht. Es gelang ihm nicht, für das neue Geld eine neue, ehrgeizige Bestimmung zu finden.

Bis fünf oder sechs Uhr nachmittags verkaufte er Ersatzteile, für Automobile, Traktoren, für jede Art von Maschine. Aber von vier Uhr an telefonierte er geduldig und ohne Groll, um sich gegen die Angst zu sichern, um sich eine Frau in einem Bett oder am Tisch eines Restaurants zu sichern. Er war mit wenigem zufrieden, mit dem Allernötigsten: einem Lächeln, einem Streicheln der Wangen, das mit Zärtlichkeit oder Verständnis verwechselt werden konnte. Dann natürlich die Liebesakte, peinlich genau mit Wäsche, Parfüm, unnützen Gegenständen bezahlt. Bezahlt auch – das Laster, die Herrschaft, die ganze Nacht – mit der Resignation, flüchtiges, dummes Geschwätz anhören zu müssen.

Bei der Rückkehr am Morgen roch sie die ordinären, nicht zu verheimlichenden Gerüche, und sah ihm verhohlen ins knochige Gesicht, das so fälschlich Gelassenheit spielte. Der Mann hatte ihr nichts zu erzählen. Er sah die Reihe der Flaschen im Schrank an und wählte auf gut Glück irgendeine. Er saß tief im Sessel, ruhig, einen Finger zwischen den Seiten eines Buches, trank schweigend – sie tat, als schliefe sie, oder sah unbeweglich, starr zur Decke. Sie schrie nicht; eine Zeitlang versuchte sie, ohne Verachtung, ihn zu verstehen; sie wollte mit einem Teil des Mitleids zu ihm kommen, das sie für sich, für das Leben und das Ende fühlte.

Mitte September – es begann zu Anfang unmerklich – empfand die Frau Trost im Glauben, daß das Dasein da ist, wie ein Berg oder ein Stein; daß nicht wir es machen, nicht der eine, nicht der andere.

Niemand, niemand kann wissen, wie oder warum diese Geschichte begann. Was wir zu erzählen versuchen, begann an einem ruhigen Herbstnachmittag, als der Schatten des Mannes auf das noch besonnte Halbdämmer des Gartens fiel, und er stehenblieb, um ringsum zu sehen, das Gras, die letzten Blüten der krummen, wilden Gebüsche zu riechen. Er stand eine Weile unbeweglich, der Kopf fiel auf eine Seite, die Arme hingen wie tot herab. Dann ging er auf das Rund der Cinacinas zu; von dort aus begann er den Garten mit gleichen, mäßigen Schritten auszumessen, jeder ungefähr einen Meter. Er ging von Süden nach Norden, dann von Osten nach Westen. Sie sah ihm zu, hinter den Vorhängen des Obergeschoßes versteckt; alles, was nicht routinemäßig war, konnte der Anfang einer Hoffnung, die Bestätigung eines Unglückes sein. Das Kind schrie am Ende des Nachmittages; auch konnte niemand behaupten, ob es schon in Rosa gekleidet war; ob man es so von Geburt an gekleidet hatte oder von früher her.

An diesem Sonntagabend, dem traurigsten Tag der Woche, sagte der Mann in der Küche, während er in der Kaffeetasse rührte:

»So viel Boden, und zu nichts nütz.«

Sie sah verstohlen in sein asketisches Gesicht, seine aufgelöste, unverstandene Qual. Sie sah eine neue, bösartige Erschlaffung, einen erwachenden Willen:

»Ich dachte immer . . .« sagte die Frau und begriff, daß sie, während sie sprach, in Wirklichkeit log; daß sie nicht Zeit noch Lust gehabt hatte, es zu denken, und sie begriff, daß das Wort »immer« jeden Sinn verloren hatte. »Ich dachte immer an Obstbäume, an planvoll angelegte Gartenbeete, an einen wirklichen Garten.«

Obwohl sie hier geboren worden war, in dem alten Haus, entfernt vom Wasser der Strände, die der alte Petrus, unter irgendeinem Vorwand, getauft hatte. Sie war hier geboren worden, war hier aufgewachsen. Und als die Welt sie aufzusuchen begann, verstand sie es nicht völlig, von launisch und schlecht wachsenden Büschen geschützt und betrogen, vom Geheimnis – in Licht und Schatten – alter krummer, heiler Bäume, vom unschuldigen, hohen, groben Gras. Sie hatte eine Mutter, die einen Rasenmäher kaufte, einen Vater, der jedesmal nach Tisch am Abend zu versprechen wußte, die Arbeit würde morgen beginnen. Nie fing er damit an. Er ölte die Maschine stundenlang ein oder borgte sie monatelang einem Nachbarn.

Der Garten, ungestalt wie ein Urwald, wurde nie berührt. Da verstand das kleine Mädchen, daß es kein Wort gibt, dem »morgen« vergleichbar: nie, nichts, Verweilen, Frieden.

Als sie noch sehr klein war, entdeckte sie, wie zärtlich Büsche, Gras, jeder namenlose und krumme Baum scherzte; sie entdeckte lachend, daß sie das Haus zu überwachsen drohten, um sich dann krumm und zufrieden nach einigen Monaten zurückzuziehen.

Der Mann trank Kaffee und bewegte langsam und entschlossen den Kopf. Er machte eine Pause, oder ließ die Pause kommen und sich ausbreiten.

»Es kann in der Nähe der großen Fenster ein Winkel bleiben, wo man sich ausstrecken und Erfrischungen zu sich nehmen kann, wenn der Sommer wiederkehrt. Aber das übrige, alles, muß zubetoniert werden. Ich will Fischbehälter errichten. Seltene Exemplare, schwer zu züchten. Es gibt Leute, die damit viel Geld verdienen.«

Die Frau wußte, daß der Mann log; sie glaubte nicht, daß er an Geld interessiert war; sie glaubte, daß niemand die alten unnützen und kranken Bäume fällen, das ungepflegte Gras ausrotten könne, die unbekannten, bleichen, rasch vergänglichen Blumen mit den hängenden Köpfen.

Aber die Männer, die Arbeiter, drei, näherten sich, um das an einem Sonntagmorgen zu besprechen. Sie sah ihnen vom Obergeschoß aus zu; zwei standen und umringten den fast waagrecht hingestreckten Liegestuhl, aus dem die Anordnungen kamen, Fragen über Preis und Zeit; der dritte kauerte, die Baskenmütze auf dem Kopf, riesig, gefällig: er kaute an einem Stengel.

Sie erinnerte sich bis zum Ende daran. Der älteste, der Chef, bucklig, mit dichtem, weißen Haar, hängenden Armen, stand eine Zeitlang mit dem Rücken zum Gittertor da. Er betrachtete ohne Erstaunen die geplünderten Bäume, die weite Oberfläche mit den Wildkräutern der Yuyus. Die beiden anderen gingen vorwärts, überflüssig mit Sensen und Schaufeln, mit Spitzhacken beladen; Verwirrung ließ sie stolpern. Der jüngste und größte, der faulste, biß weiterhin auf den Stengel, der in eine rötliche Blüte auslief. Es war ein Sonntagmorgen; der Frühling ließ die Blätter des Gartens erschauern; sie sah auf sie hinunter und versuchte, den Augen nicht zu trauen, und der Mund des Säuglings hing an einer Brust.

Sie kannte den Groll des Mannes, seine Lust, ihr weh zu tun. Aber das alles war schon so oft besprochen, begriffen worden, bis man sich und den anderen zu verstehen glaubte, die Rache nicht für möglich hielt: die Zerstörung des Gartens, des eigenen Lebens. Manchmal, wenn beide den Traum, vergessen zu haben, akzeptierten, fand der Mann sie an irgendeiner Stelle des Gartens strickend und fing ohne Vorrede an:

»Alles ist in Ordnung, alles ist so tot, als ob es nie vorgefallen wäre.« Das magere, besessene Gesicht weigerte sich, sie anzusehen. »Aber warum mußte es als Knabe auf die Welt kommen? So viele Monate lang haben wir dafür rosa Strickware gekauft, und das Ergebnis war das, ein Knabe. Ich bin nicht verrückt. Ich weiß, im Grunde ist es gleichgültig. Aber ein Mädchen hätte schließlich dir gehören können, nur dir. Dieses Tierchen hingegen . . .«

Sie blieb eine Zeitlang ruhig, sänftigte die Hände, und sah ihn zuletzt an. Dürrer, größer die hellen Augen, breitbeinig neben ihr, niedergeschlagen, spöttisch. Er log, beide wußten sie es, daß er log, aber sie faßten es auf sehr verschiedene Weise auf.

»Wir haben schon so oft darüber geredet«, sagte die Frau.

»Das ist möglich. Aber nicht so oft als es mich drängt, auf das Thema zu kommen. Es ist ein Knabe, er trägt meinen Namen. Ich erhalte ihn, und werde ihn aufziehen müssen. Können wir auf Entfernung gehen, alles von außen her ansehen? Denn in diesem Fall bin ich ein Caballero oder ein armer Teufel. Und du bist eine schlaue Hure.«

»Scheiße«, sagte sie sanft, ohne Haß, ohne daß man wissen konnte, zu wem sie es sagte.

Der Mann betrachtete wieder den Himmel, der erlosch: zweifelsohne der Frühling. Er drehte sich um und ging auf das Haus zu.

Vielleicht war die ganze Geschichte daraus entstanden, so einfach und schrecklich; es hängt vom Standpunkt ab, was einer denken, wie einer sich unterhalten möchte: der Mann glaubte nur an das Unglück und an das Glück, an das gute oder böse Geschick, an alles Traurige und Fröhliche, das über uns herfallen mag, ob wir das nun verdienen oder nicht. Sie glaubte etwas mehr zu wissen; sie dachte an das Schicksal, an Irrtümer und Geheimnisse, sie nahm die Schuld an und war am Ende der Meinung, daß leben genug Schuld ist, damit wir die Bezahlung, Belohnung oder Strafe, annehmen. Und das war schließlich ein und dasselbe.

Manchmal weckte der Mann sie auf, um mit ihr über Mendel zu reden. Er zündete die Pfeife oder eine Zigarette an, und wartete, um sicher zu sein, daß sie aufgab und zuhörte. Vielleicht erwartete er ein Wunder in seiner Seele oder in der Seele seiner nackten Frau, etwas, das man austreiben konnte, und das ihnen dann Frieden oder eine gleichwertige Täuschung verschaffen konnte.

»Warum denn Mendel? Du hättest unter so vielen besseren auswählen können, unter so vielen, deren ich mich weniger hätte schämen müssen.«

Er wollte die Geschichte noch einmal hören, wie sie Mendel getroffen hatte; aber in Wirklichkeit wich er immer zurück, hatte Angst, alles endgültig zu wissen; er war im Grunde entschlossen, sich zu retten, das Warum zu ignorieren. Sein Wahnsinn war demütig und konnte respektiert werden.

Mendel oder irgendein anderer. Es blieb sich gleich. Es hatte nichts mit Liebe zu tun. Eines Nachts versuchte der Mann zu lachen:

»Und trotzdem: so mußte es ja kommen! Denn die Dinge sind wirrer geworden, oder haben sich geklärt. Ich könnte Mendel heute ins Gefängnis schicken. Mendel, keinen anderen. Ein gefälschtes Papierchen, eine Unterschrift, die er hingekritzelt hat. Und ich rühre mich jetzt nicht aus Eifersucht! Er hat eine Frau und drei Kinder, die ganz ihm gehören. Ein Haus, oder zwei. Er sieht weiterhin glücklich aus. Es handelt sich nicht um Eifersucht, sondern um Neid. Es ist schwer zu verstehen. Denn mir persönlich nützt es nichts, das alles zu zerstören, Mendel zu ruinieren oder nicht. Ich wollte es lange vor der Entdeckung tun, bevor ich noch wußte, daß es möglich sei. Ich denke, verstehst du, an die Möglichkeit reinen Neides, ohne konkretes Motiv, ohne Groll. Manchmal, selten, finde ich reinen Neid möglich.«

Sie antwortete nicht. Zusammengekrümmt in der ersten Kälte der Frühe dachte sie an das Kind, wartete auf das erste hungrige Weinen. Er aber erhoffte das Wunder, die Wiederauferstehung des schwangeren Mädchens, das er gekannt hatte, seine eigene Auferstehung, die der Liebe, an die sie glaubten oder an der sie monatelang entschlossen gebaut hatten, ohne frechen Betrug, einander hingegeben, so nahe dem Glück.

Die Männer begannen an einem Montag zu arbeiten; ohne Hast sägten sie die Bäume um, die sie am Ende der Tagesarbeit in einem wackligen Lastwagen wegbrachten, der vor Alter, immer schief, röchelte. Tage danach begannen sie das blühende Yuyu mit Sensen abzumähen, das Gras, das aufrecht im Saft stand. Sie waren nicht immer zur gleichen Zeit da; vielleicht war für die gesamte Arbeit direkt eine Abmachung getroffen worden, und Taglohn, Wegbleiben, Faulheit, all dieser Wirrwarr blieb beiseite. Trotzdem zeigten sie nie Eile.

Der Mann sprach mit ihr nie davon, was im Garten vor sich ging. Er war dünn, schweigsam, rauchte und trank. Der Zement erstreckte sich jetzt über die Erde und ihre Erinnerungen, war weiß, und gleich darauf grau.

Zu Ende eines Frühstücks drückte der Mann rachsüchtig, unvorsichtig, die Zigarette am Boden einer Tasse aus, und fast lächelnd, als verstünde er wirklich, an wen er die Worte richtete, sagte er langsam, ohne sie anzusehen:

»Es wäre gut, wenn du die Arbeit der Brunnengräber überwachen könntest. Zwischen den Zeiten des Stillens. Ich sehe nicht, daß der Portland sich weiterzieht.«

Von diesem Augenblick an verwandelten sich die drei Arbeiter in Brunnengräber. Jetzt schleppten sie große Glasscheiben herbei, um die riesigen Fischbehälter zu machen; frei asymmetrisch verteilt, zu groß für jede Art von Fauna, die da gezüchtet werden mochte.

»Ja«, sagte sie. »Ich kann mit dem Alten reden. Dorthin gehen, wo der Garten war und ihnen bei der Arbeit zusehen.«

»Der Alte!« und der Mann spottete. »Kann er reden? Ich glaube, er bewegt Hände und Augenbrauen und dirigiert sie so.«

Sie stieg jeden Tag hinunter, zum Zement, morgens und am Nachmittag, und nützte die launenhaft angesetzte Arbeitszeit, die sie wählten. Vielleicht konnte man auch von ihr sagen, daß sie grollte und vorsichtig war.

Sie ging langsam, jetzt größer geworden, auf dem harten ebenen Boden, verwirrt, sich schräg bewegend, die alten Umwege wieder herstellend, die verlorenen Nebenwege, die früher einmal von Bäumen und Gartenbeeten aufgezwungen worden waren. Sie blickte die Männer an; sie sah, wie die riesigen Fischbehälter errichtet wurden. Sie roch die Luft, erwartete, um fünf Uhr nachmittags, die Einsamkeit, den täglichen Ritus, das eroberte Absurde, fast schon zur Gewohnheit geworden.

Zuerst: der unbegreifliche Zorn wegen des Brunnens an sich; das schwarze Loch, das sich in die Erde stürzte. Es hätte ihr genügt. Aber bald entdeckte sie auf dem Grund die zwei arbeitenden Männer mit den nackten Oberkörpern. Einer, der den Yuyustengel kaute, bewegte unbekümmert die riesigen Muskeln des Oberarmes; der andere, lang und dünn, langsamer, rief Mitleid hervor, den Wunsch, ihm zu helfen, ihm mit einem Tuch über die schweißbedeckte Stirn zu fahren.

Sie wußte nicht, wie sie sich entfernen und sich allein belügen sollte.

Der Alte saß unbequem auf einem Stamm. Er betrachtete sie unbeweglich.

»Arbeiten sie?« fragte sie ohne Interesse.

»Ja, Señora, sie arbeiten. Genau das, was sie jeden Tag tun

müssen, jedes Tagwerk. Dafür bin ich da. Dafür, und für anderes, das ich errate. Aber ich bin nicht Gott. Ich ahne etwas vorher, und helfe, wenn ich kann.«

Die Brunnengräber grüßten sie; sie bewegten einmal herzlich und schweigend die Köpfe. Sehr selten konnte sie ein Konversationsthema ausfindig machen, Vorwände, die ein paar Minuten hin und her prallten. Sie und die beiden Brunnengräber, der ruhige Riese, immer die Baskenmütze auf dem Kopf, und ein Yuyu kauend, das er nicht dem geblendeten Garten entrissen haben konnte; der andere, sehr jung und schmal, verblödet vom Hunger, krank. Denn der Alte redete nicht und konnte den ganzen Tag unbeweglich verbringen, stehend oder auf der Erde sitzend, und drehte sich Zigaretten, eine nach der anderen.

Sie gruben, maßen und schwitzten, als ob für sie irgendetwas davon Bedeutung haben könne, als ob sie lebendig und der Teilnahme fähig wäre. Als ob sie einmal die verschwundenen Bäume, das tote Gras besessen hätte. Sie redete von irgendetwas, war übertrieben höflich, voller Respekt, dieser Form der Trauer, die vereint, wartete auf fünf Uhr, wartete, daß die Männer gingen.

Das Haus war von einem Kreis von Cinacinas umgeben. Es waren schon Bäume, fast drei Meter hoch, wenn auch die Stämme die Zartheit des Aufwachsenden bewahrten. Man hatte sie sehr dicht gesetzt, aber sie wuchsen, ohne sich zu stören, einer stützte sich gegen den anderen, die Dornen verflochten sich.

Um fünf Uhr nachmittags taten die Brunnengräber, als hörten sie eine Glocke, und der Alte hob den Arm. Sie hoben die Werkzeuge im frischen Schatten der Bretterhütte auf, warfen sie hinein, grüßten und gingen. Der Alte zuerst, dann das Vieh mit der Baskenmütze, der gekrümmte Dünne zuletzt – daß auch Wolken und der Rest von Sonne den Respekt vor der Hierarchie begriffen. Langsam die drei, ruhig rauchend, lustlos.

Im Obergeschoß, mit dem Rücken zum Geschrei der Wiege, beobachtete sie die Frau, um sicherzugehen. Sie wartete zehn oder fünfzehn Minuten unbeweglich. Dann stieg sie zu dem hinunter, was einmal ihr Garten gewesen war, wich Hindernissen aus, die es nicht mehr gab, stöckelte über den Zement, bis sie zum Kreis der Cinacinas kam. Natürlich wählte sie nicht immer dieselbe Stelle. Sie konnte durch das große Eisentor gehen, das die Brunnengräber, Besucher, die es nicht gab, benützten; sie konnte durch die Garagentür entwischen, die immer offen stand, wenn das Auto draußen war.

Aber sie wählte, ohne Überzeugung, ohne wahren Wunsch, das sinnlose und blutige Spiel: mit den Cinacinas, gegen sie, Pflanzen oder Bäume. Sie versuchte sinnlos, zwecklos, sich einen Weg durch Stämme und Dornen zu bahnen. Sie keuchte eine Zeit; ihre Hände wurden aufgerissen. Am Schluß dann immer der Fehlschlag; sie akzeptierte ihn, sagte ja zu ihm mit einer Grimasse, einem Lächeln.

Dann ging sie durch das Dämmern, leckte sich die Hände, blickte den Himmel dieses gerade anbrechenden Frühlings an, den weiten Himmel, der kommende Frühlinge versprach, die ihr Sohn vielleicht einmal durchlaufen würde. Sie kochte, versorgte das Kind, und mit einem immer schlecht gewählten Buch begann sie auf den Mann zu warten, in einem der zwei geblümten großen Stühle oder auf dem Bett ausgestreckt. Sie versteckte die Uhren und wartete.

Aber jede Nacht war die Rückkehr des Mannes gleich, auswechselbar. Gegen Oktober las sie: »Stellen Sie sich den wachsenden Kummer vor, die Begierde zu fliehen, den ohnmächtigen Ekel, die Unterwerfung, den Haß.« Der Mann ließ den Wagen in der Garage, ging über den Zement und stieg die Stufen hinauf. Er war immer derselbe; der Satz, den sie gerade gelesen hatte, konnte ihn nicht verwandeln. Er ging durch den Schlafraum, ließ den Schlüsselring klirren, erzählte einfache oder komplexe Geschichten von der Tagesarbeit, log ihr vor, neigte manchmal in den Pausen das Gesicht mit den Backenknochen, die wachsenden Augen. So traurig wie sie, vielleicht.

In dieser Nacht vergaß sich die Frau, forderte, wie sie das schon monatelang nicht mehr gemacht hatte. Was sie glücklich machen konnte oder sie vergessen ließ, war willkommen, war geheiligt. Unter dem halbversteckten Licht schlief der Mann schließlich ein, fast lächelnd, beruhigt. Schlaflos, zurückkehrend, entdeckte sie ohne Erstaunen, ohne Trauer, daß sie seit der Kindheit kein wirkliches, festgegründetes Glück gekannt hatte, abgesehen vom Grün, das dem Garten entrissen worden war. Nichts als das, die wechselnden Dinge, diese Farben. Und sie dachte, bis zum ersten Weinen des Kindes, daß er es gespürt hatte; daß er ihr das einzige rauben wollte, das ihr in Wahrheit etwas bedeutete. Den Garten zerstören, sie weiter sanft ansehen, mit den großen umschatteten Augen, sein indirektes zweideutiges Lächeln ausspielen.

Als die Morgengeräusche begannen, zeigte die Frau der Zimmerdecke die Zähne, dachte manchmal an den ersten Teil des Ave Maria. Nicht mehr, denn sie konnte das Wort »Tod« nicht zulassen. Sie erkannte: sie war nie betrogen worden; sie nahm es an, daß sie in der Vereinigung, der Furcht, dem Zweifel der Kindheit geahnt hatte: das Leben war eine Mischung aus Eindrücken, Feigheiten, wirren Lügen, nicht immer beabsichtigt.

Aber sie erinnerte sich, jetzt noch und stärker, an das Gefühl des Betrugs, das am Ende der Kindheit begann; als sie größer wurde, schwächte es sich ab, denn sie wünschte und hoffte nun. Nie hatte sie verlangt, auf die Welt zu kommen; nie hatte sie gewünscht, daß die Vereinigung eines Paares im Bett, vielleicht augenblickshaft, flüchtig, routiniert (Mutter, Vater danach und für immer) sie zur Welt kommen ließ. Und vor allem war sie nicht gefragt worden, nach dem Leben, und war gezwungen, es kennenzulernen und anzunehmen. Eine einzige Frage, und sie hätte mit dem entsprechenden Schauder Gedärm und Tod zurückgewiesen; die Notwendigkeit des Wortes, um sich verständlich zu machen; zu versuchen, den anderen zu verstehen.

»Nein«, sagte der Mann, als sie das Frühstück aus der Küche brachte. »Ich gedenke nichts gegen Mendel zu unternehmen. Nicht einmal zu helfen.«

Er war merkwürdig sorgfältig gekleidet, als ginge er nicht ins

Büro, sondern auf ein Fest. Angesichts des neuen Anzuges, des weißen Hemdes, der noch nie benützten Krawatte brauchte sie Minuten, sich zu erinnern und an ihre Erinnerung zu glauben. So war er während der Brautzeit gewesen. Sie bewegte sich geblendet und ungläubig, Angst, Jahre waren von ihr genommen.

Der Mann tauchte ein Stück Brot ins Salz und schob den Teller weg. Die Frau sah schüchtern, überlegend den neuen Blick, der ihr vom Tisch her zukam oder den sie erfinden mußte.

»Ich werde den Scheck Mendels verbrennen. Oder ich kann ihn dir schenken. Auf alle Fälle ist es eine Frage von Tagen. Der arme Mann!«

Sie mußte eine Zeitlang warten. Dann gelang es ihr, sich vom Kamin zu lösen und sie setzte sich dem mageren Mann gegenüber, ohne zu leiden, geduldig, und wartete, daß er ginge.

Als das Geräusch des Autos auf der Straße erstorben war, stieg sie in das Schlafzimmer hinauf; sie fand sofort den kleinen unbrauchbaren Revolver mit den Perlmutteinlagen und sah ihn an, ohne ihn zu berühren. Außerhalb von ihr war der Sommer auch noch nicht gekommen, obwohl der Frühling wütend vorwärtsschritt, und die Tage, die kleinen Dinge nicht innehalten konnten, es auch nicht wollten.

Am Nachmittag, nach dem Dornenritus und den langsam blutenden Linien der Hand, lernte die Frau mit den Vögeln pfeifen; sie erfuhr, daß Mendel zugleich mit dem mageren Mann verschwunden war. Es war möglich, daß sie nie existiert hatten. Es blieb das Kind im Obergeschoß und es half nicht, ihre Einsamkeit zu mildern. Nie war sie mit Mendel zusammen gewesen, nie hatte sie ihn gekannt, hatte nie den kleinen muskulösen Körper gesehen; nie erfuhr sie etwas von seinem unbeugsamen männlichen Willen, seinem leichten Lachen, und daß er und das Glück sich unbekümmert durchdrangen. Der Riß an der Stirn tropfte jetzt, die Nase entlang.

Das Kind weinte, sie mußte hinauf. Der Alte rauchte, auf einem Stein sitzend, so ruhig, so nichts, daß er ein Teil des

Steins zu sein schien. Die beiden anderen waren unsichtbar auf dem Grund eines Brunnens. Oben tröstete sie das Kind und sah auf dem Boden den verknüllten Anzug des Mannes. Sie wühlte, sah Papiere voller Ziffern, Münzen, ein Dokument. Endlich: der Brief.

Er war in weiblicher Schrift geschrieben, sehr schön, klar, unpersönlich. Er füllte keine zwei Seiten, die Unterschrift war unverständlich: »Másam«. Aber der Sinn des Briefes, die Anhäufung von Dummheiten, von Schwüren, von Sätzen, die gleichzeitig witzig und talentvoll sein wollten – er war sehr klar. »Sie muß sehr jung sein«, dachte die Frau ohne Bedauern oder Neid, »so schrieb ich, so schrieb ich ihm.« Sie fand keine Fotografien.

Unter »Másam« hatte der Mann mit roter Tinte geschrieben: »Sie ist ungefähr sechzehn und wird nackt über und unter der Erde kommen, um bei mir zu sein, solange dieses Lied und diese Hoffnung dauern.«

Nie konnte sie eifersüchtig auf den Mann sein; sie konnte ihn nicht hassen; vielleicht, ein wenig, das Leben, ihr eigenes Unverständnis, einen undefinierbaren bösen Streich, den die Welt ihr gespielt hatte. Wochen hindurch lebten sie wie immer. Aber er fühlte bald die Veränderung, merkte, daß Abweisung und Verzeihung sich in sanfte Distanz ohne Feindseligkeit wandelten.

Sie sagten Dinge, redeten aber in Wirklichkeit nicht mehr miteinander. Sie wich den Funken des Flehens, die manchmal aus den Augen des Mannes sprangen, unbeweglich aus. »Es ist so, als wäre er vor Monaten gestorben, als hätten wir uns nie gekannt, als wäre er nicht neben mir.« Keiner von beiden hatte etwas zu erhoffen. Der Satz würde nicht kommen, die Augen wichen aus. Der Mann spielte mit Zigarette und Aschenbecher; sie strich Butter und Gelee auf das Brot.

Wenn er um Mitternacht zurückkam, hörte die Frau zu lesen auf, tat, als schliefe sie, oder redete von der Arbeit im Garten, von den schlecht gewaschenen Hemden, vom Kind und von den Lebensmittelpreisen. Er hörte ihr zu, stellte, nicht neugierig, keine Fragen, brachte nichts wirklich zu Erzählendes mit.

Dann holte er eine Flasche aus dem Schrank und trank im Morgengrauen, allein oder mit einem Buch.

Sie spähte in der nächtlichen Sommerluft nach seinem Profil, seinem Hinterkopf, wo vor Tagen, unversehens, graue Haare aufgetaucht waren, dort, wo das Haar schütter wurde. Sie hörte auf, mit sich Mitleid zu haben, und übertrug es auf den Mann. Wenn er jetzt zurückkam, weigerte er sich zu essen. Er ging zum Schrank und trank in der Nacht, im Morgengrauen. Auf dem Bett ausgestreckt sprach er manchmal mit fremder Stimme, ohne sich an sie oder die Zimmerdecke zu richten; er erzählte glückliche, unglaubliche Sachen, erfand Personen und Handlungen, einfache oder zweifelhafte Umstände.

Sie entschied sich eines Nachts, als der Mann sehr früh heimkam; sie wollte nicht lesen, sich nicht entkleiden, sie lächelte ihm zu, bevor sie sprach. »Ich will helfen, daß die Zeit vergeht. Er wird mir eine Lüge erzählen, genauso lang, wie es ihm paßt. Irgendetwas absurd Inkrustiertes in unserem Leben, in der sterbenden Geschichte, die wir leben.« Der Mann nahm ein kaum halbgefülltes Glas und bot ihr ein volles. Er wußte, seit Jahren, daß sie es nicht anrühren würde. Er hatte ihr nicht Zeit gelassen, ins Bett zu gehen; er überraschte sie im großen Stuhl, während sie ein um das andere Mal das Buch ansah, die Worte, die sie auswendig wußte: »Stellen Sie sich den wachsenden Kummer vor, die Begierde zu fliehen, den ohnmächtigen Ekel, die Unterwerfung, den Haß.«

Der Mann setzte sich ihr gegenüber hin, hörte die routineartigen Neuigkeiten, stimmte schweigend zu. Als der Tod der Pause sich näherte, sagte er, mit anderen Worten:

»Der Alte. Der das Geld nimmt, raucht, unbekümmert der Arbeit der Arbeiter zusieht. Er studierte ein Jahr im Seminar, studierte ein paar Monate Architektur. Er redet von einer Reise nach Rom. Mit was für einem Geld, der arme Teufel? Ich weiß nicht wie lang danach, jedenfalls einige Jahre danach, da tauchte er wieder hier auf, in der Gegend, der Stadt. Er war als Pfarrer verkleidet. Er log, ohne anzugeben, er verwirrte die Leute, führte sie auf die falsche Spur. Man weiß nicht wie: er konnte zwei Tage und zwei Nächte im Seminar leben. Er versuchte, Unterstützung zu bekommen, um eine Kapelle zu bauen. Er zeigte und entfaltete mit einer Besessenheit, die an Wut grenzte, Blaupausen. Schließlich warf man ihn wieder hinaus, obwohl er sich erbot, die Kosten zu tragen und das nötige Geld zusammenzubringen.

Vielleicht ist es damals gewesen, nicht vorher, daß er sich in die Soutane verkleidete und von Tür zu Tür ging, anklopfte und um Unterstützung bat. Nicht für sich, sondern für die Kapelle. Es scheint, daß er mit seinem Feuereifer überzeugte, und mit der unbestimmten Geschichte seines Scheiterns. Er war so schlau gewesen, das Geld, das er erhalten hatte, bei Gericht zu deponieren. Als dann die echten Pfarrer intervenierten, gab es keinen anderen Ausweg als den einer Geldstrafe, die nicht er bezahlte, und ein paar Tage Gefängnis. Nachher konnte ihn niemand mehr daran hindern, Häuser zu bauen. Er setzte das Dach auf so viele Scheußlichkeiten, die uns umgeben, hier, in Villa Petrus, daß die Leute ihn den ›Baumeister‹ nennen. Vielleicht nennt ihn auch irgendwer: ›Herr Architekt‹. Ich weiß nicht, ob es wahr ist oder erfunden. Wer auch würde seine Zeit verschwenden, das herauszufinden.«

»Und wenn es wahr wäre?« murmelte sie über dem Glas.

»Jedenfalls ist es nicht unsere Geschichte.«

Sie drehte sich im Bett um. Sie dachte an irgendwen, der lebendig war, oder den unbegreiflichen Ritus zu leben erfüllte; an irgendwen, der lebendig war oder vor Jahrhunderten lebendig gewesen war, mit Fragen, die nur das bewußte Schweigen erhielten. Mann oder Frau, es war schon gleich. Sie dachte an den riesigen Brunnengräber, an irgendwen, an das Mitgefühl.

»Solange einer die Pflicht . . .« fing er an, da klingelte das Telefon, und der Mann erhob sich, schlank und beweglich, die langen Schritte zögerten. Er sprach auf dem dunklen Gang und kehrte ins Schlafzimmer zurück, das Gesicht verärgert, fast wütend.

»Es ist Montero, vom Büro aus. Er ist wegen der Bilanz drinnen geblieben, und jetzt . . . Jetzt sagt er mir, es gebe da etwas Merkwürdiges, er müsse mich sofort sehen. Wenn es dir nichts ausmacht . . .«

Sie mußte sein Gesicht gar nicht prüfen, um zu begreifen, um sich daran zu erinnern, daß sie von Anfang an gewußt hatte, weshalb er mit der unpassenden Geschichte vom Alten gekommen war; daß er gesprochen und sie nur zugehört hatte, damit beide zusammen auf den Telefonanruf warten konnten, auf die Bestätigung des Rendezvous.

»Más Am«, sagte die Frau deutlich, lächelte ein wenig, fühlte, wie das Mitleid wuchs, ohne zu ihr zurückzukehren. Sie trank das Glas in einem Zug aus und stand auf, um die Flasche zu holen und sie auf den kleinen Tisch zu stellen, neben sich.

Der Mann begriff nicht, er blieb aufrecht, ohne zu verstehen oder zu antworten.

»Aber wenn es dir besser scheint, daß ich bleibe . . .« drängte er.

Die Frau lächelte wieder und blickte geradewegs den Vorhang an, der sich träge vor dem Fenster bewegte.

»Nein«, versetzte sie. Sie füllte wieder das Glas und beugte sich nieder, um zu trinken, ohne auszuschütten, ohne die Hände zur Hilfe zu nehmen.

Der Mann blieb eine Weile stehen, schweigend, unbeweglich. Dann ging er wieder auf den Korridor und holte einen Hut einen Mantel. Sie wartete ruhig auf das Geräusch des Wagens; dann schüttelte sie den Kopf, fast selig, genau im Zentrum der Einsamkeit und der Stille, verdutzt, und schenkte sich wieder einen Kognak ein. Sie hatte sich entschieden, war sicher, daß es unvermeidlich war, ahnte, daß sie es schon von dem Augenblick an gewollt hatte, da sie den Brunnen sah und drinnen den Rumpf des Mannes, der grub, die mächtigen weißen Arme, die ohne Mühe den Rhythmus der Arbeit vollbrachten. Aber sie konnte nicht auf das Mißtrauen verzichten: es gelang ihr nicht, sich zu überzeugen, daß sie es war, die wählte; sie dachte, irgendwer, andere oder etwas hätten für sie entschieden.

Es war leicht, und sie wußte es seit einiger Zeit. Sie wartete im Garten, in seinen Überbleibseln, strickte wie immer ohne

Interesse, bis das Vieh aus der Höhle kam, einen Wasserkrug nahm, und nach dem Gartenschlauch suchte, um sich abzukühlen. Sie machte ihm ein Zeichen, und nahm ihn mit sich. Neben der Garage fragte sie, auf gut Glück, dumm. Sie sahen sich nicht an. Sie fragte, ob hier noch Pflanzen und Blumen, Gebüsche oder Yuyu wachsen könnten, irgendeine Pflanzenart, grün.

Der Mann kauerte nieder, scharrte mit schmutzigen, abgenagten Fingernägeln im Stück sandiger Erde, das sie ihm boten.

»Möglich«, sagte er, als er aufstand. »Es ist eine Frage des Wollens, ein wenig Geduld und Sorgfalt.«

Rasch und flüsternd und launisch, ohne ihn gehört zu haben, die Hände auf dem Rücken ineinander geschoben, betrachtete sie den wolkigen Himmel und seine Drohung und befahl:

»Wenn sie gegangen sind. Niemand darf es wissen. Sie schwören?«

Unbeweglich, fremd, ohne zu verstehen, griff sich der Mann an die Schläfe und stimmte mit schwerer Stimme zu.

»Kommen Sie um sechs Uhr wieder und kommen Sie durchs Gittertor.«

Der Riese entfernte sich, ohne sich zu verabschieden, langsam, schwankend. Der Alte hörte auf den Angelus, der fünf Uhr ankündete, und befahl den Heimmarsch. An diesem Nachmittag ließ sie die Cinacinas in Ruhe; langsam, nachtwandlerisch, voll Reue, ungläubig ging sie die Treppe hinauf und versorgte das Kind. Dann überwachte sie vom Fenster aus den Weg und sah das wachsende Indigo des Himmels. »Ich bin wahnsinnig, oder ich war es und bin es noch immer und ich habe Freude daran«, wiederholte sie sich mit einem unsichtbar glücklichen Lächeln. Sie dachte nicht an Rache, an Revanche; kaum, leicht, an die ferne, unbegreifliche Kindheit, an eine Welt der Lüge und des Ungehorsams.

Der Mann kam um sechs zum Tor, und der zerbissene Yuyustengel schmückte sein eines Ohr. Sie ließ ihn sehr langsam eine Zeitlang auf dem Zement gehen, der den ermordeten Garten bedeckte. Als der Riese stehenblieb, lief sie hinunter – die rasche taktmäßige Trommel der Stufen unter

146

ihren Absätzen – und näherte sich ihm, klein geworden, bis sie den riesigen Körper berührte. Sie roch seinen Schweiß, sah seine Dummheit und das Mißtrauen in den blinzelnden Augen. Sie richtete sich auf, mit einer kleinen Verzückung, streckte die Zunge heraus, um ihn zu küssen. Der Mann keuchte und verdrehte den Kopf nach links.

»Da ist die Hütte«, schlug er vor.

Sie lachte sanft, kurz; sie sah ruhig die Cinacinas an, als wolle sie sich verabschieden. Sie hatte mit einem Handgelenk des Mannes gespielt.

»Nicht in der Hütte«, sagte sie endlich sanft. »Sehr schmutzig, sehr unbequem. Entweder oben oder nichts«, wie einen Blinden führte sie ihn zur Tür, half ihm die Treppe hinauf. Das Kind schlief. Auf geheimnisvolle Weise war das Schlafzimmer dasselbe geblieben, unbesiegt. Das breite, rötliche Bett, die paar Möbel, der Schrank mit den Getränken, die unruhigen Vorhänge, derselbe Schmuck, Blumenvasen, Gemälde, der Kandelaber harrten aus.

Taub, entfernt, ließ sie ihn über Wetter, Gärten und Ernten reden. Als der Brunnengräber das zweite Glas fast ausgetrunken hatte, schob sie ihn zum Bett und gab andere Befehle. Nie hatte sie gedacht, daß ein nackter Mann, wirklich, ihr gehörend, so bewundernswert und ängstlich sein könnte. Sie erkannte die Gier wieder, die Neugier, ein altes Gefühl von Gesundheit, das die Jahre hindurch geschlummert hatte. Nun sah sie, wie er sich näherte, und ihr wurde der Haß bewußt: auf die körperliche Überlegenheit des anderen, Haß auf das Männliche, auf den, der befiehlt, der es nicht nötig hat, Fragen zu stellen.

Sie rief ihn, und da war der Brunnengräber bei ihr, stinkend, gehorsam. Aber es ging nicht, das eine, das zweite Mal nicht, denn sie waren auf endgültige, unheilbare, kapriziös verschiedene Art erzogen worden. Der Mann trennte sich knurrend von ihr, die Kehle nicht frei, voll Haß.

»Immer ist es so. Immer ging es mir so«, sagte er traurig und sich erinnernd, ohne eine Spur von Stolz.

Sie hörte das Kind weinen. Ohne Worte, ohne Gewalt gelang

es ihr, daß der Mann sich anzog, sie log ihm vor, während sie sein bärtiges Kinn streichelte:

»Ein anderes Mal«, murmelte sie, zum Abschied, als Trost.

Der Mann ging wieder in die Nacht hinein, vielleicht kaute er einen Yuyustengel, und trat den Zorn, das alte, ungerechte Mißgeschick in den Boden.

(Was den Erzähler betrifft, so ist es ihm nur erlaubt, Berechnungen hinsichtlich der Zeit anzustellen. Er kann im Morgengrauen, vergeblich, den verbotenen Namen einer Frau wiederholen. Er kann um Erklärungen ersuchen, es ist ihm erlaubt, zu scheitern, er kann sich beim Erwachen Tränen, Rotz und Blasphemien abwischen.)

Vielleicht ist es am nächsten Tag geschehen. Vielleicht hat der Alte, das magere Gesicht, älter als er, ohne Ausdruck, etwas länger gewartet. Eine halbe Woche. Bis er sie durch das, was einmal Garten gewesen war, wandern sah, zwischen Haus und Hütte, wie sie Windeln auf einem Draht aufhing.

Er zündete sich die lose gerollte Zigarette an, und, bevor er sich in Bewegung setzte, flüsterte er schlechtgelaunt den Arbeitern zu:

»Ich möchte wissen, ob sie uns einen Vorschuß für vierzehn Tage geben.«

Sehr langsam, fast ächzend, gelang es ihm, sich vom Sitz zu lösen, und er ging lahmend auf die Frau zu. Er fand sie ohne Hoffnung, kindlicher denn je, fast so frei von der Welt und ihren Versprechungen wie er selbst. Der Seminarist und Architekt sah sie bedauernd, brüderlich an.

»Hören Sie, Señora«, bat er. »Ich brauche keine Antwort. Nicht einmal, bei Ihnen, Worte.«

Er zog mühevoll aus seiner Hosentasche eine Faust voller Rosen, die sich eben geöffnet hatten, klein bis zum Wunder, gewöhnlich, mit abgebrochenen Stielen. Sie nahm sie ohne zu zögern, wickelte sie in ein feuchtes Tuch und wartete. Sie mißtraute nicht; und die müden Augen des Alten dienten nur dazu, eine alte Lust am Weinen hochkommen zu lassen, die nicht mehr mit ihrem gegenwärtigen Leben, mit ihr selber verknüpft war. Sie bedankte sich nicht.

»Hören Sie, Töchterchen«, bat der Alte wieder. »Das da, die Rosen: damit Sie vergessen und vergeben. Es ist das gleiche. Es ist nicht wichtig, wir wollen nicht wissen, wovon wir reden. Wenn die Blumen sterben und Sie sie wegwerfen müssen, denken Sie daran, wir sind, es mag uns passen oder nicht, Brüder und Schwestern in Christo. Man wird Ihnen vielerlei von mir erzählt haben, auch wenn Sie allein leben. Aber ich bin nicht verrückt. Ich sehe zu, ich ertrage es.«

Er zog den Kopf ein, als Gruß, und ging. Durch den Monolog ermüdet, begann er in der ruhigen gewitterigen Luft des Nachmittages auf das Präludium der fünf Glockenschläge zu horchen.

»Also«, sagte er zu den Brunnengräbern, »es sieht so aus: kein Vorschuß für die nächsten vierzehn Tage.«

Nach mehreren Nächten, zwischen Warten und zielloser Hoffnung, einer Nacht, bevor das Buch langweilig wurde und der Schlaf unbezwingbar, hörte sie das Geräusch des Autos in der Garage, das schwache Pfeifen, das vorsichtig die Treppe hochkletterte. Unwissend, letztlich an so vielem unschuldig, pfiff der Mann »The man I love«.

Sie sah, wie er sich bewegte, schnitt eine Grimasse zum Gruß, nahm das Glas, das ihr hingeschoben wurde.

»Warst du beim Arzt?« fragte die Frau. »Du hast es versprochen. Oder hast du es geschworen?«

Das knochige Profil lächelte, ohne sich ihr zuzuwenden, glücklich, ihr etwas zu geben.

»Ja. Ich war dort. Es ist nichts los. Ein nackter, skeletthaft dürrer Mensch gegenüber einem friedlichen Dicken. Routine, Platten, Analysen. Ein dicker Mensch im Arztmantel, vielleicht nicht sehr rein, der an sein Hämmerchen, sein Stethoskop, an die Anordnungen, die er niederschrieb, nicht glaubte. Nein, es passiert nichts, das sie verstehen, heilen könnten.«

Sie akzeptierte zum erstenmal noch ein übervolles Glas. Sie bewegte die Finger, erhielt eine Zigarette. Sie lachte und hielt den Körper steif, um den Husten zu unterdrücken. Der Mann betrachtete sie erstaunt, fast glücklich. Er machte einen Schritt, um sich auf das Bett zu setzen, aber sie entfernte sich von den Leintüchern, der väterlichen Zärtlichkeit. Sie hatte noch eine halbe brennende Zigarette und rauchte vorsichtig weiter.

Er stand mit dem Rücken zu ihr, als sie sagte:

»Warum hast du mich geheiratet?«

Der Mann sah sie eine Weile an, die hageren Formen, das im Nacken krause Haar, dann ging er ein paar Schritte zurück, auf den Stuhl den Tisch zu. Noch ein Glas, eine Zigarette, rasch, sicher. Die Frage der Frau war gealtert, zog Runzeln, streckte sich unordentlich aus, wie ein Efeugewächs, das mit seinen Klauen eine Mauer überzieht. Aber er mußte Zeit gewinnen; denn die Frau – auch wenn sie es nie wissen würden, auch wenn nie jemand es erfuhr – war klüger und unglücklicher als der schwächliche Mann, ihr Mann.

»Du hattest kein Geld, war es nicht deswegen?« versuchte der Mann zu scherzen. »Das Geld kam nachher, ohne meine Schuld. Deine Mutter, deine Geschwister.«

»Ich dachte schon daran. Niemand hätte es erraten. Und außerdem interessiert dich Geld nicht. Was schlimmer ist, fällt mir manchmal ein. Darum noch einmal: warum hast du mich geheiratet?«

Der Mann rauchte eine Weile schweigend, sagte ja mit dem Kopf, zog die blutleeren Lippen über dem Glas auseinander.

»Alles?« fragte er schließlich; er war ganz Feigheit und Mitleid.

»Alles, natürlich«, die Frau richtete sich im Bett auf und sah, wie der harte, entschlossene Kopf schmaler wurde.

»Ich habe es auch nicht getan, weil du ein Kind von Mendel erwartet hast. Es war kein Mitleid, nicht der Wunsch, dem Nächsten zu helfen. Ich liebte dich, ich war verliebt. Es war die Liebe.«

»Und sie verging«, bestätigte sie vom Bett her, fast schreiend. Aber sie fragte auch, unvermeidlich.

»Mit soviel List und Verstellung und Tücke. Sie verging; ich könnte nicht sagen, ob sie Wochen oder Monate währte oder es vorzog, von einer Stunde auf die andere zu vergehen. Es ist so schwer zu erklären. Nehmen wir an, ich wüßte, ich verstünde es. Hier im Badeort, den Petrus erfand, warst du das Mädchen. Mit oder ohne den Embryo, der sich bewegte. Das Mädchen, fast Frau, die melancholisch betrachtet werden konnte mit dem erschreckenden Gefühl, daß dies nicht mehr möglich ist. Die Haare fallen aus, die Zähne faulen. Und vor allem: zu wissen, daß für dich diese Neugier entstand, und ich sie zu verlieren begann. Es ist möglich, daß meine Ehe mit dir meine letzte wirkliche Neugier gewesen ist.«

Sie wartete vergeblich weiter. Zuletzt erhob sie sich, zog sich einen Schlafrock an und trat dem Mann am Tisch gegenüber.

»Alles?« fragte sie. »Bist Du sicher? Ich bitte dich. Wenn es notwendig ist, knie ich nieder ... Um dieser kleinen Vergangenheit willen, über der wir, Schulter gegen Schulter, aus Platzgründen, uns duckten, um leichter zu werden ...«

Der Mann, die Zigarette im schmaler gewordenen Mund, drehte sich zu ihr um, und die Wirbel knirschten in seinem Genick. Ohne Mitleid, ohne Überraschung, von der Gewohnheit ausgelöscht, sah sie in das Gesicht der Leiche.

»Alles?« spottete der Mann. »Dazu alles?« Er sprach zum erhobenen Glas, zu verlorenen Augenblicken, zu dem, was er zu sein glaubte. »Alles? Vielleicht verstehst du nicht. Ich sprach schon, glaube ich, vom Mädchen.«

»Von mir.«

»Vom Mädchen«, beharrte er.

Die Stimme, die Verwirrung, die sorgsam langsamen Bewegungen. Er war betrunken und der Grobheit nahe. Sie lächelte unmerklich und glücklich.

»Das sagte ich«, fuhr der Mann fort, langsam, wachsam. »Das Mädchen, das jeder normale Kerl sucht, erfindet, findet, oder man läßt ihn glauben, er habe sie gefunden. Nicht die, die versteht, beschützt, verhätschelt, hilft, aufrichtet, zurechtweist, bessert, stützt, berät, leitet und verwaltet. Nichts davon, schönen Dank!«

»Ich?«

»Ja, jetzt, und den ganzen verfluchten Rest«, er stützte sich auf den Tisch und ging ins Bad.

Sie zog den Schlafrock aus, das Hemd – das eines Zöglings im Waisenasyl – und erwartete ihn. Sie erwartete ihn, bis sie ihn nackt und rein aus dem Bad kommen sah, bis sie ihm eine vage zärtliche Geste machte, und an seiner Seite im Bett ausgestreckt wie ein Kind zu atmen begann, in Frieden, ohne Erinnerung noch Sünde, eingetaucht in das unverwechselbare Schweigen, worin eine Frau ihren Jammer erstickt, ihre bezähmte Verzweiflung, ihr atavistisches Gefühl für Ungerechtigkeit.

Der zweite Brunnengräber, der dünne und schlaffe, der das Leben nicht zu begreifen, der von ihm einen Sinn, eine Lösung zu verlangen schien, war leichter zu haben, gehörte ihr mehr. Vielleicht durch die Art, Mann zu sein, vielleicht, weil sie ihn oft hatte.

Nach fünf Uhr verletzte sie sich an den Cinacinas und schloß dabei die Augen. Sie leckte sich Hände und Handgelenke. Der zweite Brunnengräber kam schlotterig, schwankend, ohne etwas zu verstehen, um sechs Uhr daher und ließ sich in die Hütte führen, wo es nach Stall und nach Schaf roch.

Nackt wurde er zum Kind, ängstlich, flehend. Die Frau nützte alle ihre Erinnerungen, ihre plötzlichen Eingebungen. Sie gewöhnte sich daran, ihn anzuspucken, ihn zu ohrfeigen; sie konnte zwischen der Zinkwand und dem Dach einen alten vergessenen Ochsenziemer entdecken, ohne Fett.

Sie genoß es, ihn mit Pfiffen wie einen Hund zu locken, und ließ die Finger schnalzen. Eine Woche, zwei Wochen oder drei.

Trotzdem führten jeder Schlag, jedes Eintreiben, jede Freude sie in die Fülle und den Schweiß des Sommers ein, auf die Höhe, der nur mehr der Abstieg folgen konnte.

Sie war mit dem Burschen glücklich gewesen, und manchmal weinten sie zusammen, und keiner wußte um das Weinen des anderen.

Aber die Frau mußte, fatal und langsam, von der verzweifelten Sexualität zur Notwendigkeit der Liebe zurückkehren. Es war besser, glaubte sie, allein und traurig zu sein. Sie sah die Brunnengräber nicht mehr; sie ging in der Dämmerung, nach sechs, hinunter, und näherte sich vorsichtig den Bäumen im Umkreis.

»Blut.« Der Mann weckte sie im Morgengrauen. »Blut an den Händen und im Gesicht.«

»Es ist nichts«, antwortete sie und hoffte, daß der Schlaf wiederkomme. »Ich spiele noch gern mit den Bäumen.«

Eines Nachts kam der Mann zurück und weckte sie; er schenkte sich ein Glas ein, während er die Krawatte lockerte. Die Frau saß im Bett, hörte sein Lachen, verglich es mit dem klaren, frischen Laut, nicht zurückzuhalten, den sie von ihm vor Jahren gehört hatte.

»Mendel«, sagte er schließlich. »Dein wunderbarer, unwiderstehlicher Freund! Und folglich mein Seelenfreund. Er ist seit gestern eingesperrt. Und nicht wegen meiner Papiere, Dokumente, sondern weil er zwangsläufig so enden mußte.«

Sie bat um ein Glas ohne Sodawasser und nahm einen Schluck.

»Mendel«, sagte sie erstaunt, unfähig zu begreifen, zu erraten.

»Und ich«, murmelte der Mann im Ton der Wahrheit, »der ich nicht wußte, den Tag lang, ob ich ihm einen Gefallen tue, wenn ich dem Richter die schmutzigen Papiere übergebe oder sie verbrenne.«

Bis dann, mitten im Sommer, der so lange Zeit vorhergesehene Nachmittag kam, als sie ihren verwilderten Garten hatte, und keine Brunnengräber gekommen waren, ihn zu zerstören.

Sie ging durch den Garten, der vom Zement erdrückt wurde, und warf sich lächelnd, mit einer alten, gekonnten Technik, gegen die Cinacinas und ihre Schmerzen.

Sie prallte an Weiches, Gelehriges, als hätten die Pflanzen sich plötzlich in Gummistäbe verwandelt. Die Dornen hatten nicht mehr die Kraft zu verwunden und träufelten kaum etwas Milch, ein klebriges, langsames, weißliches, faules Wasser. Sie versuchte es mit anderen Stämmen, und alle waren gleich, handsam, harmlos, strotzend.

Sie verzweifelte am Anfang und nahm es schließlich an; sie war es gewohnt. Es war bereits fünf Uhr vorbei, die Arbeiter waren fort. Sie riß im Vorbeigehen ein paar Blumen und

Blätter ab, blieb stehen, um aufrecht zu beten, unter der unsterblichen Araukarie.

Irgend jemand schrie, hungrig oder erschreckt, im ersten Stock. Mit einer zerdrückten Blume in der Hand begann sie die Treppe hochzusteigen.

Sie säugte das Kind, bis sie wußte, es schlief. Dann bekreuzigte sie sich, schleppte die Schritte ins Schlafzimmer. Sie wühlte im Wäscheschrank und fand fast sofort, zwischen Hemden und Unterhosen, den Smith and Wesson, unnütz, machtlos. Alles war ein Spiel, ein Ritus, ein Prolog.

Aber sie begann wieder zu beten, zweimal die erste Hälfte des Ave Maria, blickte auf den bläulichen Glanz der Waffe, glitt weiter, bis sie ins Bett fiel, rekonstruierte das erste Mal, gab sich auf, weinte, sah wieder den Mond jener Nacht, andächtig wie ein kleines Mädchen. Der eisige Lauf des Revolvers stieß durch die Zähne, stützte sich auf den Gaumen.

Sie nahm auf der Rückkehr ins Kinderzimmer die warme Gummiflasche. Im Schlafzimmer umgab sie damit den Smith and Wesson und wartete geduldig, bis der Lauf menschliche Temperatur für den gierigen Mund annahm.

Sie ließ ohne Scham die Komödie zu, die sie jetzt spielte. Dann horchte sie, ohne Hast, ohne Furcht, wie der Hahn wirkungslos dreimal aufschlug. Sie hörte sekundenlang den vierten Schuß, der ihr das Hirn zerriß. Ohne zu begreifen war sie eine Zeit in der ersten Nacht, im Mond, sie glaubte, in der Kehle wieder den Geschmack des Mannes zu spüren, so ähnlich frischer Weide, Glück, Sommer. Sie ging unbeirrt vorwärts, eine Straßenmündung des Traumes und des zerfetzten Hirns nach der anderen, jeden Augenblick der Qual, während sie den unendlichen Hang halbnackt, schief durch den Koffer, emporstieg. Der Mond wuchs. Sie durchlöcherte die Nacht mit ihren kleinen glänzenden Brüsten, hart wie Zink, und ging weiter, bis sie in den unmäßig großen Mond stürzte, der sie erwartet hatte, sicher, Jahre, nicht viele.

In Santa María war nichts los; es war Herbst, kaum die glänzende Anmut einer sterbenden Sonne, pünktlich, langsam verlöschend. Für alle Sanmarianer, die den Himmel und die Erde betrachteten, bevor sie den angemessenen Unsinn der Arbeit auf sich nahmen.

Ohne Einklang, nichts geschah in diesem Herbst, den ich in Santa María aushielt, bis es an einem Märzmorgen, dem fünfzehnten, gewaltlos begann, so sanft wie das Kleenex, das Frauen in ihren Taschen tragen und verbergen, so sanft wie Papier, seidiges, das Hinterbacken wischt.

Nichts geschah in Santa María in jenem Herbst, bis die Stunde kam – so verflucht oder fatal oder bestimmt und unausweichlich – bis die glückliche Stunde der Lüge kam, und Gelb sich an den Rändern der venezianischen Spitzen andeutete.

Man sagte mir, Moncha, daß diese Geschichte schon geschrieben und, was weniger wichtig ist, gelebt wurde, durch eine andere Moncha im Süden, den die Yanquis befreiten und zerstörten; in irgendeinem unbestimmbaren Ort Brasiliens; in einer Grafschaft eines Englands der Old Vic.

Ich sagte, Moncha, das sei nicht wichtig, denn es handelt sich kaum um einen Brief der Liebe oder Zärtlichkeit oder des Respekts oder der Treue. Du hast immer gewußt, glaube ich, daß ich dich liebte; und daß Worte, die vorausgehen oder folgen, schwach werden, denn sie entstammen dem Bedauern. Mitleid, du würdest es vorziehen. Ich sage dir das, Moncha, trotz allem. Viele sind berufen, diese Worte zu lesen, aber nur du, und jetzt, auserwählt, sie zu hören.

Jetzt bist du unsterblich, du hast so viele Jahre durchmessen, an die du dich vielleicht erinnerst, und es ist dir gelungen, den Runzeln zu entkommen, den kapriziösen Zeichnungen der Krampfadern an geschwollenen Beinen, der bedauernswerten Schwerfälligkeit deines kleinen Hirnes, dem Alter.

Es ist kaum ein paar Stunden her, da trank ich Kaffee und Anís, umgeben von Hexen, die nur zu reden aufhörten, um dich zu betrachten, Moncha; um ins Bad zu gehen oder um hinter einem Taschentuch den Rotz zu schlucken. Aber ich weiß mehr, weiß es besser, ich schwöre es dir. Gott hat deinen Betrug gutgeheißen und wußte ihn auch zu belohnen.

Man sagt mir außerdem, ich müßte, wenn ich darauf bestehe, mit dem Ende beginnen, dann zu deinem unbegreiflichen Kriechen auf allen vieren zurückkehren, als du ein Jahr alt warst, den Schrecken der ersten Menstruation überspringen, dann wieder geheimnisvoll und listig dein Ende berühren, zu deinen zwanzig Jahren zurückkehren, zur Reise, dann auf deine erste, unheilvolle Abtreibung mich zubewegen.

Aber du und ich, Moncha, wir sind so oft darin übereinge-kommen, den Skandal zu ignorieren, den ich dir lieber von Anfang an erzähle, wo auch der Gruß, der Abschied wichtig sind. Du wirst es mir danken, wirst über mein Gedächtnis lachen, wirst den Kopf nicht schütteln, wenn du hörst, was ich dir vielleicht nicht sagen sollte. Als ob du schon wissen könntest, daß Worte mächtiger sind als Taten.

Nein, nie, für dich. Im Grund hast du nie Wörter verstanden, die tonlos ankündigten: Geld, Sicherheit, irgendetwas, das es dir erlauben würde, die großen Hinterbacken deines mageren Körpers in einen breiten, gefügigen Sessel bequem hineinzu-schmiegen, Sessel einer jungen Witwe.

Es ist kein Liebesbrief, keine Elegie; es ist ein Brief, dich geliebt und verstanden zu haben vom undenklichem Anfang an bis zum wiederholten Kuß deiner gelben Füße, merkwür-dig schmutzig und ohne Geruch.

Moncha, nochmals, ich erinnere mich und weiß, welche Regimenter dich sahen und benutzten. Daß du dich ohne andere Gewalt als deine eigene öffnetest, daß du inmitten des Bettes küßtest, daß man dir fast dasselbe tat.

Jetzt kommen die Frauen, um an dir eine neuartige, endgülti-ge Nacktheit zu sehen; um dich mit zerfressenen Schwämmen und einer puritanisch konzentrierten Hartnäckigkeit zu wa-schen. Deine Füße bleiben verbraucht und schmutzig.

Mit deinem Mund verglichen, zum erstenmal sanft und gutmütig, hat nichts Gewicht, was ich in der Erinnerung sagen könnte. Mit dem Geruch verglichen, der dich durchdringt und umgibt, ist nichts wichtig. Außer mir natürlich, unter allen; ich, der ich das erste, schüchterne, fast anmutige Fortschreiten deiner Verwesung zu riechen beginne. Denn ich war immer alt für dich; du hast mir keinen anderen Wunsch eingeflößt, als dir einmal eines fernen Tages einen umrandeten Liebesbrief zu schreiben, einen kurzen Brief, kaum ein paar Zeilen, Worte, die dir alles sagen würden. Der kurze Brief, sage ich nochmals, den ich nicht vorausahnen konnte, sah dich grotesk und schmerzensvoll durch die Straßen von Santa María gehen, gleichmütig, hartnäckig zur Verkleidung entschlossen, unter dem nie enthüllten Spott in irgendeinem Winkel, und ich trug ohne Worte dazu bei, einen Respekt zu schaffen und aufzuzwingen, den man dir seit Jahrhunderten schuldete, weil du ein Weibchen warst und verborgen und unumgänglich deine Person zwischen den Beinen trugst.

Und es ist eine Lüge, aber ich sah dich vor der Kirche auf und ab gehen (als Santa María das erste, verschüchterte, fast unschuldige Bordell abschüttelte), jung, kräftig, ungeschickt, mit schwankendem Schritt, mit deinem Ausdruck: Vorsicht und Herausforderung, hinter dem großen Plakat, auf dem kühn und schüchtern die hohen, engen schwarzen Buchstaben flammten: »Wir wollen keusche Verlobte und gesunde Männer.«

Der Brief, Moncha, unvorhersehbar, den ich jetzt erfinde: daß ich ihn von Anfang an vorausgeahnt habe. Der Brief, auf einer Insel entworfen, die nicht Santa María heißt, die einen Namen hat, den man mit einem kehligen F ausspricht, auch wenn sie vielleicht Bisinidem heißt, ohne ein mögliches F; eine Einsamkeit für uns, die hartnäckige Manie der Besessenheit und der Verzauberung.

Aus List, den Ausweg suchend, aus Demut, Liebe zum Gesicherten, dem Wunsch, klar zu sein und festzustellen, lasse ich das Ich und tue so, als würde ich mich in das Wir verlieren. Denn wir alle taten dasselbe.

Denn leicht ist ein Pseudonym, der schwerfällige Regenschirm, Unterschriften ohne Unterschrift: J. C. O. Ich machte das oft.

Es ist leicht, spielerisch zu schreiben, wie der alte Lanza sagte, oder irgendein Unverantwortlicher uns sagte, der uns von ihr berichtete: ein herausfordernder Blick, ein sinnlicher Mund voller Verachtung, die Stärke des Unterkiefers.

Das geschah schon einmal.

Aber die Baskin Moncha Insurralde oder Insaurralde kam nach Santa María zurück. Sie kam, wie alle zurückkehrten und zurückkehren, in so vielen Jahren; die ihr Abschiedsfest für immer hatten und heute bummeln, vegetieren, zu überleben versuchen, auf irgendeine kleine solide Sache gestützt, einen Quadratmeter Erde, so entfernt und fern von Europa, das Paris heißt, so weit weg vom Traum, dem großen Traum. Man könnte sagen: sie kehren zurück, sie kommen wieder. Aber in Wahrheit haben wir sie wieder in Santa María und hören ihre Erklärungen über das zu vergessende Fiasko an, über das ungerechte »Weshalb-nicht«. Sie protestieren, angefangen vom Grimm einer Baßstimme bis zum Ächzen von Neugeborenen. Jedenfalls protestieren sie, erklären, beklagen sich, verachten. Aber wir langweilen uns; wir wissen, daß sie genußvoll ihr Fiasko wiederkäuen, die schönen Erinnerungen, notwendig gefälscht, ohne Absicht. Wir wissen: sie kamen zurück, um zu bleiben und weiterzuleben. Derart, daß der Schlüssel für einen liebenswürdigen, patriotischen Erzähler der ist, der sein muß: fremdes, unbegreifliches Mißverständnis, Pech, auch fremd, gleich unbegreiflich. Aber sie kommen wieder, weinen, wälzen sich, passen sich an, bleiben. Deswegen haben wir im Santa María von heute, mit den hohen Straßen, so anders, ohne den Instanzenweg zur Enteignung, zu traurigem, aber billigem Preis das, was irgendeine große Stadt kann und hat. Wir erkennen die angemessene Proportion: zehn zu hundert, hundert zu tausend, tausend zu einer Million. Aber es hat in Santa María immer – mit neuen Gesichtern und Ellbogen, die den letzten Verschwundenen ersetzen – unseren Picasso, unseren Bela Bártok, unseren

Picabia, unseren Lloyd Wright, unseren Ernest Hemingway, ein Schwergewicht, bärtig, abstinent, den so heilsamen Fänger von Fliegen, die die Kälte gelähmt hat, gegeben und wird sie geben.

Viel mehr Bankrotte, Karikaturen, die zum Denken anregen, ungeschickte, eigensinnige Wiederholungen. Wir sagten Ja, wir akzeptierten es – man muß, scheint es, weiterzuleben versuchen.

Aber alle kamen zurück, obwohl nicht alle verreist waren. Díaz Grey kam, ohne uns je verlassen zu haben. Die Baskin Insurralde war da, fiel uns aber vom Himmel, wir wissen es noch nicht, deshalb erzählen wir.

Geheimnisvoll, noch immer, kam Moncha Insurralde aus Europa zu uns, sprach aber mit niemandem von uns, den Honoratioren. Sie schloß sich, mit Schlüssel, in ihrem Haus ein, wollte niemanden empfangen, drei Monate lang vergaßen wir sie. Dann kamen, ohne daß man danach hätte fragen müssen, die Nachrichten in den Klub und die Bar des »Plaza«. Es war unvermeidlich, Moncha, daß wir uns teilten. Die einen von uns glaubten es nicht und verlangten ein weiteres Glas, Spielkarten, ein Schachbrett, um mit der Sache fertig zu werden. Andere von uns hielten sich für leidenschaftslos, wir ließen die schon toten Winterabende auf der anderen Seite der Hotelfenster sich hinschleppen, spielten Poker, warteten mit unbeweglichem Gesicht auf eine erhoffte, unbezweifelbare Bestätigung. Und andere von uns wußten, daß es richtig war, und wir schwankten zwischen der unmöglichen Wollust zu begreifen, und einem versiegelten Geheimnis.

Die ersten Nachrichten waren uns unbehaglich, aber sie brachten Hoffnung, flogen, in einer anderen Welt entstanden, so abseits, so fremd. Jenes, der Skandal, würde nicht in die Stadt dringen, würde die Kirchen nicht streifen, den Frieden der Häuser Santa Marías, besonders den nächtlichen Frieden der Zeit nach Tisch, die vollendeten Stunden des Friedens, der Verdauung, der Schlaftrunkenheit, angesichts der absurden, der krassen und jubelnd geteilten Dummheit, die in den Fernsehapparaten blinzelte und stammelte.

Die Mauern, unnötig hoch, vom Haus des toten Basken Insaurralde, schützten uns vor dem Schrei der Vision. Das Verbrechen, die Sünde, die Wahrheit und der schwache Wahnsinn konnten uns nicht berühren, schleppten sich nicht zu uns, ließen nicht, als Schimpf oder Klarheit, feinen zittrigen Schleim aus Silber zurück.

Moncha war im Haus eingeschlossen, ausgeschlossen durch die vier Ziegelmauern von ungewöhnlicher Höhe. Moncha, bewacht außerdem von Haushälterin, Köchin, unbeweglichem Chauffeur, Gärtner, Dienstmädchen und Hausburschen, war eine ferne Lüge, leicht zu vergessen, nicht zu glauben, eine so weit entfernte und weiße Legende.

Wir wußten es, man erfuhr es, daß sie wie eine Tote im großen Haus schlief, daß sie in den gefährlichen Mondnächten den Garten, die aufgegebene Weide durchlief, in ihr Brautkleid gehüllt. Sie ging, kehrte wieder, langsam, feierlich, von einer Mauer zur anderen, vom Einbruch der Dunkelheit an, bis sich der Mond in der Morgendämmerung auflöste.

Und wir in Sicherheit, im Schutz der Ignoranz, des Vergessens, wir, ganz Santa María, beschützt von dem Viereck hoher Mauern, ruhig und ironisch, fähig, nicht an das ferne, abwesende Weiße zu glauben, an den weißen Streifen, der unter der immer größer werdenden Weiße des Vollmonds oder Sichelmondes wanderte.

Die Frau, aus der Kutsche mit den vier Pferden steigend, aus dem Duft nach Orangenblüten und Russisch Leder. Die Frau im Garten, den wir jetzt enorm vergrößern, wo wir exotische Pflanzen wachsen lassen, wie sie unversöhnlich und ruhig vorwärtsgeht, ohne ihre Schritte durch Rhododendren und Gummibäume ablenken zu lassen, nicht einmal an die aufrechten Orchideenbäume streifend, ohne ihren nicht vorhandenen Duft zu zerstören, immer und ohne Gewicht am Arm des Beistandes hängend. Bis dieser, ohne Lippen, Zunge oder Zähne, rituelle, nicht ernste, alte Worte murmelte und sie gewaltlos übergab (kaum der unvermeidliche, elegante Groll des Männchens), sie dem Bräutigam in den verlassenen Gärten übergab, weiß der Mond, die Kleider.

Und dann, langsam, jede helle Nacht, die Zeremonie: die Hand, schon infantil, ausgestreckt mit dem leichten, wiedererstandenen Zittern, auf den Ring harrend. In diesem anderen einsamen und eisigen Park sie, neben ihrem Gespenst kniend, wie sie auf die unverwüstlichen Worte in lateinischer Sprache hörte, die durch den Himmel glitten. Lieben und gehorsam sein, im Glück wie im Unglück, in Krankheit und Gesundheit, bis daß der Tod uns scheidet.

So schön und unwirklich das alles, ohne Ermüdung oder wirkliche Hoffnung in jeder unerbittlich weißen Nacht wiederholt. Eingeschlossen in die vermessene Höhe von vier Mauern, abseits von unserem Frieden, unserer Routine.

Damals gab es so viele und bessere Ärzte in Santa María, aber die kleine Baskin, Moncha Insaurralde, rief, gleich nach ihrer Rückkehr aus Europa, bevor sie sich hinter Mauern einschloß, den Doktor Díaz Grey telefonisch an, ersuchte um Konsultation, kletterte in einer Siesta die zwei Treppenabschnitte hoch, lächelte verblödet, atemlos, die Hand gegen den Oberkörper gepreßt, die linke Brust emporgehoben, die Hand auf der Stelle, wo sie das Herz vermutete, viel zu nahe der Schulter.

Sie sagte, sie sterbe bald, sie sagte, sie heirate bald. Sie war so anders. Der unvermeidliche Díaz Grey versuchte sich an sie zu erinnern; einige Jahre vorher, als sie nach Europa flüchtete, aus der Kommune, als sie glaubte, daß Europa wenigstens einen Hautwechsel garantiere.

»Nichts, keine Symptome«, sagte das Mädchen. »Ich weiß nicht, warum ich Sie aufsuche. Wenn ich krank wäre, würde ich einen richtigen Arzt aufsuchen. Entschuldigen Sie! Aber eines Tages werden Sie wissen, daß Sie mehr als das sind. Mein Vater war Ihr Freund. Vielleicht bin ich deswegen gekommen.«

Sie erhob sich, mager und schwer, wiegte sich ohne Koketterie, stieß mit der ihr eigenen Hartnäckigkeit den schiefen Körper vorwärts.

»Ein immer noch hübsches Stutenfüllen, reinrassige Stute, schmerzhafter Knochentumor an der Vorderhand«, dachte der Arzt. »Wenn ich dein Gesicht waschen und es auskultieren könnte, dein unsichtbares Gesicht unter dem Violett, dem Rot, dem Gelb, den schwarzen Streifen, die deine Augen länger machen, ohne sichere, begreifbare Absicht.

Wenn ich dich wiedersehen könnte, wie du die Dummheit Santa Marías herausforderst, ohne Verteidigung oder Schutz oder Maske, mit dem im Nacken schlecht gebundenen Haar, mit genau der männlichen Ingredienz, die aus einer Frau leicht eine Persönlichkeit macht. Dieses unschätzbare, dieses vierte oder fünfte Geschlecht, das wir ›Mädchen‹ nennen.

Wieder eine Wahnsinnige, wieder eine süße, tragische Wahnsinnige, wieder eine Julita Malabia, in so kurzer Zeit unter uns, auch genau in unserer Mitte, und wir können nichts tun, als sie zu ertragen und sie zu lieben.«

Sie ging zum Schreibtisch, während Díaz Grey den Arztmantel aufknöpfte und sich eine Zigarette anzündete; sie öffnete die Handtasche, die Öffnung nach unten, schüttete alles aus, und irgendeine Tube, irgendein weiblicher Fetisch rollte ohne Eile dahin. Der Arzt sah nicht hin: er sah nur sie, er wollte ihr Gesicht sehen.

Sie schob Geldscheine beiseite, mischte sie mit einem Ausdruck des Ekels und legte sie neben den Ellbogen des Arztes.

»Wahnsinnig, hoffnungslos, ohne die Möglichkeit, Fragen zu stellen.«

»Ich zahle«, sagte Moncha, »damit Sie mir Rezepte schreiben, mich heilen, mit mir wiederholen: ›Ich werde heiraten, ich werde sterben‹.«

Díaz Grey stand auf, ohne das Geld zu berühren, ohne es zurückzuweisen, warf den Mantel, der so weiß, so gestärkt war, weg, und sah auf das verkniffene Profil, die dicke Schminke, die jetzt, gegen das Licht des großen Fensters, die erstaunlichen Farbkombinationen änderte.

»Sie werden heiraten«, rezitierte er gehorsam.

»Ich werde bald sterben.«

»Das ist keine Diagnose.«

Sie lächelte knapp, wurde jünger, ein aufwachsendes Mädchen, während sie die Tasche wieder vollstopfte. Papiere, Ausweise, Schmuck, Parfüm, Toilettepapier, eine vergoldete Puderdose, Karamellen, Pastillen, eine angebissene Biskotte, vielleicht irgendein zerknüllter kleiner Umschlag, welk von der Zeit.

»Aber das reicht nicht, Doktor. Sie müssen mit mir kommen. Unten wartet der Wagen. Es ist nahe, ich lebe, ein paar Tage oder für immer, im Hotel.«

Díaz Grey kam mit und schaute, wie ein Vater. Während er das Geheimnis betrachtete, streichelte er zerstreut den unruhigen Nacken Monchas; er streifte an ihre Ellbogen, stieß mit einer Handbewegung gegen eine Brust.

Díaz Grey sah den zehnten Teil dessen, was eine Frau sehen und erklären hätte können. Seidenstoffe, Spitzen, welliger Schaum auf dem Bett.

»Verstehen Sie jetzt?« sagte die Frau ohne zu fragen. »Es ist für mein Brautkleid. Marcos Bergner und der Padre Bergner« – sie lachte, als sie das gekräuselte Weiße auf der dunklen Bettdecke sah. »Die ganze Familie. Der Padre Bergner wird mich mit Marquitos vermählen. Wir haben noch kein Datum festgesetzt.«

Díaz Grey zündete sich eine Zigarette an, während er zurückwich. Der Pfarrer war zwei Jahre zuvor im Schlaf gestorben; Marcos war vor sechs Monaten gestorben, nach Essen und Alkohol, auf einer Frau. Aber, dachte er, nichts davon ist wichtig. Die Wahrheit war das, was noch gehört, gesehen, vielleicht berührt werden konnte. Die Wahrheit war, daß Moncha Insurralde aus Europa zurückgekommen war, um sich mit Marcos Bergner in der Kathedrale zu vermählen, der Brautsegen: vom Pfarrer Bergner.

Er akzeptierte es, und sagte, ihren Rücken streichelnd:

»Ja. Es stimmt. Ich war sicher.«

Moncha kniete nieder, küßte die Spitzen, sanft und minuziös.

»Drüben konnte ich nicht glücklich sein. Wir regelten es brieflich.«

Es war unmöglich, daß die ganze Stadt an dieser Verschwörung der Lüge und des Schweigens teilnahm. Aber Moncha
war, auch schon vor dem Kleid, umringt: von einem Senkblei,
einem Korken, einem Schweigen, das sie hinderte, die Deformation ihrer Wahrheit zu begreifen oder ihr nur zu lauschen,
die wir für sie geformt hatten, die wir, mit ihr zusammen,
kneteten. Der Padre Bergner war in Rom, er kehrte immer auf
farbigen Postkarten, mit dem Vatikan im Hintergrund, zurück, ging immer von einem Gemach ins andere, verabschiedete sich immer von Kardinälen, Bischöfen, seidenen Souta-
nen; eine unendliche Prozession von Epheben in Ministran-
tengewändern, Meßkännchen, raschen Weihrauchspiralen.
Und immer kehrte Marcos Bergner mit seiner Jacht von
fabelhaften Küsten zurück, immer an den Hauptmast gebun-
den in den unvermeidlichen, stets bezwungenen Stürmen,
jeden Tag oder jede Nacht mit dem Steuerruder spielend,
vielleicht ein wenig betrunken, das unvergeßliche Gesicht in
die Rückkehr, in Salz und Jod eintauchend, die ihm den Bart
wachsen und röter werden ließen, wie am glücklichen Ende
einer englischen Zigarettensorte.

Dies: die Unkenntnis der Daten sicherer Rückkehr, die
unzweifelhafte Gültigkeit, nicht ersichtlich aus dem Wort
oder dem Versprechen eines Insaurraldes, ein baskisches Wort
oder Wort eines Basken, das fiel, ohne Notwendigkeit, gesagt
zu werden, und einmal für immer in Ewigkeit. Kaum ein
Gedanke, vielleicht nie ganz gedacht; Ehrgeiz eines Verspre-
chens, das in die Welt gesetzt wurde, abgelegt und unzerstör-
bar, immer herausfordernd, stärker und runder, wenn es
gelang, ihr das schlechte Wetter, den Regen, den Wind, den
Hagel, das Moos und die wütende Sonne zu verdecken, das
Wetter, allein.
So daß also wir alle, wir, ihr halfen, ohne es zu ahnen, ohne
Gewissensbisse zu haben, daß sie sich in den kurzen ersten
Teil stürzte, in den Prolog, der zum Wohl von Ignoranten
geschrieben wird. Wir sagten Ja zu ihr, wir akzeptierten es,
daß es wichtig und möglich ist, eine ihrer Schultern zu

berühren, damit sie in den Zug steige; es ist möglich, daß wir warteten, daß wir wünschten, sie nie mehr zu sehen.

Und so, kaum von unserem guten Willen gedrängt, von unserer wohl verdienten Heuchelei, begab sich Moncha, Moncha Insaurralde oder Insurralde, in die Hauptstadt hinunter – in der Sprache der Zeitungsschmierer vom »Liberal« –, damit Mme. Caron Seiden, Säume und Spitzen in ein Brautkleid verwandeln könne, ihrer würdig, Santa Marías, des verstorbenen Marcos Bergner würdig, gestorben, aber auf der Jacht; des verstorbenen Padre Bergners, gestorben, aber sich endlos im Vatikan in Rom verabschiedend, in der wurmstichigen Dorfkirche, die wir uns vorzustellen fähig waren.

Aber sie fuhr wieder in die Hauptstadt und kehrte mit einem Brautkleid zurück, das die dekadenten Chronisten unserer Klatschspalten in ihrem hermetischen, wehmütigen Stil so beschreiben könnten:

»Am Tag ihrer Hochzeit in der Basilika zum Allerheiligsten Sakrament trug sie ein Kleid aus Kreppsatin mit Straßbesatz, die hohe Taille war betont. Ein haubenförmiges Gebilde schmückte den Kopf und hielt den Schleier aus feinstem Tüll; in der Hand trug sie einen Strauß von Phaleopnosis; und in der Basilika Nuestra Señora del Socorro wurde ihr der Brautsegen erteilt, wobei sie ein gesäumtes Organzakleid trug, in Prinzeßlinie. Das hochgekämmte Haar zeigte Motive kleiner Blüten; von wo aus auch der Schleier aus feinstem Tüll herniederfiel, in der Hand hatte sie den Rosenkranz. In San Nicolás de Bari trug die Braut hingegen ein einteiliges Kleid mit besticktem Stoff, einer offenen Tunika, deren Saum hinwieder mit Kamelien aus Atlas bestickt war, ein Detail, das sich im Haarschmuck wiederholte, der einen langen Tüllschleier niederhielt; und wieder in der Mutterkirche von Santa María zeigte sie ein Kleid in Prinzeßstil, langem Tüllschleier, das Haar festgehalten von Perlmuttblumen, die sich an den Seiten fortsetzten und Ärmel bildeten, welche an den Manschetten festgehalten wurden; in der Hand trug sie diesmal einen Strauß von Tulpen und Orangenblüten.«

Sie ging, stieß an, prallte zurück wie ein Fußball, der noch ziemlich voll mit Luft ist, noch nicht plattgedrückt, noch nicht tot. Sie ging und kam zu uns, nach Santa María.

Und da dachten wir alle nach; wir alle setzten uns mit der unwahrscheinlichen Schuld auseinander. Sie, Moncha, war wahnsinnig. Aber wir alle hatten dazu beigetragen, aus Liebe, Gutmütigkeit, guter Absicht, lauem Spaß, dem respektablen Wunsch, es bequem zu haben, geschützt zu sein; dem Wunsch, daß niemand, auch nicht Moncha, wahnsinnig, tot, lebendig, gut, bewundernswert gekleidet, uns auch nur Minuten des Schlafs oder normaler Genüsse raube.

Wir akzeptierten sie, und behielten sie. Gott, Brausen, er möge uns vergeben!

Sie sprach uns nicht von Hotelplafonds, auch nicht von Landpartien oder Denkmälern, Ruinen, Museen, historischen Namen, die sich auf Schlachten, Künstler, Schutt bezogen. Sie gab uns, wenn Wind oder Licht oder Caprice es aufzwangen, sie gab uns, gab uns immer wieder, ohne daß wir sie fragten, ohne Anfang ohne Ende:

»Ich war im Morgendämmer in Venedig angekommen. Ich konnte fast die ganze Nacht über nicht schlafen, den Kopf gegen das Fenster gelehnt, und sah die Lichter von Städten und Dörfern vorbeiziehen, die ich zum ersten und letzten Mal sah, und immer wenn ich die Augen schloß, roch ich den starken Geruch von Holz, von Leder, die unbequemen Sitze, und hörte Stimmen, die manchmal Sätze murmelten, die ich nicht verstand. Als ich aus dem Zug stieg und den Bahnhof verließ, brannten die Lichter noch; es war etwa halb sechs Uhr morgens. Halb im Traum ging ich durch leere Straßen bis zur Piazza San Marco, die völlig öde war, abgesehen von den Tauben und ein paar Bettlern, die an den Säulen lehnten. Von fern war die Kirche den Fotos auf den Postkarten, die ich gesehen hatte, so ähnlich, so vollkommen in den Farben, die komplizierte Silhouette der geschwungenen Dächer in der aufgehenden Sonne; sie war so irreal wie die Tatsache, daß ich hier sein, der einzige Mensch in diesem Augenblick sein sollte. Ich ging langsam wie eine Schlafwandlerin und spürte, daß ich weinte und weinte – es war, als ob die Einsamkeit, sie vollkommen zu sehen, wie ich es mir erhofft hatte, sie für immer in einen Teil meiner selbst verwandelte, obwohl sie einem Wachtraum am allernächsten kam. Und nachher – es war vorher, eine Nacht in Barcelona – der junge Mann, der tanzte, als Torero gekleidet, in enganliegenden roten Hosen, im Kreis, der von den Tischen gebildet wurde. Ich erinnere mich, wie wir hinaufgingen, zu einem Tisch, von dem aus man auf die Tanzfläche sah; als fast keine Leute mehr zurückblieben und die zwei Burschen tanzten, eng aneinander geschmiegt, gleich groß, kräftig, und wie der Besitzer mir einen Tanzpartner anbot, und der Schrecken, den ich bekam, weil ich nicht wußte, ob er mir einen Mann oder eine Frau anbot. Und eine Straße, ich weiß nicht wo, die alten Häuser mit schreienden, doch verblaßten Farben bemalt; Wäsche hing von einem Ende zum anderen in der schmalen Gasse; die zerlumpten Buben, die nackten Füße rutschten auf den Pflastersteinen, zwischen den Ständen, Fische und Tintenfische von merkwürdigen Formen und Farben.«

Zu dieser Zeit, nach der unzweifelhaften Folter von Monaten, die Namen hatten, die wir Honoratioren benannten, um den Leichensammler zu vergessen, war der Junge oder das Mädchen der Apotheke Barthés gewachsen, war breit und stark und verfügte nur über die rasche Weiße seines Lächelns, um an die Schüchternheit der Jahre zuvor zu erinnern.

»Barthé spielt mit dem Feuer«, sagte einmal, ohne Datum, der Dümmste von uns, während er Spielkarten austeilte.

Wir. Wir wußten. Ja, daß der Apotheker Barthé mit dem Feuer gespielt hatte, oder mit dem starken Tier, das einmal ein kleiner Junge oder ein kleines Mädchen gewesen war. Er hatte damit gespielt und sich zuletzt verbrannt.

Aber, in Klammern, mag es angebracht sein, hier zu sagen, daß das Gesicht, das Lächeln des Jungen aus der Apotheke nie den leuchtenden Glanz des Zynismus hatte. Er zeigte und stellte ohne Absicht Gutmütigkeit zur Schau, die einfache Annahme, sich niedergelassen zu haben im Leben, oder sich daran angepaßt zu haben, an die Welt, die für ihn unbegrenzt war, an Santa María.

Der eine oder andere von uns sprach, während er die Karten für das Pokern austeilte oder zog, vom abwesenden Hexenmeister, vom einsamen Zauberlehrling. Wir kommentierten das nicht, denn wenn es sich um Pokern handelt, ist Sprechen verboten.

»Ich gehe mit.«

»Ich nicht, ich passe.«

»Gehe mit, erhöhe mit zehn.«

Die Polizeiberichte sagten nichts, und die Klatschspalte des »Liberal« bekam es nicht mit. Aber wir alle wußten, vereint um Spiel- oder Getränketisch, daß die so ganz andere kleine Baskin Insaurralde sich nachts in der Apotheke mit Barthé einschloß – er hatte sein Apothekerdiplom eingerahmt und in Sichtweite, unzweifelhaft, sehr hoch über dem Ladentisch – dazu mit dem Jungen oder Mädchen, das nun zerstreut aller Welt zulächelte und das, aufgrund von nicht unbekannten Tatsachen, der Besitzer der Apotheke war. Die drei drinnen – und für unsere beachtliche Neugier, für Wahrsagereien und Klatsch blieb nur der blaue Knopf über der kleinen beleuchteten Scheibe: »Notdienst«.

Wir setzten Chips ein und verteilten die Karten, sagten murmelnd an und erhöhten, dachten lautlos: ein Drilling, ein Paar, einer sieht die Karten an, ein Paar, der sieht sie an, der sagte: Ich bin bedient; ich steige aus, ich spiele nicht mit, sehe aber zu. Oder wieder: die drei und die Drogen, Flüssigkeiten oder Pulver, in der Apotheke des verwirrenden, zweideutigen, unverwechselbaren Besitzers versteckt.

Alles möglich, bis zum physisch Unmöglichen, für uns, vier Alte, die Karten, erlaubte Fallen, verschiedene Getränke umgaben.

Wie Francisco, der Maître, sagen könnte, hatte jeder von uns vieren es gelernt (vielleicht noch bevor wir das Spiel kannten), die Gesichtsmuskeln unbeweglich zu halten, einen hinsterbenden, unveränderlichen Glanz in den Augen zu wahren, gleichzeitig schleppende, monotone, gelangweilte Stimmen zu wiederholen.

Aber als wir jeden Ausdruck unterdrückt hatten, der Freude,

Entzauberung, kalkuliertes Risiko, große oder kleine Listen übermitteln hätte können, mußten wir notgedrungen unweigerlich in den Gesichtern andere Dinge zeigen, die zu verbergen wir täglich entschlossen und gewöhnt waren, Jahre hindurch, jeden Tag, vom Ende des Schlafs, den ganzen Tag lang, bis zum Anfang des Schlafs.

Denn wir erfuhren es bald, und lachten diskret, wobei wir die Köpfe mit fingiertem Mitleid schüttelten, so, als verstünden wir: daß Moncha sich mit Barthé und dem Jungen in der Apotheke einsperrte; sie immer als Braut gekleidet; der Junge zeigte ohne Erinnerung den nackten Oberkörper, und der Apotheker mit Gicht, den Pantoffeln und der ewigen, undefinierbaren schlechten Laune der Hagestolze.

Die drei über Tarockkarten und Zauberei gebeugt, und taten, als glaubten sie an Wiederkehr, plötzliche Glücksfälle, vermiedene Tode, vorhersehbare und erwartete Verrätereien.

Ein Augenblick, nicht mehr; die weiche Korpulenz Barthés, sein erwartungsvoller, gerunzelter Mund; die wachsenden Muskeln des Jungen, der es nicht nötig hatte, die Stimme zu erheben, um Befehle zu erteilen; das unwahrscheinliche Brautkleid, das Moncha zwischen Ladentischen und Regalen umherschleppte, vor den riesigen karamelfarbenen Flaschen mit weißen Schildchen, alle oder fast alle unverständlich.

Aber immer waren auf dem Tisch die merkwürdigen Tarockkarten und es war unvermeidlich, auf sie zurückzukommen, zu erstaunen, sich zu fürchten oder zu schwanken.

Und man muß, zum Wohl und zur Verwirrung künftiger und so wahrscheinlicher Exegeten des Lebens und der Passion Santa Marías feststellen, daß die beiden Männer nicht mehr zur Geschichte, zur unbestreitbaren Wahrheit gehörten.

Barthé, dick und asthmatisch, in hysterischer Zurückgezogenheit, mit geduldeten, grotesken Ausbrüchen, war nicht mehr Stadtrat; er war nichts als das Apothekerdiplom, schmutzig von Jahren und Fliegen, das hinter dem Ladentisch hing; er war nicht mehr als dann und wann der Leiter einer der zehn trotzkistischen Gruppen, jede davon durch drei oder vier gefährliche Revolutionäre ergänzt, die im Rhythmus einer

Menstruation Manifeste unterzeichneten, Erklärungen und Proteste über exotische, ganz verschiedenartige Themen.

Der Junge war nichts als der immer schüchterner werdende Zyniker, der sich in einem Winter, als es dunkel wurde, dem Bett eines Barthé näherte, den Furcht, Grippe, schlechtes Gewissen, Jenseits, achtunddreißig Grad Fieber in Entsetzen versetzt hatten, und der deutlich und vorsichtig rezitierte:

»Zwei Dinge, Señor, und Sie werden entschuldigen. Sie machen mich zum Teilhaber, ich habe bereits den Notar. Oder ich gehe und schließe die Apotheke. Und das Geschäft ist zu Ende.«

Sie unterzeichneten den Vertrag und für Barthé blieb lediglich, um an das Überleben zu glauben, die Trauer, daß die Dinge keinen anderen Ursprung gehabt hätten; daß die Teilhaberschaft, an die er schon vor Jahren wie an ein verspätetes Hochzeitsgeschenk gedacht hatte, ihm durch Erpressung und nicht durch die harmonische Reife der Liebe aufgezwungen worden war.

So daß also von den dreien Moncha, abgesehen von partiellem Wahnsinn und vom Tod, den man nur als Detail, als Charakteristikum, als persönliche Seinsweise einschätzen kann, die einzige war, Moncha, die sich aufrechthielt, lebendig handelnd, Brausen mag wissen, wie lang.

Wie ein Insekt? Kann sein. Auch kann das Bild der Sirene akzeptiert werden, die ohne Mitleid aus dem Wasser gezogen wird und geduldig die schiefe Lage und die Erdkrankheit in der Apothekerhöhle erduldet. Wie ein Insekt, es wird wiederholt, erfaßt im schmierigen Halbdunkel durch die merkwürdigen Karten, die das Gestern und das Heute ausschwitzten, die verworren, ohne größeren Kompromiß auf die unerbittliche Zukunft deuteten. Das Insekt, mit seiner Flügeldecke, verfallenes Weiß, wie es kraftlos um das traurige Licht flog, das auf Tisch und die vier Hände fiel, und sich dann entfernte und gegen Karaffen und Vitrinen stieß, ohne Eile, ungeschickt den langen Schwanz nachschleppend, so minderwertig – den eines fernen Tages Mme. Caron persönlich entworfen und geschneidert hatte.

Und jede Nacht, nachdem die Apotheke geschlossen und außen das violette Licht, das den Nachtdienst ankündete, brannte, lief das weißliche Insekt die gewohnt großen Kreise, wurde wieder unbeweglich, putzte sich die Fühler oder legte sie zusammen, über den gesäuselten Versprechungen des Tarocks, über dem Stammeln der Karten mit den hieratischen und drohenden Gesichtern, die nach mühvollen Labyrinthen erlangte Glückseligkeiten wiederholten, von nicht zu vermeidenden, ungenauen Daten sprachen.

Und, wenn es auch das wenigste war, sie ließ dem halbnackten Burschen ein nicht völlig begriffenes Gefühl von Brüderlichkeit, und ließ dem Rest, den Barthé an Alter besaß, ein unlösbares Problem, um es zahnlos zu kauen, im Stuhl, wohin er sich zurückgezogen hatte, um dort zu leben, die Daumen über dem nie mager gewordenen Bauch drehend:

»Sie war doch hier, und das Haus, als gehöre es ihr. Sie ging doch und wühlte neugierig und drehte um. Wenn wir beide sie immer liebten – weshalb stahl sie dann nicht Gift, was auf keine Weise ›stehlen‹ gewesen wäre – und hätte so rascher, weniger unglücklich Schluß gemacht.«

Und da begann es uns zu geschehen und geschah uns weiter bis ans Ende und ein bißchen darüber hinaus.

Denn, wir wiederholen es: wie einmal Moncha aus der Kommune kam, in Santa María anklopfte und nach Europa verschwand, so kam sie jetzt aus Europa, fuhr in die Hauptstadt, kam zu uns zurück, war und lebte mit uns in Santa María, das, wie man sagt, nicht das Santa María von früher ist.

Wir konnten, Moncha, dich nicht in den großen, grauen und grünen Räumen der Avenidas schützen, wir konnten nicht so viele tausend Leiber fortjagen, konnten nicht die unpassende Höhe der neuen Gebäude reduzieren, damit du es bequemer haben könntest, vereinter, oder in Einsamkeit mit uns. Wir konnten nur sehr wenig, nur das Unumgängliche, gegen den Skandal, die Ironie, die Gleichgültigkeit tun.

In der Stadt, in der jeden Tag eine Mauer errichtet wurde, so überragend und fremd für uns – die Alten – eine Mauer aus Beton oder Glas, leugneten wir hartnäckig die Zeit, taten so, als glaubten wir an die statische Existenz jenes Santa María, das wir einmal sahen, das vorbei war; und Moncha genügte uns.

Und da war noch etwas, ohne Bedeutung. Mit der gleichen Natürlichkeit, der gleichen Anstrengung und der Komödie, die wir nützten, um die neue unbestreitbare Stadt zu vergessen, versuchten wir auch über Gläsern und Spielkarten Moncha zu vergessen, in der Bar des »Plaza«, im gewählten Restaurant, im nagelneuen Klubgebäude.

Vielleicht auferlegte uns jemand Respekt und Stillschweigen mit irgendeiner schlechten Phrase. Wir nahmen es an, wir vergaßen Moncha, und redeten wieder über Ernten, den Getreidepreis, den unbeweglichen Fluß und seine Schiffe – und von dem, was aus den Schiffsbäuchen kam und ging – vom Geldfluß, von der Gesundheit der Frau des Gouverneurs, der Señora, Unserer Herrin.

Aber das alles nützte nichts, kein kindlicher Betrug, nicht der Rückfall in den Exorzismus. Hier waren wir: das Übel Monchas, die Krankheit, fünfundsiebzigtausend Dollars der Señora, erste Rate.

So mußten wir erwachen und glauben, mußten ja sagen – sahen wir es doch schon viele Monate hindurch, und daß Moncha in Santa María war und es ihr ging, wie es ihr ging. Wir hatten sie gesehen, gewußt, daß sie im Taxi fuhr oder in einem klapprigen Opel, Baujahr 1951, daß sie abgebrauchte Höflichkeitsbesuche machte, sich dabei – vielleicht mit schlecht organisierter Boshaftigkeit – an tote, unaufhebbare Jahrestage erinnerte. Geburten, Hochzeiten, Begräbnisse. Vielleicht – so wird übertrieben – auch genau der Tag, an dem es rätlich und gut war, eine Sünde, eine Flucht, einen Betrug, eine schmutzige Form des Abschieds, eine Feigheit zu vergessen.

Wir wußten nie, ob all das in ihrem Gedächtnis war, und fanden nie ein Notizbuch, einen einfachen Almanach mit optimistischen Lithographien, die es hätten erklären können.

Santa María hat einen Fluß, es hat Schiffe. Wenn es einen Fluß hat, hat es Nebel. Die Schiffe benützen Nebelhörner, Sirenen. Sie künden sich an, sind da – armer Badender und Betrachter von Süßwasser. Mit Ihrem Sonnenschirm, dem Bademantel, dem Badeanzug, Eßkorb, Frau und Kindern, Sie, in einem Augenblick der Phantasie oder der Schwäche, gleich vergessen, können konnten könnten Sie an das zarte und rauhe Brüllen des jungen Wales denken, der nach der Mutter ruft, an den zarten, ängstlichen Ruf der Mutter. Es ist gut: so, mehr oder weniger, geschieht es in Santa María, wenn der Nebel den Fluß auslöscht.

In Wahrheit – wenn wir hätten schwören können, daß dieses Gespenst unter uns war, drei Monate lang – fuhr Moncha Insaurralde fast täglich im Taxi oder im Opel von ihrem Haus fort, immer im Hochzeitskleid, mit dem Geruch und dem Aussehen von Ewigkeit – wie es auch war – , dem Kleid, das Mme. Caron in der Hauptstadt angefertigt hatte, wobei sie Seiden und Spitzen vernähte, die aus Europa für die Hochzeitszeremonie mit irgendeinem der Marcos Bergner gebracht worden waren, den sie in der Ferne erfunden hatte; der Segen gesprochen von einem unveränderlichen, grauen, steinernen Padre Bergner. Nur sie noch mußte sterben.

Alle Dinge sind so, nicht auf andere Weise; obwohl es möglich sein mag, viermal dreizehn zu mischen, nachdem diese Dinge vorgefallen und nicht mehr rückgängig zu machen sind.

Mehrfacher Schrecken, kategorische Behauptungen von Alten, die der fleischlichen Hingabe nicht mehr fähig sind, unvermeidliche Verwirrungen verhindern es, den Tag, die Nacht der ersten großen Angst genau zu datieren. Moncha kam ins Hotel »Plaza«, im bronchitischen Wagen, ließ den Chauffeur verschwinden und ging im Traum zum Tisch mit den zwei Gedecken, die sie hatte reservieren lassen. Das Hochzeitskleid ging schleppend durch die Blicke und war Stunden, mehr als eine Stunde, fast ruhig vor der Leere – Teller, Gabeln und Messer –, die sie vor sich erzwang. Sie, mühsam zufrieden und liebenswürdig, befragte das Nichts und hielt einen Happen, ein Glas in der Luft, um zuzuhören. Alle bemerkten Rasse, die angeborene, nicht auslöschbare Erziehung. Alle sahen auf verschiedene Weise das vergilbende Hochzeitskleid, die zerrissenen, teilweise herabhängenden Spitzen. Sie wurde durch Gleichgültigkeit und Furcht geschützt. Die Besten, falls sie anwesend waren, verbanden das Kleid mit irgendeiner Erinnerung, Glück, das auch durch die Zeit und das Fiasko verbraucht war.

Weder sehr früh noch spät brachte der Maître persönlich – Moncha heißt Insaurralde – die zusammengefaltete Rechnung auf einem Teller und legte ihn genau zwischen sie und den abwesenden anderen, der getrennt war von uns, von Santa María, durch die unbegreifliche Entfernung von Seemeilen, durch den Hunger der Fische. Er fragte, kaum daß er da war, neigte das dicke, unerschütterliche, lächelnde Haupt. Er schien zu segnen und zu weihen, er schien daran gewöhnt. Der Smoking des Sommer-Herbstes konnte auch als überzeugende Überhaut gelten.

Es erwies sich als notwendig, geheime, einsame Pilgerschaften zum Restaurant anzutreten, wo sie mit Marcos gegessen hatte. Eine schwierige, verwickelte Aufgabe, denn es handelte sich nicht nur um eine einfache körperliche Bewegung. Es erforderte die vorausschauende, dauernde Schaffung eines Gemütszustandes, der, wie sie fühlte, für immer verloren war, eine angemessene Stimmung, um das Rendezvous zu erwarten und zu wissen, daß es sich genußreich unumgänglich bis zum Ende des Abends hinziehen werde, genau bis zur Stunde, wo gesagt werden kann, daß in Santa María alles geschlossen ist. Und darüber hinaus: der Gemütszustand mußte aufrechterhalten werden, die Sperrstunde durchquert werden; sie mußte in der nächtlichen Einsamkeit bleiben und die Süße der Träume zeugen. Denn man darf begreifen, daß alles übrige, das, was wir Sanmarianer so hartnäckig »Wirklichkeit« nennen, für Moncha so einfach war wie ein physiologischer Akt, den jemand, der bei guter Gesundheit ist, vollzieht. Den Maître des »Plaza« anrufen, um einen Tisch ersuchen, »nicht zu nah, nicht zu weit«, ihm die Rückkehr von Marcos ankündigen, das entsprechende Festessen, provozierend über die Speisenfolge reden, den Lieblingswein von Marcos verlangen, einen Wein, den es nicht mehr gab, der nicht mehr zu uns kam, der in länglichen Flaschen mit verwirrenden Etiketten verkauft wurde.

Francisco, der Maître, hielt, gealtert, ohne Lächeln, dieses Telefonspiel durch, gab nicht seine so alten Überzeugungen auf, wiederholte, daß der unmögliche Wein serviert werden würde, ohne Zweifel, Chambré, nicht zu weit, nicht zu nah von der idealen, unerreichbaren Temperatur.

Das Datum steht am Ende unwiderruflich fest. Trotzdem kann irgendeiner, irgend jemand schwören, daß er vierzig Jahre, nachdem diese Geschichte geschrieben wurde, Moncha Insaurralde in einem Winkel des »Plaza« sah. Die Einzelheiten der Vision, die ratsherrlichen Fortschritte Santa Marías, die der »Liberal« feiern würde, sind ohne Belang. Wichtig ist nur, daß alle beitragen, sie zu sehen; daß sie übereinstimmen. Viel kleiner, mit dem trauerfarbenen Brautkleid, mit einem Hut, einem runden Strohhut mit undurchsichtigen Bändern, der auch für die Mode vierzig Jahre danach zu klein war, sich fast auf einen dünnen Ebenholzstock stützend, auf den unvermeidlichen Silbergriff, allein und entschlossen am Anfang einer Herbstnacht – so lau die Luft, so leise das Muhen der Flußschlepper – wartet sie mit geduldigen, spöttischen Augen darauf, daß die Gäste, die ausgerechnet jenen Tisch besetzt halten, gehen, nicht zu nah, nicht zu weit von der Eingangs- wie von der Küchentür. Und immer kam, in jener unendlichen Zeit, die existieren wird, wenn vierzig Jahre vergehen, der wirkliche, versprochene Augenblick, der Augenblick, da der Tisch frei war und sie vorwärtsgehen konnte, wobei sie kokett so tat, als stütze sie sich auf den Stock, und sie grüßte Francisco oder den groß gewordenen Enkel Franciscos, ging der Ungeduld von Marcos entgegen, entschuldigte sich, ohne sich zu zieren, daß sie sich verspätet habe. Gott war im Himmel und regierte die Erde; Marcos, bereits betrunken, unverwelklich, vergab ihr unter Späßen und schmutzigen

Worten und reichte ihr über die Tischdecke weg einen kleinen Strauß erster Veilchen dieses vierzigjährigen Herbstes.

Wie es beschlossen war: wir, die Alten, sonderten uns ab. Worte waren nicht nötig für Respekt und Verständnis. Einige vergaßen, solange sie das brauchten, und sie hätten vierzig Jahre lang die Konstruktion ihres Vergessens fortsetzen können. Sie vergaßen, sie wußten nicht, das Moncha Insaurralde durch die Straßen von Santa María ging, in Geschäfte, pünktlich die großen Häuser der Reichen besuchte, die Elendshütten, die bis zum Ufer hinuntersteigen wollen, und immer war sie mit dem Brautkleid angetan, das auf die Rückkehr von Marcos wartete, um sich die vorgeschriebenen weißen, frischen, harten Blumen einzuverleiben.

Einige dachten an den ebenfalls toten Basken Insaurralde, treu im Angedenken, dachten an die halluzinierende Frau, die hinter sich die Kleiderschleppe herzog, an die sich der unvermeidliche Schmutz heftete. Und diese wählten für sich: auf das Gespenst zu achten, zu tun, als glaubten sie daran, Reichtum, Prestige, die Reste zarter halbwüchsiger Brutalität zu nutzen, die noch nicht von Asche bedeckt waren.

Es gab wenig, für die einen und die anderen; jedenfalls sahen sie es und erkannten viel weniger. Sie sahen einfach.

Wenn es Narden und Jasmin gibt, wenn es Wachs oder Kerzen gibt, wenn es ein Licht über einem Tisch gibt und blankes Papier auf dem Tisch, wenn es Schaumkronen auf dem Fluß gibt, wenn es Gebisse von Mädchen gibt, wenn es eine Weiße des wachsenden Morgens über der Weiße der Milch gibt, die warm und weiß in die Kälte des Eimers fällt, wenn es gealterte Frauenhände gibt, Hände, die nie arbeiteten, wenn es den knappen Rand eines Unterrockes für das Rendezvous eines Jungen gibt, wenn es einen wunderbar gut gemachten Absinth gibt, wenn es Hemden gibt, die in der Sonne hängen, wenn es Seifenschaum und Rasiercreme gibt, oder Zahnpasta für die Zahnbürste, wenn es die trügerisch unschuldige weiße Hornhaut der Kinder gibt, wenn es heute reinen, frisch gefallenen Schnee gibt, wenn der Kaiser von Siam für den Vizekönig oder Gouverneur eine Herde Elefanten zurückhält, wenn es Baumwollknospen gibt, welche die Brust von Negern streifen, die schwitzen und pflücken, wenn es eine Frau in Kummer und Elend gibt, fähig der Verweigerung und der Rebellion, fähig, Münzen nicht zu zählen und nicht die unmittelbare Zukunft, um etwas Unnützes herzuschenken.

Diese lange Aufzählung angesichts der Unmöglichkeit, die Geschichte des unzulässigen Brautkleides, zerfetzt, zerknüllt und alt, in einem einzigen Satz von drei Zeilen zu erzählen. Aber das war es: Morgenkleid, Frauenhemd, Totenlaken. Für alle die, welche es klug vorgezogen hatten, sich in die Unwissenheit zu flüchten, für die anderen, die sich entschlossen hatten, ein närrisches Garde du Corps zu bilden, seine Existenz anzuerkennen und zu proklamieren, daß wir, soweit es uns möglich sein würde, das Brautkleid behüten würden, das täglich alterte, das sich hoffnungslos einem Fetzen anglich – das Kleid zu schützen und das unvorhersehbare Unbekannte, das es umschloß.

Die sterilen, schweigenden, einander entgegengesetzten, nie kriegerischen Positionen der Alten, die wir uns im »Plaza« oder im neuen Klubgebäude versammelten, dauerten kurz. Weniger als drei Monate, wie schon gesagt.

Denn sanft und plötzlich, so sanft, daß es nachher für uns ein Plötzlich war, als wir es erfuhren, oder als wir all dies vorstellbare hinsterbende Weiß zu vergessen begannen, das mit jedem Tag gelber wurde, mit dem irreversiblen Farbton von Asche – da wuchs es unerbittlich, und wir nahmen es als Wahrheit hin.

Denn Moncha Insaurralde hatte sich im Keller ihres Hauses eingeschlossen, mit einigen – nicht genügend vielen – Waben, mit ihrem Brautkleid, das ihr in der verhüllten Sanftmut der sanmarianischen Herbstsonne als wirkliche Haut dienen konnte, um ihren dürren Körper, die harmonischen Knochen zu umhüllen. Und sie legte sich zum Sterben hin, und Atmen wurde ihr lang.

Und es war damals, daß der Arzt sehen, riechen, nachprüfen konnte, daß die Welt, wie sie ihm dargeboten wurde und wie er sie akzeptierte, nicht auf Betrug und verzuckerten Lügen beruhte. Das Spiel wenigstens war ein reines, ein von beiden Seiten mit Würde akzeptiertes Spiel: Gott-Brausen und er.

Es blieben entfernte, fanatische Insaurraldes, die eine unvorhersehbare Ohnmacht bei der Toten wünschten. Jedenfalls hatten sie Erfolg: es kam zu keiner Autopsie. Deswegen ist es möglich, daß der Arzt zwischen der offenkundigen Wahrheit und der Heuchelei der Nachwelt geschwankt haben mag. Er zog es sehr bald vor, sich der absurden Liebe zu überlassen, einer unerklärlichen Treue, irgendeiner Form der Treue, die Mißverständnisse hervorrufen konnte. Fast immer wird so gewählt. Er wollte die Fenster nicht öffnen, er akzeptierte es, in nicht stürmischer Gemeinschaft dieselbe verdorbene Luft zu atmen, denselben Geruch nach ranzigem Wollschmutz, nach Ende. Und dann schrieb er endlich, nach so vielen Jahren, ohne es nötig zu haben, sich mit Denken aufzuhalten.

Er zitterte vor Demut und Gerechtigkeitsgefühl, vor einem merkwürdigen, unbegreiflichen Stolz, als er schließlich das versprochene Schriftstück, die wenigen Worte, die alles besagten, abfassen konnte: Vornamen und Familiennamen der Verstorbenen: Maria Ramona Insaurralde Zamora. Sterbeort: Santa María, zweiter Gerichtssprengel, Geschlecht: weiblich. Rasse: weiß. Namen des Geburtslandes: Santa María. Alter: neunundzwanzig Jahre. Der hiermit bestätigte Tod trat ein am . . . Tag . . . des Monats . . . des Jahres . . . um so und so viel Uhr . . . Minuten. Unmittelbare Todesursache: Brausen, Santa María, Sie alle, ich selbst.

Für meinen Lehrer Enrico Cicogna

Der Vorarbeiter, respektvoll den Kopf entblößt, gab dem Mann mit dem Zylinder und dem Überrock, von Hand zu Hand, die Stücke blutigen Fleisches. Am Ende des Nachmittages und schweigend. Der Mann im Überrock beschrieb mit den Armen einen Kreis über dem Hundegehege, und sofort erhob sich der dunkle Windstoß der vier Dobermanns, fast dürr, knochig und flechsig, die blinde Gier der Schnauzen, die unzähligen Zähne.

Der Mann im Überrock sah ihnen eine Weile zu, wie sie fraßen, und sah dann, wie sie um mehr Fleisch bettelten.

»Gut«, sagte er zum Vorarbeiter, »was ich Ihnen befohlen habe. Soviel Wasser wie sie wollen, aber nichts zu fressen. Heute ist Donnerstag. Sie lassen sie am Samstag ungefähr um diese Zeit los, mehr oder weniger, wenn die Sonne untergeht. Und alle sollen schlafen gehen. Am Samstag: taub, auch wenn Sie etwas vom Schuppen her hören.«

»Patron«, stimmte der Vorarbeiter zu.

Jetzt gab der Mann im Überrock dem anderen fleischfarbene Geldscheine, ohne auf die Worte des Dankes zu hören. Er drückte den grauen Zylinder in die Stirn und redete, wobei er auf die Hunde blickte. Die vier Dobermanns waren durch Drahtgeflecht voneinander getrennt; es waren Rüden.

»Ich gehe in einer halben Stunde zum Haus hinauf. Man soll den Wagen bereit halten. Ich fahre in die Hauptstadt. Geschäfte. Ich weiß nicht, wie viele Tage ich dort bleiben werde. Und vergiß nicht: man muß seine ganze Wäsche wechseln, nachher. Verbrenne die Dokumente. Das Geld gehört dir und alles, was du haben willst, Ringe, Manschettenknöpfe, Uhr. Aber benütze nichts, ehe nicht Monate vergangen sind. Ich werde dir sagen, wann. Das Geld gehört dir«, wiederholte er. »Die feinen Burschen aus Buenos Aires haben's immer. Und die Hände: vergiß nicht die Hände.«

Damals war er klein und stark, in graue Stickerei gekleidet, großer breiter Gürtel, schwer von Pfunden, dunkler Poncho und eine schwarze Krawatte, deren Farbe ihm mit dreizehn Jahren bestimmt worden war; er hatte bereits vergessen, warum und durch wen. Das lange spitze Messer, manchmal aus Prahlerei oder zum Schmuck, und der Hut mit der nach hinten gedrückten Krempe. Seine Augen hatten wie sein Schnurrbart die Farbe neuen Drahtes und waren ebenso hart.

Er blickte ohne wirklichen Haß oder Schmerz, unveränderlich für die übrigen, als ob er sicher wäre, daß das Leben, das seine, angenehme Gewohnheiten bis ans Ende anhäufen würde. Aber er heuchelte. An den Kamin gestützt sah er heuchelnd das Zimmer, die seidenen und vergoldeten Stühle, in die er sich nicht setzen wollte, die Möbel mit den geschwungenen Füßen, mit Glastüren, voll von Tee-, Kaffee- oder Schokoladenservices, die vielleicht nie benutzt werden würden. Die riesige Volière mit ihrem schrecklichen Lärm, die Kurven des Plaudersofas, die niederen zerbrechlichen Tischchen ohne bekannten Zweck. Die schweren weinroten Vorhänge unterdrückten den ruhigen Abend; da war nur erstickender Trödel.

»Ich fahre nach Buenos Aires«, wiederholte der Mann, wie jeden Freitag, mit seiner langsamen, ernsten Stimme. »Das Schiff geht um zehn Uhr ab. Geschäfte, der Betrug: sie wollen mich mit deinen Gütern im Norden hereinlegen.«

Er sah die Süßigkeiten an, die Schinkenblätter, die kleinen dreieckigen Käsestücke, die Frau, die sich am Teekessel zu schaffen machte: jung, blond, immer bleich, jetzt unsicher, was ihre unmittelbare Zukunft anging.

Er sah auf den nervösen, verstummten Sechsjährigen, weißer als seine Mutter, von ihr immer in weibisches Gewand gekleidet, das zu sehr aus Samt und Spitzen bestand. Er sagte nichts, denn es war seit langem schon alles gesagt worden. Der Ekel der Frau, der wachsende Haß des Mannes, entstanden in derselben verrückten Hochzeitsnacht, in der das Knaben-Mädchen gezeugt wurde, das sich jetzt mit offenem Mund auf dem Oberschenkel seiner Mutter hielt, während es die schweren gelben Locken, die bis auf den Hals fielen, bis auf das Halsband mit den Medaillen, um die unruhigen Finger wickelte.

Der Mylord war schwarz und glänzte immer wie neu lackiert; er hatte zwei riesige Wagenlaternen, um die viele Jahre später die Reichen aus Santa María streiten würden, um Portale mit der elektrischen Birne an Stelle von Kerzen zu verzieren. Er wurde von einem Apfelschimmel aus Silber oder Zinn gezogen. Und den Wagen hatte nicht Daglio gebaut; er kam aus England.

Manchmal maß er mit Neid und fast mit Haß das Ungestüm, die blinde Jugend des Tieres; dann wieder stellte er sich vor, diese Gesundheit, diese Unwissenheit angesichts der Zukunft könne ansteckend sein.

Aber auch diesen Freitag – und weniger denn je diesen Freitag – fuhr er nicht nach Buenos Aires. Er war in der Tat nicht einmal in Santa María; denn als er an den Anfang von Enduro kam, ließ er den jungen Apfelschimmel, der den offenen Halbwagen zog, nach links abbiegen, und Erdschollen flogen auf dem trockenen Lehmweg hoch, den er fuhr, und er durchquerte Landschaften mit verbrannter Weide und mit einigen einsam stehenden Bäumen, dem schmutzigen Strand zu, der viele Jahre später, in ein Seebad verwandelt, besetzt von Chalets und Geschäften, seinen Namen tragen und der zu einem winzigen Teil dazu beitragen würde, seinen Ehrgeiz zu befriedigen.

Vorne, in übertriebener Ausdehnung, trabte das Pferd, von sanften Getreidefeldern flankiert, von Landgütern, die verödet zu sein schienen, schüchtern weißlich hervorschimmernd, eingesunken in der wachsenden Hitze des Nachmittags.

Er ließ den Wagen vor dem größten Gebäude der Ranch stehen und ohne auf die Grüße zu antworten, streckte er zehn Geldscheine dem dunklen Mann hin, der herausgekommen war, ihn zu empfangen. Er zahlte das Futter für das Tier, für die Unterbringung im Stall, für das Geheimnis, das Schweigen, das, wie beide wußten, Lüge war.

Dann ging er bis zum neuen, getünchten Häuschen, das von Yuyus umgeben war und das sich fast auf eine gerade, gigantische Pinie stützte, die vor einem halben Jahrhundert von niemandem gepflanzt worden war.

Aus Gewohnheit, gebieterisch, mürrisch, klopfte er dreimal mit dem Stiel des Ochsenziemers gegen die schwache Tür. Vielleicht bildete auch dies einen miteinbegriffenen Teil des Ritus: die schweigende Frau, vielleicht abwesend, zögernd. Der Mann klopfte nicht wieder. Er wartete unbeweglich, er trank im Keuchen diesen ersten Teil der wöchentlichen Tortur, womit sie, Josephine, ihm gehorsam und großmütig diente.

Das Mädchen öffnete unterwürfig die Tür, verhehlte Überdruß und Ekel, der Mitleid gewesen war, zog den Schlafrock aus, ließ ihn zu Boden fallen und ging nackt ins Bett zurück. An einem fernen Freitag, unruhig, weil sie einen anderen Mann fürchtete, hatte sie auf die kleine Uhr gesehen: sie wußte so, daß der ganze Vorgang zwei Stunden dauerte. Er zog den Sakko aus, nahm es mit Ochsenziemer und Hut zusammen und legte alles, nun schon zitternd, auf einen Stuhl. Dann näherte er sich und begann, wie immer, bei den Füßen des Mädchens: mit rauher Stimme schluchzend bat er, unverständlich stöhnend, um Verzeihung für eine uralte, nicht zu vergebende Schuld, während sein fallender Speichel die rotlackierten Zehennägel benetzte.

Fast drei Tage lang sah das Mädchen seinen Rücken: er rollte schweigend Zigaretten, leerte ohne Eile, ohne Rausch die Tonkrüge mit dem Wacholderbranntwein, er stand auf, um ins Bad zu gehen oder um sich wütend und gefügig der Folter des Bettes zu nähern.

Hergetragen von Samenkörnern, die in weiße Seidenhaare gehüllt waren, auf die launische Luft gestützt fliegend, so kam die Nachricht nach Santa María, nach Enduro, ins weiße Häuschen nahe der Küste. Als der Mann sie empfing – der andere, der das Pferd wartete, faßte Mut, kratzte an der Tür und kam mit der Neuigkeit herein, wobei seine Augen abirrten und seine großen dunklen Hände die Baskenmütze drehten –, da begriff er, daß die nackte und im Bett gefangene Frau sie unglaublicherweise schon wußte.

Aufrecht, draußen, über das servile und mutlose Murmeln gebeugt, sprach der Herr mit dem seidigen Schnurrbart, der Herr des Mylord, des Silberpferdchens, Herr über mehr als die Hälfte des Bodens der Gemeinde, langsam, und sprach zuviel:

»Obstdiebe. Dagegen habe ich die besten Hunde, die mörderischsten Hunde. Sie greifen nicht an. Sie verteidigen.« Er blickte einen Augenblick zum unbeweglichen Himmel auf, ohne Lächeln, ohne Trauer, er zog Geldscheine aus dem Gürtel. »Aber ich weiß von nichts, vergessen Sie es nicht. Ich bin in Buenos Aires.«

Es war sonntagmittags; aber der Mann verließ das Häuschen erst montagmorgens. Jetzt fiel das Pferdchen in Trab, es brauchte nicht gelenkt zu werden; rhythmisch kehrte es zum Lieblingsstall zurück, es hatte etwas von einem mechanischen Pferd, einem Ringelspielpferd an sich.

»Ein Milizsoldat«, dachte der Mann unbekümmert, als er einen jungen und sich langweilenden Polizisten sah, an die Wand gelehnt, in der Nähe des großen Eisentores mit dem prächtig ineinander verschlungenen J und P, in einer Uniform, die blau gewesen war und einem dickeren und größeren Verschwundenen gehört hatte.

»Der erste Milizsoldat«, dachte der Mann fast lächelnd, und füllte sich langsam mit Begeisterung, dem beginnenden Vergnügen.

»Sie entschuldigen, Señor«, sagte die Uniform, jedesmal jünger und schüchterner, je näher er kam; am Ende fast ein Kind. »Der Kommissar Medina sagte mir, ich solle Sie ersuchen, im Kommissariat vorbeizusehen. Ganz nach Belieben.«

»Noch einer von der Miliz«, murmelte der Mann, verstrickt in Dunst und Geruch des Pferdes. »Aber Sie können nichts dafür. Sagen Sie Medina, daß ich in meinem Haus bin. Den ganzen Tag. Wenn er mich aufsuchen will.«

Er schüttelte leicht die Zügel, und das Tier zog ihn frohlokkend fort, über den Garten und die Baumallee hinaus, bis in den Halbmond gestampfter Erde, wo die Wagenschuppen standen.

Mit gesenkten Köpfen und geschickt sprach keiner der Männer, die sich näherten, um ihn zu empfangen und abzusatteln, von der Samstagnacht oder dem Sonntagmorgen.

Petrus lächelte nicht, denn er hatte den Spott vor Jahren, und vielleicht für immer, auf den Schnurrbart aus Stahlwolle entladen. Er erinnerte sich vage, daß er sich den Fünfzigern näherte; er wußte alles, was ihm noch zu tun oder zu versuchen blieb, an jenem merkwürdigen Ort der Welt, der noch nicht auf den Landkarten existierte; er meinte, daß er nie einem zäheren und schleimigeren Hindernis gegenüberstehen würde als der Dummheit und dem Unverständnis, unter allen anderen Dingen, mit denen er notwendigerweise zusammenstoßen würde.

Und so kam also, als die Nachmittagshitze unter den Bäumen zu weichen begann, Medina daher, der Kommissar, unzeitlich, gewichtig und lässig; er fuhr das erste Auto des Modells T, das Henry Ford 1907 verkaufen konnte.

Der Vorarbeiter grüßte ihn und machte eine allzu langsame und übertriebene Verbeugung. Medina maß ihn mit einem spöttischen Lächeln und sagte sanft zu ihm:

»Ich erwarte dich um sieben auf dem Kommissariat, Petrus oder nicht Petrus. Es wäre gut für dich zu kommen. Ich schwöre dir, es wird dir nicht gut bekommen, wenn du mich zwingst, dich holen zu lassen.«

Der Mann ließ den Arm fallen und willigte mit einer Kopfbewegung ein. Er war nicht eingeschüchtert.

»Der Patron sagt: Sollten Sie kommen, er ist im Haus.«

Medina stöckelte über die trockene Erde und stieg die Granittreppe empor, allzu lang und breit. »Ein Palast; der

Gringo glaubt, in einem Palast zu leben, hier, in Santa María.«
Alle Türen waren der Hitze verschlossen. Medina klatschte in
die Hände, zur Ankündigung, und ging in den großen Saal mit
den Vitrinen, den Fächern und Blumen. In einem Anzug,
verschieden von dem am Morgen, aber so sorgfältig, als habe
er sich für einen unmittelbar bevorstehenden Spaziergang
gekleidet, den Hut auf dem Kopf, im einzigen Stuhl rauchend,
der das Gewicht eines Mannes auszuhalten schien, ließ
Jeremías Petrus das Buch auf dem Teppich liegen, das er
gelesen hatte, und hob zwei Finger zum Gruß und Willkommen.
»Setzen Sie sich, Kommissar.«
»Danke. Das letzte Mal, als wir uns sahen, da hieß ich
Medina.«
»Aber heute habe ich beschlossen, Sie zu befördern. Ich weiß
schon, weshalb Sie kommen.«
Medina blickte zweifelnd auf die Überfülle der kleinen,
vergoldeten Stühle.
»Setzen Sie sich in irgendeinen«, sagte Petrus beharrlich.
»Wenn Sie ihn zerbrechen, tun Sie mir einen Gefallen. Und
vor allem – was trinken wir? Ich habe vom Gin genug.«
»Ich bin nicht gekommen, um etwas zu trinken.«
»Aber auch nicht, um mir zu erzählen, daß in der Dienstzeit
nicht getrunken wird. Seit Monaten schon bekomme ich keine
Flaschen mehr aus Frankreich. Irgendein Milizsoldat wird
meinen Moet Chandon wohl in einer Runde von Mestizinnen
versaufen. Aber ich habe einen Campari Bitter, der mir für
diese Zeit angemessen erscheint.«
Er schüttelte ein Glöckchen und es kam ein Diener, der hinter
einem Vorhang zugehört hatte. Jung, dunkel, das Haar
glattgestrichen und eingeölt. Medina kannte ihn: als Futter
einer Besserungsanstalt, als Bote für Geheimprostituierte –
und welche Frau ist das nicht? –, als Dieb, bei Unachtsamkeit.
Er erinnerte sich, indem er ohne Triumph ihm in die Augen zu
blicken versuchte, an die bereits klassische, entstellte Frage:
»Ich kenne dich, Mirabelles.« Es war komisch, ihn im weißen
Rock und mit Smokingmaske zu sehen. »Aus Europa hat er

Möbelgarnituren mitgebracht, eine Frau, eine Hure, einen kleinen Wagen und ein Pferdchen. Aber es ist ihm nicht gelungen, einen exportierbaren Bedienten zu erhalten; er mußte ihn auf dem Müllplatz von Santa María suchen.«

Erinnerungen an mißglückte Ernten waren vorübergezogen, an erstaunliche Ernten, an Preissteigerung und Preisverfall für Vieh; es waren ferne Sommer und Winter ausgespielt worden, die von der Zeit so verwüstet waren, bis sie irreal wurden, als die Flasche anzeigte, daß nur noch zwei Gläser der roten Flüssigkeit blieben, sanft wie süßes Wasser. Keiner der beiden Männer hatte sich verändert, keiner enthüllte Spott oder Herrschaft.

»Die Señora und der Kleine fuhren nach Santa María. Vielleicht noch weiter. Das weiß man nie. Ich will sagen: das weiß man nie bei Frauen«, sagte Petrus.

»Ich bitte um Vergebung, ich habe nicht nach der Gesundheit der Señora gefragt«, sagte Medina.

»Das ist nicht wichtig. Sie sind kein Arzt. Sie sind gekommen, weil meine Hunde einen Hühnerdieb zerrissen haben.«

»Sie entschuldigen, Don Jeremías. Ich bin gekommen, Sie wegen zweierlei zu belästigen. Wir haben den Verblichenen maskiert weggeführt. Ihre Viehknechte beschmierten ihm Gesicht und Hände mit Kot, bekleideten ihn mit dem Gewand des Vorarbeiters, raubten ihm das, was er hatte. Ringe: es genügt, sich die Druckstellen an den Fingern anzusehen. Es genügte, ihn zu waschen, um zu wissen, daß er rein und gebadet hierherkam. Aber sie haben das Parfüm vergessen, so fein und weibisch wie das, welches Ihre Señora, Madame, benützt. Ungeschickt die Falle, die die Viehknechte aufstellten. Das genügt mir, denn ich kenne bereits seinen Namen. Es ist leicht möglich, daß Sie nicht wußten, wer er war; und es ist möglich, daß Sie es für sich behalten, wenn ich Ihnen den Namen sagen will oder wenn Sie, falls Sie die Belästigung auf sich nehmen, auf dem Kommissariat das Protokoll sehen wollen. Die Hunde zerfraßen ihm Kehle, Hände und die Hälfte des Gesichtes. Aber der Verstorbene kam nicht her, um Hühner zu stehlen. Er kam aus Buenos

Aires, und Sie sind am Freitag nicht nach Buenos Aires gefahren.«

Eine Pause, von beiden zerbissen, eine geteilte Frucht.

Petrus roch eine Gefahr, aber keine Angst. Seine Viehknechte waren ungeschickt gewesen, und auch er, denn er hatte ihnen vertraut, auch der grotesken Komödie.

»Medina oder Kommissar: ich fuhr nach Buenos Aires am Freitag. Fast jeden Freitag fahre ich. Ich zahlte viel Geld, damit alle es beschwören können.«

»Und alle haben es beschworen, Don Jeremías. Niemand hat Sie betrogen, nicht einmal um einen Peso. Sie schworen aus Angst, auf die Bibel und die Asche ihrer Hurenmutter. Obwohl nicht alle Waisen waren. Aber – ich möchte nicht schmeicheln – ich spürte, daß sie durch etwas anderes verpflichtet waren, durch etwas mehr als Geld.«

»Danke«, sagte Petrus, ohne den Kopf zu bewegen, mit einer spöttischen Linie, die den harten Schnurrbart bewegte. »Geschichte beendet, Protokoll abgeschlossen. Ich war in Buenos Aires.«

»Protokoll abgeschlossen, denn der Tote war in Ihrem Haus, auf Ihrem Grund, Ihrem geheiligten Privatbesitz. Und Sie haben den Mord nicht begangen. Das erledigten die Hunde. Ich habe es untersucht, Don Jeremías. Aber Ihre Hunde verweigern die Aussage.«

»Dobermanns«, bestätigte Petrus. »Intelligente Rasse. Sie reden nicht mit Polizeihunden.«

»Danke! Vielleicht geschieht es nicht aus Verachtung. Einfach Verschwiegenheit. Noch einmal, die Sache ist archiviert. Aber ein paar Dinge sollten klar sein. Sie waren in der Samstagnacht nicht hier. Sie waren auch nicht in Buenos Aires. Sie waren nicht hier, lebten nicht hier, sind nicht weg: von Freitag auf Montag. Merkwürdig! Eine Geschichte von einem verschwundenen Gespenst. Das hat noch nie jemand geschrieben, und niemand hat es mir erzählt.«

Da stand Jeremías Petrus vom Sessel auf und blieb unbeweglich stehen; er blickte Medina starr ins Gesicht, die unnütze Peitsche hing an seinem Unterarm.

»Ich hatte Geduld«, sagte er langsam, als ob er zu sich spräche, als ob er vor dem Vergrößerungsspiegel, den er zum Rasieren jeden Morgen benützte, murmelte: »Das alles langweilt mich, lähmt mich, stiehlt mir die Zeit. Ich will, ich habe so viele Dinge zu tun, daß sie vielleicht im Leben eines Menschen nicht Platz haben können. Denn bei dieser Aufgabe bin ich allein.« Er unterbrach sich auf Minuten, im großen Salon, der mit Dingen und Gegenständen überladen war, entstanden und aufgezwungen von und durch die niemals zerstörte Geschichte der Frau; seine Stimme hatte leicht wie Flehen und ein Geständnis geklungen. Jetzt wurde er wieder kalt, er wandte sich wieder dem stupiden Tag zu, und fragte ohne Neugier, ohne beleidigen zu wollen: »Wieviel?«

Medina lachte sanft, paßte seine armselige Freude der Umgebung unerträglicher Vitrinen, Chinoiserien, Fächer, vergoldet, toter, aufgespießter Schmetterlinge an.

»Geld? Nichts für mich. Wenn Sie die Hypothek liquidieren wollen, ist das eine Angelegenheit anderer, Don Jeremías. Sache der Bank, sonst niemandes. Mir bleibt das Feldbett im Kommissariat.«

»Gemacht«, sagte Petrus.

»Wie Sie wünschen. Dafür will ich Ihnen etwas sagen, daß Sie vielleicht anfänglich stören wird, von dieser Nacht an oder morgen, sagen wir . . .«

»Sie verlieren nie gern Ihre Zeit. Ich auch nicht. Vielleicht habe ich Sie deswegen so viele Jahre lang ertragen. Reden Sie!«

»Wie Sie befehlen. Ich glaube, etwas zur Einleitung, unter zwei Caballeros, die reine Hände haben . . . Die Sache ist die, daß Mamuasel Josefina nichts sagen, nichts hören wollte. Entschuldigung, sie sagte etwas wie, und nur einmal: ›Se petígarsón.‹ Sie weinte ein wenig. Dann streute sie Pfunde über dem Bett aus. Sie sind noch im Kommissariat, beim Protokoll, und warten auf den Richter, der wegfuhr, um sich eine gute Stute auszusuchen, und vielleicht hier hereinschaut, im Vorübergehen.«

»Das ist recht«, sagte Petrus. »Wenn Sie sie angehört haben –

es bleibt sich gleich. Die Pfunde – nicht ganz hundertsieben-
unddreißig – sind auch nicht wichtig und stehen in keiner
Beziehung zur Angelegenheit.«
»Nochmals Verzeihung«, sagte Medina und versuchte, sehr
sanft zu sprechen, »nicht ganz die Hälfte von hundert.«
»Ich verstehe, immer gibt es Unkosten.«
»Natürlich. Und besonders bei Reisen. Denn Mamuasel fragte
um Rat, telefonisch, von der Eisenbahnstation aus. Sie kennen
den armen Masiota und wissen, wie der arme Masiota alle
Frauen behandelt, vorausgesetzt, es ist nicht seine eigene,
natürlich, wie wir alle wissen – es genügt, sein linkes Auge am
Montag anzusehen, nach dem ehelichen Besäufnis am Samstag. Alle Frauen außer der, die er erträgt, und der, die das
Glück hatte, ihn halbwach an diesem Montagmorgen in der
Station anzutreffen. Ihr genügte ein Geldstück, ein Lächeln,
ein ›Mesié le chef‹, und der Kerl hätte ihr alle Telefonleitungen
geschenkt, alle mit Säcken und Kühen beladenen Waggons,
die an der Haltestelle warteten, all die unendlichen Geleise,
die irgendwohin gehen, die zur Rechten und die zur Linken.«
»Und?« unterbrach Petrus und trieb, mit einem Peitschenhieb
auf seine Stiefel, zur Eile an.
»Ich zögerte, weil ich von Caballeros sprach. Sie entschuldigen. Ich weiß schon, daß wir nicht gern unsere Zeit vergeu-
den. Es war so: Mamuasel muß die Batterien unseres Sta-
tionschefs verbraucht haben. Aber in ein oder zwei Stunden
erreichte sie, was sie wollte. Zug, Hotel, Schiff nach Europa.
Ich erfuhr es vor einigen Minuten: nie fehlt ein Betrunkener
oder ein Landstreicher auf den Bänken der Station.«
Petrus hatte in das Silber des Peitschenstiels gebissen, nachdenklich, ohne Lust, damit zuzuschlagen, während Medina,
weder sicher noch achtlos, den Daumen über den Hahn im
Gürtel gleiten ließ. Ohne vorhergehende Übereinstimmung
verlängerten Zähne und Daumen langsam die Pause; so sehr,
daß es für diese Geschichte nicht mehr brauchbar ist. Zuletzt
redete Petrus; er hatte eine gemächliche, rauhe Stimme, die
Stimme einer Frau, die vom Klimakterium gequält wird. Er
war zu stolz, zu fragen.

»Josefina wußte den Namen. Sie kannte den Namen des Hühnerdiebes und, da bin ich sicher, viel mehr. Ich sehe keinen anderen Grund, daß sie verschwindet.«

»Das mag sein, Don Jeremías«, sagte Medina Silbe um Silbe und achtete dabei auf die senkrechte Peitsche. »Warum wohl mag sie verschwunden sein?«

Petrus hatte lange nicht gelacht, sein offener und schwarzer Mund begann mit langem Brüllen, und erlosch, wie ein verlaufenes Kalb.

»Wozu das erklären, Kommissar? Alle Frauen sind Huren. Schlimmer als wir. Besser gesagt: Stuten. Ich habe ein paar gekannt, vor denen es mir richtig erschien, den Hut zu ziehen. Es waren Damen, es waren Señoras. Aber die jetzt kommen über Hürchen nicht hinaus, kleine Hürchen.«

»Gewiß, Don Jeremías«, wich der andere angesichts der fernen Erinnerung zurück, daß die Señora Petrus ihm Tee und Torten in diesem Zimmer gereicht hatte. »Fast alle. Arme, die nur dafür geboren sind. Sie, Don Jeremías, kämpfen darum, eine Werft zu bauen. Ich kämpfe darum, an den Samstagen betrunken einzuschlafen, manchmal auch, um draufzukommen, wer der Besitzer der gestohlenen Schafe war. Ich brauche auch Zeit, um zu malen. Den Fluß zu malen, Sie beide zu malen.«

»Ich habe Ihnen zwei Bilder abgekauft«, sagte Petrus, »zwei oder drei.«

»Gewiß, Don Jeremías, und Sie haben sie gut bezahlt. Aber sie sind nicht in diesem Salon. Sie sind in der Hütte der Viehknechte. Es ist nicht wichtig. Sie hatten recht mit dem, was sie eben sagten. Um etwas mehr zu sein als was sie sagte, haben sie kein Hirn.«

Der Ochsenziemer fiel zwischen die Beine, dann auf den Boden; Petrus setzte sich hin und lud ein:

»Und wenn wir noch eines trinken würden, Kommissar?«

Als Medina wegging, sah er, daß eine der Bestien einen langen Schlaf hielt, vor der Sonne geschützt.

INHALT